길에게
길을 묻다

길에게 길을 묻다

1판 1쇄 찍은날 2013년 5월 20일
1판 1쇄 펴낸날 2013년 5월 25일

지은이 구길본 김동식 김문숙 김산환 김태준 박수자 서명숙 신용자
　　　　신정일 안동규 안은주 이성근 이순원 원종문 전상국 한명희
펴낸이 정종호
펴낸곳 (주)청어람미디어

책임편집 맹한승
편집 윤정원 정미진 이하영
디자인 김왕기
마케팅 김홍석, 함지안
제작·관리 정수진
인쇄·제본 스크린

등록 1998년 12월 8일 제22-1469호
주소 121-914 서울시 마포구 상암동 1654 DMC 이안상암 1단지 402호
전화 (02)3143-4006~8
팩스 (02)3143-4003
이메일 chungaram@naver.com

ISBN 978-89-97162-40-6　03810

이 도서의 국립중앙박물관 출판사도서목록(CIP)은 e-CIP 홈페이지(http://www.nl.go.kr/ecip)와
국가자료공동목록시스템(http://www.nl.go.kr/kolisnet)에서 이용하실 수 있습니다.
(CIP제어번호:CIP2013006489)

서명숙, 신정일, 이순원, 안동규 외 12인
대한민국 대표 길쟁이의 글

길에게
길을 묻다

청어람미디어

걷는 자만이 앞으로 갈 수 있다

16명의 길쟁이들의 글을 모아 《길에게 길을 묻다》의 첫 걸음을 내딛는다. 길은 원래 만드는 것이 아니라 생기는 것이고 태어나는 것이다. 그래서 어떻게 보면 길은 생명과 같다. 살아 있다는 말이다. 그래서 길에게 길을 물을 수 있는 것이다. 인생은 길의 연속이다. 우리가 살아온 과정을 길이라고 한다. 또한 우리가 걷는 길도 인생여정과 무관치 않다. 가장 험한 십자가의 골고다 길을 걸은 예수는 자기 자신을 '나는 길이다'라고 갈파했다. 길은 인생이고 바로 사람 자체라고 할 수 있다. 내가 걸은 길이 바로 나 자신이다.

길과 인생에서 첫 걸음은 매우 중요하다. 길을 주제로 다양한 글을 남긴 저자들의 첫 걸음을 묶어서 책을 내게 되었다. 길은 저자들에게 자연에 대해서는 관상과, 자신에 대해서는 반추와, 인생에 대해서는 철학의 수단을 제공한다. 우리는 바로 길을 통해서 깊이 보고, 씹어 보고, 속을 보고, 앞을 보고, 제대로 보고, 볼 것을 보게 된다. 이 책의 제목들은 압권이다. 나는 각

자가 선택한 제목들에서 지혜를 배운다. '사람을 살리는 길, 치유하는 길', '삶의 오솔길 걷기', '걷기와 세심', '유장하게 흐르는 한국의 강 길', '길의 철학' 등 제목이 사랑스럽고 정이 간다. 또한 길에 어울리는 사진도 한몫을 한다. 저자가 독자와 함께 그 사진의 길을 걷는 느낌을 주는 귀한 사진들이다.

'걷는 자만이 앞으로 갈 수 있다.' 매우 단순한 말이지만 지혜가 담긴 말이다. 우리는 걸어야 한다. 그래야 앞으로 갈 수 있고 살아 갈 수 있다. 나는 아직도 못 걸은 그리고 안 걸은 길이 있다. 남은 우리의 인생에서 아직 걷지 않은 길을 찾는 것이 우리의 여생이다. 그동안 우리는 우리의 인생길에서 너무 달려 왔고 뛰면서 바쁘게 생각 없이 길을 지나치며 살아 왔다. 이제는 걸어야 할 때다. 길을 걸으며 생각을 담고 인생을 깨닫고 자신을 직면하는 것이 길이 할 길이다.

길은 도로와 다르다. 길은 걷는 사람들을 위한 것이고 도로는 차와 산업

과 경제를 위해서 만든 것이다. 길은 자연스럽게 생긴 것이고 도로는 사람이 만들고 개발한 것이다. 길 위에는 인생과 삶과 철학이 있고 도로 위에는 산업과 경제와 과학이 있다. 길은 소통이고 도로는 속도다. 방향 중심이 길이고 속도 중심이 도로다. 도로는 사업을 위해서 바쁘고 길은 만남을 위해서 여유롭다. 도로는 도시 중심이고 길은 지역과 시골 중심이다. 도로는 집권적이고 중앙 집중적이지만 길은 분권적이고 지역 중심적 분산적이다.

　우리의 삶의 행복을 위해서도 도로 중심의 삶에서 길 중심의 삶으로 전환해야 한다. 길의 풍요로움과 멀어진 우리에게 이 책은 우리를 길 위로 회귀시켜 준다. 세상에 똑같은 길은 없다. 어제 걸은 그 길도 오늘은 다르다. 어제의 나와 오늘의 내가 다르듯이 어제의 길과 오늘의 길은 물리적으로나 상황적으로 같은 길이 아니다. 길은 우리에게 다양성을 제공해 준다. 삶의 다양성의 축소판이 바로 우리의 길들이다. 사과와 배를 비교하기 어렵듯이

길 또한 서로 비교하기가 힘들다. 세상에 좋은 길이 있는 것이 아니라 내가 걷는 길이 좋은 길이다.

길에게 무엇을 물어야 할까. 길은 무슨 대답을 우리에게 할까. 답보다도 질문이 중요한 시대에 살고 있다. 어쩌면 우리는 답이 없는 인생을 살고 있는 지도 모른다. 답이 없는 것이 정답인 것이 인생의 속성이다. 16명의 저자들은 길의 글에서 우리에게 갈 길을 보여주고 있다. 저자들이 경험한 그 길을 우리가 책을 읽으며 걷는 것이다. 길은 우리에게 물음과 대답을 준다. 그래서 길은 길이다.

안동규
한국분권아카데미 원장

목차

제2부 작가와 함께 걷는 길

| 일본 순례길 여행 리포트 |

제3부 역사와 문화가 흐르는 길을 걷는다

1

길에서 만나는
내 마음의 평화

걷는다는 것은 찬찬히 들여다보며 살피고 음미함을 통해 몸과 마음이 어떤 대상과 하나가 될 기회를 가진다는 것이다. 세계가 열리는 순간이다. 생명의 순환 그물 속에 한 코의 그물임을 시작하는 것이다. 걷기의 매력은 여기에 있다.

사람을 살리는 길, 치유하는 길

서명숙

마치 끝도 없는 사막을 건너는 것 같은 느낌이었다. 마음은 송곳 하나 꽂을 틈 없이 강퍅해졌고, 몸은 대책 없이 축축 늘어졌다. 서울살이 30여 년, 언론인 생활 20년을 넘기던 무렵이었다. 몇 군데 병원을 전전했지만, 한결같이 의사들은 별다른 이상이 없으니 되도록 스트레스를 받지 말고 운동을 하란다.

직장과 가정을 오가면서 정신없이 휘둘리느라고 취미생활조차 못하는 판에 시간을 내서 따로 운동할 짬이 어디 있나. 속으로 반발심이 치밀어올랐지만, 살기 위해서는 달리 방법이 없었다. 할 줄 아는 운동이 없으니 걷기라도 해보는 수밖에. 먼저 집 근처 운동장을 몇 바퀴 돌기 시작했다. 자동차와 전철에 익숙했던 내게는 30분 걷기도 힘겨운 숙제였다.

그러나 걷기에는 거부하기 힘든 마력이 있었다. 운동장에서 동네 공원으로, 공원에서 뒷산으로. 자꾸만 걷는 시간이 길어졌고, 걷기의 매력에 점점 빠져들기 시작했다. 급기야 주말에는 강화도, 전남 보길도 등 걷기 좋은 곳을 찾아다닐 정도로 '마니아'가 되고 말았다.

몸을 추스르기 위해 시작한 걷기는 몸뿐만 아니라 마음까지 다스려주는 마법적인 힘을 발휘했다. 길을 하염없이 걷다 보면 미움과 증오, 불안과 불만, 긴장과 스트레스로부터 점점 멀어지고 마음에는 절로 평화가 찾아왔다.

짧은 시간의 걷기도 이렇듯 큰 평화를 가져다 주는데 오래 걸으면 얼마나 더 좋을까. 하지만 우리나라에는 길게 걸을 만한 도보 여행자의 길이 없었다. 그래서 2006년 가을에 스페인에 있다는 '산티아고 가는 길(까미노 데 산티아고)' 800킬로미터의 성지 순례길을 떠났다. 23년간 언론인 생활을 완전히 접기로 결심한 연후였다.

외롭게 떠난 그 길에서 전 세계에서 온 수많은 외국인 친구들을 만났다. 그뿐인가. 그 길 위에서 오랫동안 잊고 살았던 자연과 순정하게 만날 수 있었다. 휴대전화 벨 소리도 자동차 클랙슨 소리도 들리지 않는 곳, 요란스러운 네온사인도 큼지막한 간판도 보이지 않는 곳에서 걷는 행위는 그 자체가 치유의 과정이었다. 삭막한 도시 생활과 숨가쁜 언론사 생활에서 얻은 몸의 병과 마음의 상처를 아물게 하는 의미 있는 시간들이었다.

길에서 느낀 행복, 자유, 평화를 다른 사람들과 나누고 싶었다. 지치고 상처받은 영혼들을 치유할 수 있는 길을 내 고향 제주에 내기로 결심했다. 오로지 길을 내기 위해 소녀 시절에 떠난 고향으로 돌아온 것은 2007년 여름. 내 나이 만 오십에 벌인 '미친 짓'이었다.

고향 마을의 어른들에게 마을 공동목장을 열어달라고 설득하고, 지역의

길에서 느낀 행복, 자유, 평화를 다른 사람들과 나누고 싶었다.
지치고 상처받은 영혼들을 치유할 수 있는 길을 내 고향 제주에
내기로 했다.

공무원들과 쓰레기를 치우면서 한 코스, 한 코스 길을 내기 시작했다. 그렇게 이어진 '제주 올레' 길은 모두 270킬로미터, 16개 코스(14개의 정규 코스와 2개의 알파 코스). 다 걸으려면 보름은 걸리는 꽤나 긴 길이다.

저마다의 사연과 상처, 갈등과 아픔, 꿈과 소망을 지닌 올레꾼(올레길을 걷는 사람을 이르는 말)들이 이 길을 찾아왔다. 파도 소리를 들으면서, 목장 길섶에 핀 들꽃을 감상하면서, 올레꾼들은 '행복하다'를 연발하곤 한다. 유방암 수술 이후 우울증에 시달려온 중년 여교사는 올레길을 걸으면서 두 발과 두 눈이 성하다는 것만으로도 감사하다고, 중학생 아들을 불의의 사고로 잃은 뒤 비통한 심경으로 올레길을 찾은 젊은 엄마는 바다가 자신의 아픈 마음을 쓸어내리고 위로해주었다고 털어놓았다.

강원도의 자연 역시 제주도 못지않게 아름답고 특별하다. 강원도 구석구석 숨어 있는 작은 길들을 찾아내고, 끊어진 길은 잇고, 사라진 길은 불러낸다면, 얼마나 더 많은 사람들이 길 위에서 치유받고 행복해질 것인가. 생각만 해도 가슴 뛰는 일이다.

길은 '마음의 병' 처방전

박수자

이게 아닌데.

이게 아닌데.

멍하니 있을 때가 많아졌다. 뭘 사고 싶다는 욕망이 탈색되더니 서서히 박제되어가는 감성들. 저녁노을 빛이 서러워 차 안에서 목 놓아 울기도 했다.

앞만 보고 달려온 시간에 늘 이것만 이루면 행복할 것 같았다. 가족들의 환영사가 이어질 것 같았는데 나는 혼자였다. 아무렇지도 않은 척 일상을 견뎌냈지만 마음의 병은 점점 무게를 더해갔다. 중년의 우울증이다.

그때 만난 책 한권《울고 싶지? 그래, 울고 싶다》. 어디 가서 퍼질러 앉아 실컷 울고 싶은 내 마음을 대변하는 책 제목에 끌려 무조건 집어든 책에서 잊어버렸던 인연을 다시 만날 줄이야. 까마득한 기억을 더듬어 90년대 동편제 소리를 따라나선 여행에서 만난 문화사학자 신정일. 이 기막힌 사건에 '우리 땅 걷기' 카페를 찾아 나섰고 시도 때도 없이 그저 걸었다.

의지도 다시 씩씩해져야 했고 비상구가 절실할 때였다. 권태와 갱년기가 주는 몸의 열기를 이겨내는 연장들이 길 위에는 있었다. 바람과 갈대와 절정의 단풍들. 들과 강에 목숨을 부쳐 사는 사람들이 있었다. 길은 내게 나이 먹는 것의 순리를 가르쳐주었다. 길은 정신과 몸을 단단하게 조여주고 두들겨주는 공작소였다.

탄생의 기쁨을 알려주는 검 줄은 수묵화였고, 상여의 찬란함은 단청 빛이었다. 수묵화에 자신의 색을 입히는 것이 인생이구나. 고정된 편견을 너머 잠자리 겹눈이 열리는 유연함과 느슨함을 길은 일깨워주었다.

부산 해운대에서 통일전망대까지 걷는 동해 트레일, 관동대로, 마실길, 변산길, 태백에서 을숙도까지 낙동강 1,300킬로미터 등. 참 많이도 걸었다. 두 걸음 사이에 수많은 허공들. 때론 지치고 포기하고 싶었고 떠나기 싫었다.

내 생명이 유한하다는 인식의 정점에 가 보았고, 암이란 사나운 시간도 떨쳐버리고 다시 벌떡 일어나 길 위에 설 수 있었다.

슬픔, 눅눅함, 머뭇거림을 배낭에 꾹꾹 채우고 만난 사람들, 길에서 밥 먹고 자고 거친 숨소리도 공유하고 강물에 뛰어들어 뒤뚱거리며 서로를 의지한다. 사람들 모두는 외로운 뼈가 있다.

길은 더 넓어지고 반듯해진다. 더 화려해지고 다양해지고 있다. 길에까지 자본의 논리가 스멀스멀 기어와 길은 끊기고 파헤쳐지고 사라져간다. 옛길은 가만 놔두고 다시 내는 길은 소박하고 호젓했으면 한다.

삶과 분리된 길은 풍경만이 있다. 길 위에서 만나는 사람들. 물병을 채워주는 인심들. 툇마루 한쪽을 내어주는 손길은 처방전이다. 스스로 질문하고 내면이 깊어지는 길은 사람들에게 수선공이다. 그 길을 걸은 사람은 또 다른 길에서 사람들을 수선하는 길이 될 것이다.

삶의 오솔길 걷기

전상국

차를 타고 큰길에 들어서면 세상 사람 모두가 길 위를 달리고 있다는 느낌이다. 모두가 어딘가를 향해 바쁘게 달려가고 있다.

우리네 세상살이가 그렇다. 어디를, 왜 그렇게 정신없이 달려가고 있는 것일까. 러시아의 문호 톨스토이가 10년 이상 걸려 집필한 《인생론》의 진실, 행복, 사랑 찾기에서나 그 대답을 찾을 수 있을는지. "우리는 오로지 활동하는 가운데서만 생명을 느낄 수 있다."는 칸트의 말은 인간의 존재 가치가 '살아 움직임'에 있다는 것과 그 생명 활동이 어떠해야 할 것인가까지 귀띔하고 있다.

어떻게 살아야 잘사는 것인가. 길 위에서의 질주를 잠시 멈추고 주위를 돌아보자. 인생이란 길 위에서 찾은 자기만의 삶의 방식이 행복지수를 결정하기 때문이다.

우리는 대부분 자신이 왜 뛰고 있는지 모른 채 정신없이 달려가는 삶을 살고 있다. 남들이 뛰니까 남들에게 뒤지지 않기 위해 그냥 정신없이 달리고 있을 뿐이다. 그렇게 정신없이 달려만 가는 삶에는 남들만 있을 뿐 자신의 모습은 어디에서도 찾을 수 없다. 남들처럼 얼굴 뜯어 고치고 남들과 같은 옷을 입고 남들의 목소리에 자기 목소리를 맞추는 일만도 힘이 든데 언제 자기 모습을 찾을 수 있겠는가. 남들 뜀질에 저만큼 뒤져 있는 자신의 왜소하고 초라한 모습을 보지 않기 위해서라도 그냥 정신없이 달릴 밖에.

차를 몰고 어딘가로 달려가다가 예정에 없던 샛길로 방향을 트는 경우가 가끔 있다. 큰길을 벗어나 차 속도를 줄이는 순간 지금까지 보이지 않던 길 양쪽의 산들이 보이고 그 산 밑으로 옹기종기 모여 있는 집들이 보인다.

차를 세우고 숲속으로 난 작은 오솔길을 걸어 들어가는 순간 골짜기를 적시며 흐르는 냇물 소리며 나무 위에서 지저귀는 새소리가 들린다. 하늘을 배경으로 햇살에 반짝이는 나뭇잎들은 또 얼마나 눈부시게 아름다운가.

그때 우리는 숲의 그 오솔길에서 도심에 찌든 가슴 깊이에 맑은 공기를 불어넣는다. 마음의 여유 찾기다. 그 순간 노래를 부르고 싶고 그림을 그리고, 아름다운 풍경을 사진으로 남기고 싶은 아티스트 충동에 휩싸인다.

오솔길에 들어서면 누구나 철학자가 되어, 나는 누구이고 어디서 와서 지금 어디에 있고 앞으로 어디를 어떻게 걸어갈 것인가를 자문한다. 마음의 여유로 해서 비로소 찾은 자기와의 만남이다.

바로 이것이다. 남들을 따라 정신없이 뛰어가던 큰길에서 잠시 벗어나 자기와 온전히 만날 수 있는 숲속의 오솔길 만들기. 큰길을 그렇게 달려가 봤자 결국은 아무것도 만져지는 것이 없다는, 달려간 길 끝에서의 허망을 아는 사람만이 목적이 아닌 그것으로 가는 과정의 삶을 더 소중하게 생각

어떻게 살아야 잘사는 것인가.
길 위에서의 질주를 잠시 멈추고 주위를 돌아보자.
인생이란 길 위에서 찾은 자기만의 삶의 방식이 행복지수를 결정하기
때문이다.

하게 마련이다.

어느 날 저녁 대학 캠퍼스에서 신선한 충격을 받는다. 바쁜 직장 생활을 끝낸 일반인들이 대학의 평생교육원에서 바이올린과 대금을 켜고, 시조창과 판소리를, 그리고 사군자 치기와 생활풍속지리를 공부하고 있다. 공무원 이 씨, 중앙시장 김 씨의 평생 즐기며 걸어갈 삶의 오솔길 만들기가 그렇게 부러울 수가 없었다.

삶의 큰길 옆에 몰래 감춰놓은 숲속의 작은 오솔길 걷기야말로 자기만의 평생 행복 만들기, 고령화 시대 우리가 서둘러 준비해야 할 노후 대책일 것이다.

김유정역, 그리고 금병산 김유정 등산로. 속도의 시대, 속도에서 벗어난 등산객들의 발걸음이 한결 가볍다.

길을 걷다가 아름다운 경치를 만날 때

신정일

    몇 년 전 10월, 단풍이 아름다운 시절, 세상을 떠돌다가 보니 집에 머물렀던 날이 이틀밖에 안 되었다. 한 달에 줄 잡아 한 보름쯤은 집을 비우니, 어디가 집인지 어디가 밖인지 모르는 나날, 그렇게 며칠씩 떠돌다가 돌아올 때 문득 느끼는 것이 있다. "아! 오늘도 내가 살아 있구나." 죽고 사는 것이 무엇인지, 금세 생生과 사死가 나뉘는 이 세상에서, 더더구나 모든 위험이 도사리고 있는 이 세상에서.

    하루하루 살아가는 것이 요행인 세상에서 바다로 산으로 강과 길로 이리저리 헤집고 다녀도 크게 다치지 않고 무사한 것은, 내가 아직 운이 좋다는 것이고, 아직도 내가 사랑할 사람, 사물들이 남아 있기 때문일 것이다. 이렇게 돌아다닌 뒤 남는 것은 무엇일까? 이 세상의 아름답고 기이한 풍경을 많이 접할 수 있고, 세상의 수많은 사람들을 만날 수 있으며, 새로운 풍속과 역사유산을 만날 수 있다는 것 아닐까?

송宋나라의 조계인趙季仁이 이르기를 "나는 평생에 세 가지 소원이 있다. 그것은 세상의 좋은 사람을 모두 알기를 원하고, 세상의 좋은 글을 모두 읽기를 원하며, 세상의 경치 좋은 산과 내를 모두 보기를 바라는 것이다." 라는 글을 썼다. 하지만 그 세 가지를 다 이루고 갈 사람이 어디에 있겠는가? 선조 때의 문장가인 이수광도 그의 저서인 《지봉유설》에서 세 가지 소원을 들었다. "나는 이 세상에 세 가지의 소원이 있으니, 이 세상에서 좋은 사람이 되기를 원하는 것이고, 이 세상의 좋은 일을 하고 싶은 것이고, 또 이 세상의 좋은 경치를 보고자 하는 것이다."

두 사람 다 공통적인 것은 세상에 있는 빼어난 경치를 보고자 한 것이었다. 예나 지금이나 사람들은 먼 길을 걸어가는 동안 수많은 아름다운 풍경들을 만나게 된다. 그 풍경들을 만날 때 보고 느끼는 것이 저마다 다르다. 그렇다면 옛 사람들은 아름다운 풍광을 만나면 어떤 흥취興趣를 느끼고 어떤 자세를 취했을까?

조선의 아웃사이더이자 생육신의 한 사람이고 빼어난 문장가였던 매월당 김시습金時習은 아름다운 경치를 만나면 주저앉아서 통곡을 하였다. 박연폭포, 황진이와 더불어 송도삼절의 한 사람이었던 조선의 대학자인 화담 서경덕徐敬德은 일어나서 덩실덩실 춤을 추었다. 황진이의 무덤에 가서 시 한 수를 읊어서 벼슬을 잃었던 손곡 이달李達은 주저앉아서 술을 마셨다고 한다. 서양의 지식인들은 어떠했을까? 독일의 문호인 괴테는 《파우스트》에서 파우스트의 입을 통해 다음과 같이 말한다. " '나는 순간을 향하여 말하노니, 멈추어라, 너는 정말 아름답다!' 라고 외친다면 그때는 네가 나를 결박해도 좋다. 나는 기꺼이 열반의 길을 걸어가겠다. 그때는 조종弔鐘을 울려도 좋

당신은 어떤가?
아름다운 풍경을 마주할 준비가 되었는가?
또 아름다운 풍경을 만날 때 어떤 경탄을 준비하고 있는가?

다." 괴테는 아름다운 풍경을 만나는 순간이 곧 '무아지경'에 빠지는 것과 같음을 설명하고 있다. 그래서 《파우스트》에서 린세우스를 통해서 "세상은 있는 그대로가 내 마음에 드는구나."라고 말하며 아름다움을 찬탄하고 있다.

자연의 아름다운 풍경이 쌓인 분노를 해소시키기도 하고 새로운 영감을 불러일으키기도 하는 것이다. "에스키모 사람들은 분노를 해소하는 관습이 있다. 화가 난 사람은 자연의 아름다운 풍경을 바라보며 직선으로 걸음으로써 자기의 몸에서 감정을 몰아낸다. 화가 풀린 지점을 지팡이로 표시하며 분노의 강도나 지속된 시간을 보여준다." 루시 리파드가 지은 《오버레이 Overlay》에 실린 글이다. 독일 작가인 앙드레 지드도 《지상의 양식》에서 "그대들의 눈에 비치는 사물들이 순간마다 새롭기를, 현자賢者란 바라보는 모든 것에 경탄하는 사람이다."고 말하며 인생이라는 길에서 아름다운 풍경을 되도록 많이 느끼기를 갈망하고 있다. 당신은 어떤가? 아름다운 풍경을 마주할 준비가 되었는가? 또 아름다운 풍경을 만날 때 어떤 경탄을 준비하고 있는가?

가족과 함께 걷는 길

이순원

    어린 날 나는 대관령 아래에서 자랐다. 정확하게는 강원도 강릉시 성산면 위촌리. 대관령 굽이길 모두가 성산면 땅이다. 그런데도 그 산속에서 산 것이 아니라 마치 먼 산을 바라보듯 대관령을 바라보고 살았다. 어린 날 우리는 다들 저 산 너머에는 무엇이 있을까 궁금해했다. 언제나 우리 눈앞을 막아서는 산. 해가 지는 산. 그것이 바로 내 어린 날 기억 속의 대관령이다.

    내게 그 산은 어른들이나 이제 어른들이 되어가는 형들이 가족과 떠나 멀리 대처로 돈을 벌러 가거나 공부를 하거나, 어쨌거나 독립을 하여 나가는 길의 어떤 상징처럼 여겨졌다. 멀리 떠났던 가족이 고향으로 돌아오는 길도 그 길이었고, 멀리 떠난 가족을 기다리거나 그리며 바라보는 길도 그 길이었다.

    지금은 고향 강릉 땅에 걷는 길로 '바우길'을 탐사하고 있지만, 바우길을 탐사하기 전 내가 대관령을 마지막으로 걸어 넘어본 것은 십수 년 전 큰아

38

이와 함께였다. 그때 초등학교 5학년이었던 아이와 함께 대관령 정상에서부터 그 아래 대관령 박물관까지 함께 걸었다. 걸으면서 우리는 우리가 걷고 있는 그 길에 대한 이야기를 했다. 아이는 이 길을 누가 언제 만들었느냐고 물었다. 길에 대해 누구나 궁금해하는 것은 대개 그런 것들이었다.

그러나 그 길은 누가 만들었던 게 아니라 이미 수천 년 전부터 있어온 것이다. 처음엔 한 발자국, 또 한 발자국. 그런 발자국들의 흔적이 모여 겨우 한 사람이 지나다닐 수 있는 오솔길이 되었을 것이고, 그 다음엔 두 사람이 지나다닐 수 있는 길이 되었을 것이고, 그러다 가마와 수레가 지나가는 길이 되었을 테고, 또 나중에는 자동차가 지나다닐 수 있는 길이 되었을 것이다.

아이는 다시 물었다. 그런 원론적인 얘기 말고 지금처럼 자동차가 지나다닐 수 있게 길을 넓힌 사람이 누군지. 나는 그 사람들에 대해 대답해주었다. 그것은 일본이 우리나라를 지배하던 시대의 일이었다. 일본 군인들이 우리 할아버지들을 불러내 강제로 이 길을 닦게 했다. 그때는 삽과 곡괭이로 돌을 하나하나 들어내며 산허리를 파내 이 길을 닦고 넓혔다.

해방이 된 다음에도 우리 할아버지와 아버지들이 이 길을 넓히는 일에 자주 동원되어 나왔다. 그렇게 대대로 수고를 물려가며 이 길을 닦고 넓혔다. 할아버지와 아버지, 그리고 그 이전에 이곳에 대대로 발자국을 모아 길이 있게 한 할아버지와 그 할아버지의 할아버지들이 이 길을 만든 것이다. 그러니까 대대로 가족이 길을 만든 것이다.

길도 역사도 그것을 만들어가는 최소 단위의 사람들이 바로 가족이다. 나는 지금도 가족은 서로 힘을 보태고 의지하며 같은 길을 걷는 사람이라고 생각한다. 지난 추억 안에 함께하는 삶의 향기가 깃들고 정이 깃든다. 가

나는 지금도 가족은 서로 힘을 보태고 의지하며 같은 길을 걷는 사람이라고 생각한다.
가족과 함께 떠난 길 위에서 나누는 대화만큼 정다운 대화가 어디 있을까.

족과 함께 떠난 길 위에서 나누는 대화만큼 정다운 대화가 어디 있을까. 식탁에서 나눌 수 있는 대화가 따로 있고, 길 위에서 나눌 수 있는 대화가 따로 있다. 같은 일상적인 대화라도 식탁에서 나누는 대화와 길 위에서 나누는 대화는 우선 그 깊이가 다르다.

가족과 함께 여행을 떠나도, 그러니까 같은 길을 가면서도 여행지에 도착할 때까지 아빠와 엄마는 자동차 앞자리에서 열심히 운전만 하고, 아이들은 뒷자리에서 잠만 자는 게 무슨 의미가 있겠는가. 그렇게 되면 오직 여행지에서 놀고 오는 것만 목적이 되지 않겠는가. 함께 있는 시간이 부족하여 소외를 느끼는 것이 아니다. 함께 있어도 가족 간에 대화가 없을 때 소외감을 느끼는 것이다.

이제 걷기 좋은 계절이 돌아왔다. 전국 각 지자체마다 걷는 길들을 만들고 그곳으로 사람을 부른다. 예전에는 한 집안의 아버지 혼자 등산을 다녔지만, 이제는 부부가 함께 다니고 또 온 가족이 함께 길을 걷는다.

길을 걷는 것은 자연과의 대화이고 나 자신과의 대화이며 또 함께 그 길을 걷는 가족들과의 대화이다. 꼭 말을 나누어야만 대화가 되는 것은 아니다. 서로 사랑하는 마음만으로도 우리는 길 위에서 많은 대화를 나눈다. 힘들게 걷는 길 위에서 잡아주는 손길만큼 서로 마음을 전하고 정을 전하는 대화가 있을까.

내가 걷고 싶은 다섯 길

안동규

　예수 그리스도만큼 길 걷기의 선생은 없을 것이다. 성경에서 보듯이 예수는 제자들과 함께 예루살렘과 사마리아를 3년 동안 걸으며 하나님의 나라를 전하고 병자들을 고치며 사랑의 행진을 계속하였다. 본인 자체가 길이라며 "나는 길이요."라고 설파한 예수 그리스도는 생의 과정에서 넓은 길 대신 좁은 길을 선택하였고, 그 생의 최후를 골고다 언덕으로 향하는 죽음의 십자가 길을 걸었다. 역사적으로 존재하는 그 길이야말로 가장 장엄하고 비장한 길이다. 나의 신앙 친구들과 함께 가장 걷고 싶은 1호 길이다.

　60년대와 70년대 세계 문화의 아이콘이었던 비틀즈는 그들의 마지막 앨범 〈애비 로드〉에서 유명한 재킷을 통해서 다시 한 번 그들의 천재성과 예술성을 표현하였다. 그것은 런던의 도시 길인 애비 로드의 횡단보도를 존 레논, 링고 스타, 폴 매카트니, 조지 해리슨 순으로 행진하듯 걸어가는 화제의 사진이었다. 비틀즈가 가는 길이 바로 당시의 문화요, 청춘이었고, 자유

와 예술의 행진이었다. 지금까지도 가
장 사랑받는 앨범 재킷으로 나의 중고
등, 대학 시절의 향수를 불러일으키는
길 사진이다. 지금도 런던의 이 길은 허
구한 날 비틀즈 따라 하기로 교통이 혼
잡하다고 한다. 내가 꼭 보고 싶고 비틀
즈 흉내 내며 걷고 싶은 2호 길이다. 나
의 두 딸과 함께.

　성인이며 영웅인 인도의 간디는 길
걷기를 무척 좋아했다. 사랑의 순례자
처럼 진리의 행각승처럼 인도를 걷고
또 걸었다. 그가 주도한 '소금의 행진'은
간디 사역의 백미다. 1930년 3월 12일,
79명의 제자들을 데리고 사바르마티에
있는 그의 수도장에서 봄베이의 해안까
지 걸은 380여 킬로미터의 길로 20일간
비폭력 저항운동의 상징 길이다. 영국
이 인도 식민지 지배를 위하여 인도 소
금 생산을 금지한 염세법에 항거하기
위해 간디와 그의 수많은 추종자들은
손에 빈 통을 들고 바다까지 행군하였
다. 손수 소금을 만들기 위한 민족적 평

강원도를 걸으면 강원도가 보인다.
이 여정을 두발로, 그것도 자연적인 길을 걸으면 내가 확실히
강원도민인 것을 온몸으로 느낄 것이다.

화적 저항 행진이었다. 흰 옷을 입은 간디는 오른손에 지팡이를 들고 묵묵히 걷고 또 걸었다. 진리와 자유와 평화의 상징인 소금의 행진로가 내가 걷고 싶은 3호 길이다. 나의 학생 제자들과 함께.

세계적인 명소가 된 프랑스에서 스페인 서북단까지의 800킬로미터 길, 산티아고 순례자의 길은 예수의 제자 야고보가 걷고 그의 무덤이 산티아고의 성당에 자리 잡아 순례자 길의 성지가 되었다. 야고보의 길로 통하는 그 길은 인생의 전환점에서, 생의 기로에서, 또한 자신을 성찰하는 가장 좋은 한 달간의 대장정이다. 제주도의 올레길도 서명숙 씨가 그 길을 걸은 후 영감과 감동의 결과로 이루어진 것이다. 이 길은 내가 걷고 싶은 4호 길이다. 나의 아내와 함께.

강원도에는 여러 길들이 있다. 우선 내가 사는 춘천에서 원주를 지나 강릉을 거쳐 속초를 돌아 춘천으로 돌아오는 500여 킬로미터의 사각형 길이 있다. 강원도를 걸으면 강원도가 보인다. 차로는 여러 번 돌아다닌 이 여정을 두 발로, 그것도 자연적인 길을 걸으면 내가 확실히 강원도민인 것을 온몸으로 느낄 것이다. 강원도의 길은 산소길, 올림픽의 길, 동강길, 지역창조의 길, 분권의 길, DMZ길, 낭만호수길, 바우길, 환경생명의 길, 평화의 길, 대자연 백두대간길, 관동별곡 800리 길, 횡성 한우길, 북한강길, 화천 자전거길…. 앞으로 무수히 만들고 복원시켜야 될 길들이다. 강원도의 길은 자유요, 소통이요, 문화요, 자연이요, 사람이며 공동체 그 자체이다. 강원도민이 걸어야 그것이 강원도 길이 된다. 강원도 길은 내가 걷고 싶은 5호 길이다. 나 혼자서.

채우기와 비우기

구길본

강원도의 산림율은 82% 자연, 즉 숲이 우세한 땅이다. 반면에 서울의 산림율은 고작 26%, 자연보다 사람과 도시문명이 우세한 땅이다. 강원도에서 3년의 임기를 마치고 서울로 자리를 옮기니 변화가 적지 않다. 가장 핵심적인 변화는 숲과 자연과의 만남보다는 사람과 도시문명의 만남이 많아진다는 것이다. 도시와 산업문명에서 뿜어져 나온 탁한 공기로 기관지와 가슴이 답답해져 한동안 적응하느라 고생했다. 사람과의 관계에서도 긴장감과 갈등이 높아지고 많아진다. 전반적으로 스트레스 지수도 상승하는 듯하다. 그래서 주말에는 몸과 영혼의 재활을 위해 자연스럽게 자연이 우세한 강원도로 발길이 돌려진다.

사람의 일상과 일생은 채우고 비우는 과정의 연속이다. 학습, 체험, 지적인 일, 사무, 인적 연결 등은 정신적으로 채우는 행위이고 식음, 운동, 접촉, 육체적 노동 등은 신체적으로 채우는 행위이다. 우리는 채우는 것의 결과

로 지식축적, 명예, 지위, 권세 등의 지적·정신적 산물과 체력·외모 등의 형
태적 산물을 향유해간다. 그런데 우리의 몸과 마음으로부터 채워진 산물들
에서 채움과 비움이 조화를 이루면 건강하고 행복한 삶을 영위할 수 있지
만 균형을 잃으면 병들고 불행해진다. 우리 몸에서 채움이 크고 비움이 적
어 기와 혈의 순환과 소통이 원만하지 못해 오는 결과가 비만, 암과 같은 신
체적 질병이고 마음에 채움이 크고 비움이 적어서 온 결과가 갈등, 불면증,
성냄, 불만, 소외감, 우울증 등의 정신적 질병이다. 이렇게 우리의 몸과 마
음, 신체적·정신적 건강과 행복은 결과적으로 채움과 비움의 소통과 순환
이 균형과 조화를 이루어 순행하고 있느냐에 달려 있다. 《도덕경》의 '위학
일익 위도일손爲學日益 爲道日損, 배움은 채우는 것이요, 도는 비우는 것이다'
라는 말은 이 채움과 비움, 소통과 순환의 가치와 의미를 함축적으로 표현

하고 있다. 이러한 관점에서 바로 자신의 몸과 마음에서 채움과 비움의 순환이 순조롭게 이뤄져 조화하고 있는지 챙겨볼 일이다.

우리의 삶터인 국토를 공간적으로 보면 '도시는 채우는 땅이고 숲은 비우는 땅이다.' 도시문명은 채우는 행위의 집합적 산물이다. 우리는 학교와 사회에서 배워 익히고, 공장과 사무실에서 재화를 생산하고 소비하며, 사람과의 연결을 확장해가며, 지식과 정보, 재물과 명예, 그리고 애증과 스트레스 등의 감성적 정서들을 쌓아간다. 반면에 숲은 버리고 비워서 신체적·정신적 재활을 돕는다. 맑고 청명한 하늘과 공기, 새소리 물소리, 꽃과 풀의 향기, 산천과 들판을 흐르는 바람, 나무 고유의 방향제인 피톤치드 등은 신체적 정신적 자유와 치유를 향유하게 한다. 숲 생태계 스스로도 생산자, 소비자, 분해자로 구성되어 생산·소비·분해의 과정을 순환한다. 우리의 삶에서도 숲에서의 분해 과정처럼, 비우기의 과정을 확장해야 우리 삶의 진정한 건강과 행복을 회복할 수 있음을 보여주고 있다.

강원도의 산하는 숲과 자연이 우세할 뿐만 아니라 경관과 자연성 풍광도 비할 데가 없다. 숲은 등산·휴양·걷기·명상·호흡·기도 등 비우기를 하기 위한 최적의 공간이다. 이중 걷기는 신체적 채우기와 정신적 비우기를 동시에 가능하게 하는 가장 손쉬운 방법이다. 최근 이러한 활동들이 생태 관광, 치유 관광, 도보 여행 등의 증가세를 통해 증명되고 있다. 동양의 선조들이 자연의 섭리에서 체득하고 강조한 비우기를 배워서 몸과 마음의 순환, 나아가 우리 전통 가치의 조화와 균형이 좀 더 증진되기를 희망한다.

길을 걷자.

길에서 길을 잃고 길을 찾는다

신정일

옛길을 걷다 보면, 길을 잃어버리고 헤맬 때가 많이 있다. 헤매며 당황하고 있을 때 동행했던 길 친구가 나에게 말을 건넨다. "이 길이 아닌가요?" 나는 '옛길 찾기의 고수'라고 사람들에게 알려져 있는데, 부정도 긍정도 못하며 가슴앓이를 할 때가 한두 번이 아니었다. 땅의 길이나, 인생의 길이나 시간 속에서 길을 잃을 때가 있다. 길에서 헤매고 헤매다가 길을 찾기도 하고 길을 못 찾고 인생을 마감하기도 한다.

〈님의 침묵〉의 시인 한용운의 생애도 잃어버린 길 찾기의 긴 도정道程이었다.

"뜻을 품고 고향을 떠나 서울을 향할 때 열여덟 살이었다. 그때 나는 서울이 어디 있는 줄도 모르고, 그저 서북쪽으로 큰길만 따라가면 만호장안이 나오겠지 하는 막연한 생각으로 떠났다. 노자도 지닌 것이 없었다. 그래도 내 마음은 태연하기만 했다. 그러나 해는 기울고, 발에서는 노독路毒이 나

고, 배는 고파 오장이 주리어 차마 촌보寸步도 더 시어 디딜 수 없기에 어떤 주막집에 들어가 하룻밤을 지내노라니, 그제야 이번 걸음이 무모하였구나 하는 생각이 났다. 인생이란 덧없는 것이 아닌가? 밤낮 근근자자勤勤孜孜하다가 생명이 가면 무엇이 남는가? 명예인가? 부귀인가? 결국 모든 것이 공空이 되고 무색無色하고 무형無形한 것이 되어 버리지 않는가? 나의 회의懷疑는 점점 커져 갔다. 나는 이 회의에서 끝없이 혼란해짐을 깨달았다. 에라! 인생이란 무엇인지 그것부터 알고 일하자!"〈(시베리아 거쳐 서울로)〉 중에서)

오랫동안의 여행에 지치고 기갈을 이기지 못한 한용운이 어느 길가의 주막집에서 하룻밤을 지내며 쓴 글에서 당시의 그의 방황하는 심사를 엿볼 수 있다.

한용운은 서울로 가던 길에 설악산 백담사에 법력 높은 도사가 있다는 소식을 듣고 강원도로 발길을 옮겼다. 하지만 백담사에서 도사는 만나지 못하고 오세암에서 머물며 불목하니 노릇을 하게 되었다. 그러던 어느 날 양계초梁啓超를 읽던 중 세계 일주를 해야겠다는 생각이 들었고 만해는 곧바로 실행에 옮겼다. 그때 그가 세운 계획이 〈북 대륙의 하룻밤〉이라는 글에 잘 나타나 있다.

"그 길로 경성에 와서 보니 기대하던 세계의 지리와 사정에 다하여 대강이라도 체험담을 들을 곳이 없었다. 나의 교제가 넓지 못한 것도 하나의 원인이 되었겠지만 실로 세계적 체험을 지닌 사람이 적었던 것이다. 그리하여 나는 지도와 문자상으로 본 것을 기초 삼아서 진로를 스스로 결정하였다. 가까운 러시아로 먼저 가서 중구라파中歐羅巴를 거쳐 미국으로 가기로 하였으므로 원산에 가서 배를 타고 해삼위(海蔘威. 블라디보스토크)에 상륙하기로 하였던 것이다."

곧바로 실천에 옮겼으나 그의 꿈은 블라디보스토크에 도착하며 깨어지고 말았다. 그 당시 한용운의 상황을 고은 시인은 《한용운 평전》에서 다음과 같이 말했다.

"만약 이 여행의 첫걸음이 이런 좌절로 끝나지 않고, 그의 모험심대로 시베리아 횡단이 실현되고, 중구, 서구를 지나서 대서양을 횡단, 미주로 건너갈 수 있었다면 그의 운명은 전혀 다른 표현으로 확대되었을 것이다. 그의 여행은 그 여행에서 반드시 돌아온다는 보장이 확정되어 있지 않은 탐구의 기행이었다. 아마도 제정 러시아가 혁명 소비에트로 바뀔 때까지 모스크바에 체류하였더라면 그는 조선 공산주의 지도자가 되었을 것이고, 그가 파리에 있었다면 아주 세계적인 근대철학을 갖추었을 것이다. 또한 그가 미국에 건너갔다면 이승만 이상의 국부적國父的 독립운동가가 되어서 극동의 한 정치지도자로서 성장했을 것이다."

'한 나라의 역사나 개인의 역사도 가정이 없는 것'이라서 만해의 세계 일주는 좌절되었다. 하지만 한용운의 좌절은 곧 민족시인이자 독립운동가의 탄생을 예고하고 있었다. 기나긴 인생길에서 길을 잃고 고난의 길을 헤쳐가야만 새로운 이상향을 발견할 수 있는데, 대다수의 사람들은 평탄한 길, 안전한 길만 찾고 있다.

달밤 걷기

신용자

삽상한 가을 저녁, 길을 나섰다. 밤길을 걸어보고 싶었다. 인적 없는 소양호 끝머리 추전리 길. 환한 낮길과 달리 밤길엔 부드러운 어둠이 스민다. 먹빛 어둠이 풀리는 산길로 들어서자 세찬 풀벌레 합창과 소쩍새 소리가 어우러지는 자연 교향악이 열리고 반딧불이 둥실둥실 떠다닌다. 긴 그림자를 내린 나무들이 말을 걸어 올 듯하다. 인적 없는 밤길엔 또 다른 세계가 펼쳐진다.

진한 풀내음을 느끼며 조심조심 삼가듯 걷는다. 무섬증이 도져 나도 모르게 동요를 흥얼거리며 옆 사람 손을 잡는다. 혼자 걸으며 자연의 소리에, 생명을 기르는 밤의 섭리에 빠져들고 싶지만 낯선 길은 얼치기 방문객을 허하지 않는다.

어릴 적 먼산나물을 하러 간 엄마를 기다리거나, 일하러 간 엄마를 마중 갈 때면 골목 어귀에서 혼자 서성거려도, 고샅길을 벗어나 산길로 들어서도 두려움은 없었다. 하긴 산골에서 장보러 가려면 새벽 2~3시에 소꽹불(소나무 옹이를 이용)을 해 들고, 내다 팔 잡곡 등을 지고 길을 나서야 했다. 몇십 리 꼬부랑길을 걸어 버덩말 장을 보고 돌아오자면 또 이슥한 밤, 가족들은 고갯마루까지 나가 불빛으로 마중을 하곤 했다. 발에 익고 눈에 익은 길은 낮이고 밤이고 다를 게 없었을 것이다. 몇 해 전만 해도 도심을 벗어난 곳에서는 한 시간이 넘는 고갯길로 홀쩍 밤마실을 다녔다고 한다.

가로등이 켜지는 도심 길에 익숙해지다 보니 불빛 끊긴 밤길은 선뜻 내키지 않는다. 속세에 찌든 심신은 야생의 싱그러움 속으로 내닫지 못한다. 그래도 밤길, 보름달 전후의 밤길 걷기는 솔깃해진다.

최근에는 몇몇 지역에서 '달빛 축제'라든가, '달밤 걷기', '생명사랑 밤길 걷기' 등을 시도하고 있다. 물론 밤길 걷기로 적당한 길은 어느 정도 공간이 확보되고 안전상의 문제도 고려되어야 한다. 어둠 속에 있노라면 절로 어둠에 익숙해지지만, 불을 준비하지 않아도 되는 보름 전후가 좋을 것이다. 무릇 생명은 밤에 길러진다고 한다. 밤의 산속에서 지낸 경험이 있다면, 저마다의 소리로 살아나는 밤의 향연을, 생명의 소리를 들었을 것이다. 달빛과 별빛이 쏟아지는 산속의 우물 같은 그곳에서 하나의 생명체로, 태초의 심연으로 돌아가 비로소 산의 숨결이 되는 순간을 경험할 수도 있을 것이다. 가장 좋은 명상 길이 될 수도 있다.

예전에 보름달이 뜨면 여인들은 달 삼키기를 했다고 한다. 호흡을 조절하며 길게 달을 삼키고 토해내는 그 과정을 통해 우주의 에너지를 체화했을 것이다. 우리나라뿐만 아니라 달을 주제로 하는 행사는 어느 나라에서나 있었다고 한다. 티베트나 고대 수메르 지방의 달맞이 축제는 강강술래

구름에 가린 달빛으로 생각했던 만큼 환한 밤길은 아니었지만,
개똥벌레 불빛을 따라 걸어볼 수 있었던 호숫가 길은 새로운 체험이
었다.

의 원형이라고 한다. 달밤 걷기를 통해 수만 년 전해 내려온 인류의 유산인 달맞이 축제, 또는 달 삼키기를 재현해볼 수도 있을 것이다.

길 아래 물 여가리에는 이어졌다 끊기는 옛길이 숨어 있는 걸 알기에 눈길이 간다. 병풍처럼 둘러친 산봉우리와 산그림자를 담은 소양호를 발 아래 거느리며 걷는 길, 길가에는 오빛뜰 마을의 꿈을 심듯 가꾼 개복숭아나무들이 줄지어 따라온다.

봄이면 복사꽃 길 걷기, 여름이면 푸른 동굴 속으로 들어가는 옛길 걷기, 가을이면 달밤 걷기, 겨울이면 일출 보기 등이 가능한 이 길의 끝 마을 선드레에는 장수하늘소의 발생지가 있다. 이곳은 이외수, 전상국의 소설 배경지이자 광해군 때 '칠서의 난'을 그린 소설 〈흑두건〉의 무대이기도 하다.

구름에 가린 달빛으로 생각했던 만큼 환한 밤길은 아니었지만, 먼 불빛이 반가움으로 다가왔고 풀벌레 합창에 절로 마음이 열리고, 개똥벌레 불빛을 따라 걸어볼 수 있었던 호숫가길은 새로운 체험이었다. 깊어가는 가을밤 속으로 살망살망 들어가며 잠시 '가을'이 된다.

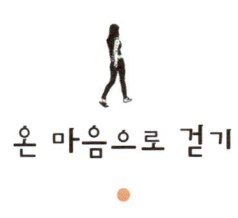

온 마음으로 걷기

이성근

길을 걸을 때 나는 느려 터진 굼벵이가 된다. 서유석의 황소걸음을 흥얼거리기도 한다. 사람이 빠르면 얼마나 빠를까? 사람이 느리면 또 얼마나 느릴까? 그때를 느끼며 온 마음으로 걸어야지! 온 마음으로 걷는다는 것은 생각보다 쉽지 않다. 연습이 필요하다. 다시 말해 길들이고 익숙해져야 한다. 안타깝게도 '빨리빨리' 문화는 의식적이든 무의식적이든 우리들 삶 깊숙이 들어와 있다. 길을 걷다가도 경보하듯 횡하니 앞서 가는 사람들을 보면 왜? 라고 물음을 던질 때가 많다. 한편 정다운 모습으로 도란거리며 걷는 분들이 나누는 이야기를 본의 아니게 귀동냥할 때가 더러 있다. 그런데 대화의 주제가 각종 투자정보와 부동산 등을 통한 재산 증식, 자녀의 진학과 관련된 학원 이야기가 의외로 많았다. 솔직히 이 부조화스러운 현상을 어떻게 해석해야 할지 당혹스러웠다. 도대체 얼마나 풍족해야 만족할까. 여전히 빨리빨리를 주문하고 경쟁을 부추기면서 탐욕을 자극하는 이 뒤틀림은 길

걷기에 고스란히 투영되어 있다.

빨리빨리는 일제의 식민치하와 전쟁이 남긴 상처를 극복하는 과정에서 발생한 성장통成長痛이다. 결과적으로 살아남기 위한 몸부림이었지만 이제는 결별해야 할 흔적이다. 2010년 현재 대한민국은 지구촌 191개 국가 중에 경제력 10위권의 선진국이다. 양극화의 그늘이 짙긴 하지만 예전에 비해 상대적으로 먹고 살만해졌다는 것이다. 달리 말한다면 여유가 생겼다는 것이다. 일제의 수탈과 전쟁으로 황폐해진 산림도 회복기에 들었다. 사람들은 산 좋고 물 좋은 곳을 찾아 이동하기 시작했다. 한동안 자동차가 매개 역할을 했다. 도로가 사방팔방으로 나면서 사람들은 걷는 길 자체를 잃어버리기도 했다. 차창 밖 풍경은 그야말로 스침에 불과했다. 길을 잃음과 동시에 소중한 가치들도 시나브로 묻혀버렸다.

등정주의에 대한 반성이 제기될 즈음 수평적 길 걷기가 붐을 이루기 시작했다. 이름난 길을 찾아 남의 나라까지 가서 발품을 팔고 있다. 만만치 않은 여정임에도 걷기는 꼬리에 꼬리를 물고 있다. 새삼스러움, 정겨움, 새로움의 만남이 있기 때문이다. 고개마다 포구마다 마을이 열리고 고유한 문화를 만나게 된다. 그뿐인가. 숲 가장자리마다 계절을 달리하여 얼굴을 내미는 야생초들이 반긴다. 한 아름 굴참나무나 서어나무, 팽나무를 껴안아 보기도 하며 간만에 그들이 들려주는 음악에 귀를 기울인다.

정성을 들인다는 것은 관심이다. 관심은 사랑의 시작이다. 그렇다. 걷는다는 것은 찬찬이 들여다보며 살피고 음미함을 통해 몸과 마음이 어떤 대상과 하나가 될 기회를 가진다는 것이다. 세계가 열리는 순간이다. 생명의 순환 그물 속에 한 코의 그물임을 자각하는 것이다. 걷기의 매력은 여기에 있다. 사느라 무심했던 것, 스쳐왔던 것에 대해 뒤돌아봄이요, 미처 몰랐던 세계의 발견이다. 그리하여 걷기는 시나브로 치유와 소통, 배려와 존중, 더불어 삶을 찾는 학교이자 병원이고 도서관이다.

우리가 추구하고 회복해야 할 걷기 문화는 에코 투어리즘에 입각한 생태적으로 건전하고 자연친화적인 걷기가 되어야 한다. 하물며 그 길에서 더 많은 돈벌이 이야기 따위는 접어두자. 우울한 일이다. 지난 20년 대한민국은 경재개발협력기구OECD 국가 중 최고의 자살률을 기록하는 나라가 됐다. 과도한 교육 경쟁과 구직 경쟁 등 경쟁의 정점은 더 많은 부와 물질적 포만을 강요하는 개발과 성장 신화가 강요한 마약이다. 중독으로부터 벗어나야 한다.

온 마음으로 걷는 일은 진실로 세계를 사랑하는 마음에서 가능하다. 나눔에 대해 인색하지 않고, 자족하고, 자연과 교감하고자 할 때 길은 비로소 제 모습을 드러낸다. 이 행복한 길 걷기를 마다할 것인가. 제발, 느리게 온 마음으로 걷자.

처음 와본 길

박수자

강릉 바우길은 1코스에서 11코스까지 길이 만들어져 있다. 구대관령 상행 휴게소를 출발하여 선자령과 양떼 목장 옆을 지나 반정을 넘어 보광리에 닿는 9번 코스는 강릉 바우길의 백미다. 그 길을 다섯 번이나 넘게 걸었다. 새잎 트는 봄과 잔설이 낙엽에 얹혀 있는 겨울에도 걸었다. 현란한 단풍이 잘게 부서져 누워 있는 가을, 반사되는 단풍잎 사이로 언뜻언뜻 보이는 동해 푸른 파도에 탄성이 절로 나오는 길이다. 이번 길은 출발할 때부터 비가 내렸다. 강릉을 사랑하는 산악인들이 모였다. 바우길을 만든 순수 열정을 가진 이들이 나와 안내를 맡았다. 발 밑에 촉촉한 낙엽들은 푹신했다. 비에 젖은 잎들은 윤이 나게 반들거렸다. 젖기를 거부하는 잎들은 표면에 빗방울을 둥글게 말아 올려 구슬을 만들고 있었다. 초록의 세상에 비옷들이 현란한 유화 캠퍼스다.

선자령 등산로에 이르자 산안개가 우리를 감싸 안았다. 흰꽃범의꼬리가

64

걷는다는 것을 찬찬히 들여다보며 살피고 음미함을 통해
심신이 대상과 하나가 될 기회를 가진다는 것이다.
세계가 열리는 순간이다.

길섶에 듬성듬성 피어 있었다. 발부터 머리까지 몸 전체에 퍼지는 안개 방울들. 바람에 호수의 표면처럼 일렁이다가 낮게 흐르는 강 같은 안개. 구름처럼 빠르면서도 조용히 걷는 무리들은 길게 몸을 뉘어 숲을 어루만지고 가냘픈 음악을 연주하고 있었다. 비옷과 모자를 벗었다. 섬세한 알갱이, 안개의 일렁거림에 얼굴과 머리카락이 젖었다. 키 낮은 잡목들은 허리부터 붕 떠 있다. 모든 감각기관의 모공을 활짝 열어 명상에 빠졌다.

이 장관에 문득 걸음을 멈추고 뒤를 돌아다봤다. 요정들이 키득키득거리며 나무들 사이를 왔다 갔다 하는 부산스러움. 지금 이 시각 이 길 위에 모든 이들은 말이 없었다. 봄을 기다리는 씨앗들처럼 각자의 살갗에 떨림과 맑은 비안개의 촉감을 조각하고 있었다. 안개는 대관령 양떼 목장 길까지 이어졌다. 꽃과 나무, 사람들까지 모든 것이 아스라했다.

반점을 돌아 옛길 주막에 이르는 내리막길에서 '우리 땅 걷기'의 신정일 선생님이 발길을 멈춰 섰다.

"이게 피나무다. 바둑판을 만들기도 하지. 아니 이 나무가 여기에 있는 줄 몰랐네."

위로 쭉 뻗은 나무. 갈색과 쑥색을 버무린 빛. 세로줄이 얼비취는 자태. 한 그루도 아니고 주변에 서너 그루가 있었다.

신 선생님도 보물 찾기에 성공한 얼굴이다. 수십 번을 오갔을 이 길에 처음 눈에 들어온 나무. 나도 만져보고 안아도 주고 투덕거렸다. 다시 올 때 잊지 않기 위해 서 있는 지점도 눈도장을 찍었다.

옛길 주막에서 점심을 먹었다. 찰밥과 열무김치를 김에 보쌈해 먹었다. 평상도 비에 젖어 서서 먹어도 꿀맛이다. 배낭 속에서 이미 안개에 버무려진 비빔밥 아닌가. 뜨거운 커피를 딱 한 모금씩 추렴해 얻어먹고도 충만한 행복감에 나는 자꾸 길 위에 있다.

'우리 땅 걷기' 모임을 따라 나선 지도 오 년이 넘었다. 같은 길을 또 걷게 되는 경우가 다반사다. 같은 길을 왜 또 가느냐고 사람들은 내게 묻는다. 저번에 갔다 온 길이라서 가지 않는다고도 한다. 나는 그럴 때 그냥 웃는다. 같은 길은 없다고 말해주지 않은 까닭은 또 다시 가봐야 알기 때문이다.

세상에 같은 길은 없다. 자연은 끊임없이 흐르고 변하기 때문이다. 이때쯤 작년 그 길에 꽃들이 지천이어서, 작정을 하고 그 길에 나서면 꽃샘추위에 떨고 있는 꽃망울을 보고 온다던가, 일렁이는 청보리밭을 기대하고 갔다가 실망하고 되돌아서기도 한다.

이런 일들을 겪을 때마다 외할머니가 생각난다. 똑같은 콩도 심는 시기가 다 다름을 이미 그분은 아셨다. 밥 위에 얹어 먹는 올콩은 감꽃 필 때 심고, 메주콩은 감꽃 질 때 심는다는 것을. 청도가 사는 곳이라 주변에 감나무가 지천이어서 할머니의 잣대는 감나무의 철맞이였다. 오랜 세월 세심한 관찰과 경험이 생명 전체를 아우르는 지혜를 스스로 터득한 것이다. 나도 이젠 조금은 보인다. 길을 걷고 또 걷고 멈춰 서서 자연과 눈을 맞췄기 때문이다. 찔레꽃이 질 때쯤이면 송화가루가 산안개처럼 피어오른다는 사실. 산딸기 먹을 때쯤이면 나도 꽃이라고 밤꽃이 어지럼증을 앓게 한다는 사실. 몇 월 몇 일 식으로 못을 박아야 정답이고 획일화 되고 매뉴얼화 된 잣대가 생명살이에 얼마나 어리석은가를 발로 걸으며 배우고 있는 중이다.

지역마다 토양이 다르고 바람 길이 다르고 비의 양도 다르다. 다른 풀이나 나무가 자라는 시기를 가늠하여 내리는 결정이 얼마나 과학적인가?

이 사고는 어떤 사물을 그것만 떼어 생각지 않고, 이것이 있으므로 저것이 있다는 생명 세계의 큰 지평을 열어주었다.

가르치는 일을 업으로 삼고 있는 현장에서 앞서고 뒤처지는 아이들을 격려하고 기다려줄 줄 아는 지혜도 생겼다. 같은 뽕나무에 오디도 가지마다 열매의 크기가 다르고 맛도 다르다. 하다못해 한 콩깍지의 콩이라도 자라면서 각각 다르다.

걷다 보면 과거의 어떤 기억이 떠오른다. 평소에 거의 자각하지 못했던 기억. 때론 기쁘고 때론 슬픈 일들. 기쁜 일은 감사하고 슬픈 일은 다독이고 토닥거려 떠나보낸다.

나도 끝없이 흐르고 변하는 생명이기에 가본 길 위에 서도 그 길은 언제나 오늘 처음 본 길이 된다. 무엇이 내 눈에 들어와 가슴이 열릴지, 또 무엇에 놀라게 될지 배낭이 부풀고 있다.

걷기와 세심洗心

구길본

아침 샤워를 마치고 뒤돌아 나오는데 문득 눈에 들어온 욕조 바닥 위 찌꺼기들이 내 맘에 잔잔한 파문波紋을 일으켰다. 처음에는 매일 씻는 내 몸에서 매일 이렇게 많은 때가 나온다는 사실에 새삼 놀랐다. 그리고 매일 내 몸의 칠규七竅와 땀구멍을 통해서 많은 노폐물들이 줄기차게 밖으로 배설되고 있다는 과학적 진실을 상기했다. 내 몸 건강의 비결이 잘 먹고, 잘 싸는 데 있다는 평범한 진리도 새삼 연상이 되었다. 그런데 몸의 상대인 마음은? 내 맘도 하루 동안 몸보다 더 많은 것을 섭취하는데 배출은 어떻게 하고 있나? 순간 감전이나 된 듯 정신이 번쩍 들면서 아득히 마음의 미로迷路를 헤매기 시작했다. 내 마음으로 섭취되는 것은 독초毒草도 있고, 약초藥草도 있었다. 사람과의 관계에서 오는 탐욕, 시기, 질투, 애증, 분노, 경멸, 무시, 사기, 배반, 억압, 지배, 비난, 비판, 근심, 걱정, 슬픔, 비탄 등 부정적 생각과 행동은 마음을 병들게 하는 독초와 다름없을 것이다. 반면 사랑, 자비, 연민, 희생,

봉사, 인내, 신뢰, 자유, 평등, 조화, 칭찬, 공경, 존중, 희망, 기쁨, 희열 등 긍정적 생각과 행동은 우리 마음을 치유하는 약초에 해당된다. 나는 하루 중 독초를 얼마나 섭취하고 있을까? 그리고 약초는? 평범한 하루의 일상을 되돌아보면 후자보다는 전자 쪽의 중량이 크게 느껴진다.

몸에서 폐기되는 찌꺼기들이 배출이 잘 안 되어 쌓이면 병통이 난다. 마음에 쌓인 독소도 종국에는 정신적 병통으로 이어지고, 연관된 몸의 병을 일으키는 원인이 된다. 그래서 몸보다 마음의 건강이 더 중요한 것 같다. 그런데 정작 마음의 독소들을 빼기 위해 얼마나 정성을 들이고 있을까? 몸과는 반대로 마음 독의 배출에는 별반 노력을 들이지 않고 있다. 내겐 일주일에 간혹 이른 새벽 한 시간 정도의 체조와 명상이 고작이었다. 내 마음 속에 매일 쌓이는 독소의 중량은 그래서 늘어만 가는 듯하다. 그래서 하루 일과를 끝냈을 때 몸보다는 마음이 그렇게 무겁게 느껴지나 보다.

내 마음의 찌꺼기와 독소를 잘 배출하는 길은 무엇일까? 우선 근본적으로 이러한 것들이 마음에 자리 잡지 않게 하는 길이 왕도일 것이다. 긍정적 사고와 행위가 항상 충만하게 하면 된다. 그러나 종교인이 아닌 범인에게는 쉽지 않은 길이다. 오히려 보다 긍정적 사고와 행위를 더 많이 하고, 부정적인 것은 최소화하는 노력이 현명한 길이다. 다음은 일단 매일 축적하는 독소를 매일 배출하도록 생활화하는 길이다. 종교 활동 내지는 여가취미 활동들이 여기에 해당할 것이다. 기도, 참선, 명상, 운동, 단전호흡, 놀이, 음악, 미술, 걷기, 등산, 여행 등의 활동을 올바르게 규칙적으로 하는 것이 관건임에 틀림없다. 그러나 이것 역시 직장과 가정에서 삶을 위해 씨름하는 도시 생활인에게는 쉽지 않은 길이다.

요즘 도시인들에게 유행병처럼 확산되고 있는 등산을 비롯한 걷기 여행이 몸과 마음의 독을 동시에 배출하기 위한 본능적 탈출구가 되고 있는 것은 이런 이유 때문이 아닐까? 특히 시골 숲길을 걷는 행위는 일상으로부터의 탈출을 뜻한다. 일상으로부터의 탈출은 바로 일상에서 쌓인 몸 속 노폐물의 배출 행위이다. 녹색의 숲은 우리 눈의 피로를 회복시킨다. 우리의 폐는 맑은 공기로 씻겨진다. 우리 귀는 청량한 새소리와, 우리 코는 자연의 향기와, 우리 피부는 부드러운 자연의 기운과 접촉하며 새로워진다. 마음의 노폐물은 걷는 한 걸음 한 걸음 그 발자취를 통하여 빠져나간다. 마음을 유식학唯識學에서는 8식八識으로 분류한다. 우리 맘의 인식작용은 안이비설신眼耳鼻舌身의 오감五感을 통한 전오식前五識, 그리고 의식意識, 사량분별식思量分別識, 잠재의식潛在意識 혹은 저장식貯藏識 등의 후삼식後三識이 그것이다. 걷기는 전오식을 일상의 것이 아닌 긍정의 것으로 새롭게 하고, 후삼식에 쌓인 노폐물인 부정적인 것들을 씻어낸다. 걷는 것은 세심洗心하는 것이다. 걷기는 일상의 탈출을 통해 몸과 마음을 청결하게 하고 재탄생시킨다. 몸과 마음을 자연과 생명 본원의 청명한 기운으로 환원한다. 우리 국토에는 백두대간의 등산로를 비롯하여 걷는 길이 거미줄같이 얽혀 있다. 그리고 걷기 쉽게 생활권 주변에 걷는 길이 더 많이 생기고 있다. 얼마나 다행스런 일인가? 지금 바로 몸보다 마음의 청결과 건강을 위하여 걷기를 생활화해야겠다.

걷는 것은 세심洗心하는 것이다.
걷기는 일상의 탈출을 통해 몸과 마음을
청결하게 하고 재탄생시킨다.
몸과 마음을 자연과 생명 본원의 청명한
기운으로 환원한다.

고향 가는 길 위에서

전상국

여행 중에 일어나는 특이한 사건이나 에피소드를 다룬 영화 작품을 로드 무비라고 하듯 소설 장르에도 나그네들이 길 위에서 겪어내는 이야기를 중심으로 그려낸 여로형 소설이 있다.

여로형 소설은 대체로 등장인물이 어딘가를 향해 걸어가는 과정이나 자동차나 기차 안에서 일어나는 이야기를 통해 독자들을 긴장시키면서 결말을 향한다. 바꿔 말해 세상살이의 한 부분을 어떤 길 위에 펼쳐놓고 그것에 대응하는 등장인물들의 이야기로 독자를 사로잡는 것이다.

내 등단작품 〈동행〉('63년 조선일보)도 밤 눈길을 배경으로 한 여로형 소설이다. 〈동행〉이란 제목부터 생각해놓고 작품을 구상하던 그때의 기억이 새롭다.

여름 전쟁 때 부역 행위로 10년 징역을 살고 나온 억구가 출소한 그날, 우연히 길에서 만난 고향 사람을 죽이게 된다. 이제 더 이상 삶의 희망을 잃은 그는 양복만 걸친 깡똥한 차림으로 겨울밤 눈길에 오른다. 자기 때문에 죽은 아버지의 무덤에 가서 죽기로 작정한 것이다. 그리고 살인범을 잡기 위해 밤 눈길에 나선 형사와의 동행.

그런 기구한 인생의 길 걷기가 〈동행〉의 중심 모티브다. 사람이 살다 보면 이런 부득이한 동행도 있을 수 있다는 것을 작품을 통해 보여주고 싶었던 것이다.

아무튼 여로형 소설은 그동안 근원으로부터 일탈하여 뿌리 뽑힌 삶을 살던 주인공들이 그 불행의 원인을 찾기 위해 자신의 고향을 찾아가는 과정을 다룬 것이 많다. 수구초심, 즉 여우가 죽을 때에 머리를 자기가 살던 굴쪽으로 둔다는 뜻이다. 이러한 귀소본능은 자기 뿌리 확인이며 오늘의 자기 삶을 돌아보는 현실인식의 한 방법일 터. 또한 포용과 관용의 고향 땅 밟기를 통해 상처의 치유는 물론 어떻게 살아야 할 것인가를 암시받는다.

고향에 대한 그리움은 인간의 감성 중 가장 순수하고 고결한 것이 아닐까 싶다. 그것은 객지 생활을 통해 잃어버린 그 어떤 것을 되찾고 싶은 바람이며 부도덕하게 오염된 자신의 현실에 대한 반성일 수 있기 때문이다.

고향은 모든 것을 감싸 안고 다독여 본래의 모습으로 회복시키는 무한량의 산소 탱크, 갱생의 샘 같은 것이다. 그리하여 고향을 찾아가는 길은 언제나 가슴이 설렌다.

그러나 고향 마을에 들어서는 순간 뭔가 석연찮은 느낌으로부터 자유롭지 못하다. 내가 다닐 때의 초등학교가 저렇게 작았단 말인가. 그리고 항상 처다보고 산 남산이 저처럼 낮지는 않았다는 생각으로 고향산천을 새삼스런 눈으로 둘러보게 된다.

더구나 이제는 내 어릴 때의 이름을 기억하고 있는 사람도 없고, 우리 어머니가 마을로 시집오던 날 마을이 온통 환했다고, 그 일을 오래오래 잊지 않고 내게 들려주던 탑둔지 치매 할머니도 돌아가신 지 오래다.

고향이 달라졌다. 산천도 사람도. 특히 아직도 고향을 지키고 사는 옛 친구들과의 서먹한 만남 뒤의 쓸쓸함이라니. 왜 그들은 나를 예전처럼 그렇게 스스럼없이 대해 주지 않는단 말인가. 그들이 달라졌다. 옛날 그대로의 것을 찾기가 어렵다.

그러나 고향 마을을 다녀오는 길 위에서 불현듯 깨달은 것이 있다. 변한 것은 고향산천과 그 산천을 여전히 지키고 사는 고향 사람들이 아니라는 사실.

변한 것은 나였다. 내 눈높이가 달라졌고 내가 생각하는 것이 예전의 그것이 아닌데 어찌 그들이 예전처럼 그런 모습으로 보일 것인가. 옛날과 너무나 달라진 나를 친구들이 어떻게 옛날같이 반가운 얼굴로 맞아줄 수 있겠는가.

이런 뒤늦은 터득이야말로 고향을 떠나 사는 동안 내 안에서 사라졌거나 변한, 어린 눈으로 보면서 자란 고향에 대한 그리움이 아직도 변하고 있지 않기 때문일 수도 있다. 자기 안에 각인된 고향에 대한 그리움, 그 원형을 잃지 않고 사는 길이 곧 자기를 잃지 않고 사는 길이라는 각성이다.

걷기 좋고 유람하기 좋은 가을에

신정일

"8월 5일에 문득 보내주신 가장을 받고 몇 번이고 펴서 읽으니 얼굴을 마주하고 친히 위문해주시는 것 같아서 기쁨과 위안을 느낍니다. 벼슬하는 정은 내 낙樂이 아니므로, 가을이 될 때마다 산수山水의 흥을 더욱 마음속에 느끼는데, 선생은 어떤 사람이기에 능히 홀로 이것을 갖추었습니까?

이 사람이 돌아오면서 낭패스러워 못 견디겠습니다. 나머지는 절서節序를 따라 스스로 조심하시기 바랍니다. 날이 저물어 대강 씁니다."

고려 말의 문장가이자 정치가인 포은 정몽주가 〈둔촌遁村에게 답한 글〉이다.

가을은 결실의 계절이자 단풍의 계절이고 그리움의 계절이다. 또한 봄여름 내내 푸르렀던 나뭇잎이 한껏 아름다움을 자랑하고 겸손하게 대지를 향해 낙하하는 계절이다. 그러므로 가을의 절정에 공기 좋고 아름다운 산천을 며칠 동안을 걸어서 답사하면 비싼 보약 한 재 먹는 것보다 낫다. 그래서

나뭇잎 흩날리는 가을 길은 항상 미로처럼 아련하고 희미하다.
그 가을 길에 나서면 길이 길 걷는 나그네에게 말을 건넨다.
"너 누구냐? 어디로 가느냐?"고

그런지 "일편 가을 산이 능히 병객病客을 치료한다."는 말도 있지 않은가?

옛 사람들의 가장 고급스런 취미가 산천유람이었다. "산천을 유람하는 것은 좋은 책을 읽는 것과 같다." 바꾸어 말한다면 "좋은 책을 읽는 것은 산천을 유람하는 것과 같다."는 말이다. 또한 "견문見聞이 많은 사람일수록 안목眼目이 좁은 사람이 없다."는 것이 사대부들의 산천관이었으며, 그것이 바로 사람도 역시 자연의 일부라는 것을 깨닫게 되는 통로였다. 그러나 조선시대의 사대부들조차 떠나고 싶을 때 훌쩍 떠날 수 있는 것은 아니었다. 조선 초기의 문장가이자 무오사화로 희생된 김일손은 《두류산 기행》의 서두를 다음과 같이 시작하고 있다.

"선비로 태어나서 덩굴에 달린 박이나 외처럼 한 곳에만 매어 사는 것은 운명이다. 천하를 두루 구경하여 견문을 넓히지 못할 바에는 자기 고장 산천이라도 두루 탐방해야 하겠지만, 사람의 일이란 매사가 어긋나기를 잘해서 항상 뜻을 두고도 이루지 못하는 경우가 십중팔구는 된다."

하지만 조선시대의 이름났던 선비들은 틈이 날 때마다 산천을 유람하면서 그들의 사상을 살찌웠다.

"아버지는 나라 안의 명산들을 두루 다니셨는데, 서쪽으로는 평양과 묘향산, 남쪽으로는 속리산과 가야산, 화양동華陽洞과 단양 등 여러 명승을 유람하지 않은 곳이 없었다. 언젠가 이런 말씀을 하신 적이 있었다. '나는 과거를 일찍 그만두어 마음이 한가하고 거리낌이 없었다. 그래서 산수유람을 많이 했었다.'"

박종채가 지은 《나의 아버지 박지원》에 실린 글이다.

단풍이 가장 아름다웠던 가을에 묘향산 일대 유람을 떠난 박제가에게 이

덕무(정조 때의 개혁 사상가)는 시 한 편을 보냈다.

"단풍이 한창일 제, 향산에는 들렀다가, 어서 빨리 돌아와서, 그리던 회포 풀어보세"

그 편지를 받은 박제가는 묘향산의 퇴락한 상원암을 보고 다음과 같은 가슴 아린 글을 보냈다.

"나는 일찍이 옛일이란 어떤 것이건 매양 찾을 데 없음을 한하여 오던 터이다. 이제 가을 산 조각돌이 거친 풀, 찬 이슬 속에서 옛일을 말하고 있지 않은가, 옛것이 나와 더불어 무슨 상관이 있기에 이를 대하여 서글프고 심란해서 저축저축 머뭇머뭇 오랫동안 가지를 못하는가! 빈 산, 떨어지는 해, 끊어진 다리, 흐르는 물, 이는 예로부터 회고의 정서를 하염없이 자아내게 하는 곳이로구나!"

걸어온 길이 누군가의 글처럼 "깨끗하게 쓸어놓자마자, 다시 마른 잎으로 덮이는 가을날의 길처럼" 즉시 사라져버렸을 때의 막막함, 나뭇잎 흩날리는 가을 길은 항상 미로처럼 아련하고 희미하다. 하지만 그 가을 길에 나서면 길이 길 걷는 나그네에게 말을 건넨다. "너 누구냐? 너 어디로 가느냐?"고.

길 이야기

김태준

길 이야기를 시작하면서 도종환 시인의 〈처음 가는 길〉을 떠올린다.

> 아무도 가지 않은 길은 없다. / 다만 내가 처음 가는 길일 뿐이다./
> 누구도 앞서 가지 않은 길은 없다. / 오랫동안 가지 않은 길이 있을
> 뿐이다./
> 두려워 두려워하였지만 / 많은 이들이 결국 이 길을 갔다./
> 죽음에 이르는 길조차도 / 자기 전 생애를 끌고 넘은 이들이 있다./
> 순탄하기만 한 길은 길 아니다.
> 낯설고 절박한 세계에 닿아서 길인 것이다.

시인의 싯귀처럼, 아무도 가지 않은 길은 없고, 누구도 앞서 가지 않은 길
은 없다. 결국 길은 누군가가 가기 시작했기에 생긴 '줄'이고, 뒷사람들이 따

라 걸었기에 길이 되었음에 틀림없다. 마찬가지로 사람이 응당 지키거나 행하여 가야 할 도리나 의리 또한 길이라 하며, 혹은 '길 도 자를 써서 '도道'라고 한다. 그러기에 "내가 곧 길이요 진리요 생명이니, 나를 말미암지 않고는…."이라고 당당히 말할 수 있었던 예수야말로 참 길을 알고 그 길을 보여준 사람일 터이다. 이런 선각자의 길이야말로 시의 말처럼 '자기 전 생애를 끌고 넘은' 길일 터이다.

따라서 길이란 사람이나 우마차들이 오가서 생기거나 '오갈 수 있도록 땅위에 길게 만든 일정한 넓이의 공간' 운운 하는 길의 사전적 정의는 적잖게 어색한 말로 들린다. 그리고 현대사회에서는 이렇게 많은 길들이 '오가서 생긴' 것이 아니라 '오갈 수 있도록' 만들어지고 있고, 없는 길이 만들어져서 사람이나 우마차로 하여금 길이 아닌 길로 가도록 이끌거나 혹은 강제하기도 한다. 더구나 요사이 우리나라는 4대 강의 물길까지 바꾸는 하늘 무서운 줄 모르는 일대 공사로 나라와 지구 생명을 건 모험으로 걱정이 태산이다.

지도地圖는 길을 선으로 나타낸 대표적인 지리개념의 하나이다. 우리나라 지도를 보면, 나라의 길이 일찍부터 남북으로 크게 발달한 것은 국토의 지형적 특징의 결과일 터이고, 그래서 중국과 일본으로 오가며 의주義州나 부산釜山을 잇는 남북의 대각선은 그렇게 발달한 큰길이다. 이 대동맥을 따라 서울과 평양, 개성과 경주 등이 각 나라나 시대의 서울로 번창했다. 인도로 간 스님들과 중국으로 오간 유학생과 연행사의 길이며, 장사꾼들이 이 길을 오갔고, 명승고적이 길가에 널려서 길은 더욱 번창하고, 이런 조건이 다시 나그네의 발길을 이끌어 남해의 바닷길로 일본으로 태평양으로 뻗쳤다.

그러나 《동국여지비고東國輿地備攷》에 따르면 조선시대의 우리나라 각지에 이르는 이른바 아홉 개의 대로大路는 서북으로 의주義州에 이르는 제1로 다음으로, 동북으로 경흥慶興부에 이르는 제2로가 관북로였다. 그 다음으로 동대문에서 동해로 평해平海에 이르는 관동로關東路가 제3로라 하여, 대로가 먼저 북쪽과 동쪽으로 뻗쳐 있었다. 특히 백두대간의 동쪽과 서쪽으로 뻗은 관동關東은 나라 안에서 가장 빼어난 경치로 관동팔경이 설악산과 금강산과 동해로 뻗쳤다. 신라시대의 화랑장 융천사融天師가 향가를 불러 혜성을 물리치자, 임금이 기뻐하며 화랑을 풍악楓岳에 놀게 했다는 옛길이 이 관동로이다. 게다가 영랑永郎 등 네 명의 화랑이 금강산에 놀았다는 발자취 또한 영랑호에 새겨져 지금에 전한다. 융천사는 6세기 말, 7세기 초의 사람이고, 갑자기 출현한 혜성을 노래하여 "아침 노을 비낀 동해의 신기루 같기도 하고 / 밤에 올리는 봉화 같기도 하다."고 전해준다. "혜성은 길을 쓸어 줄 빗자루처럼 떠 있고 달은 앞길을 밝히며 중천에 떠 있으니, 이것은 좋은 징

조이지 무엇 때문에 나쁜 징조로 될 것인가.”라고 그는 노래했다. 이렇게 관동지방은 일찍부터 풍악으로 가는 길이 이름났고, 풍악으로 가는 길은 이렇게 중국으로 세계로 널리 알려진 나라 제1의 명승 길이었다.

신기루 같은 혜성이 길을 쓸고 밤에 올리는 봉화 같은 달이 앞길을 밝히는 삼국시대 화랑의 여정이 아니라도, 이 길을 걸은 문인소객들은 안축安軸 (1282-1348)의 〈관동별곡〉과 〈관동와주關東瓦注〉며, 이곡李穀(1298-1351)의 〈동유기東遊記〉로부터 관동대로와 금강산으로 여행한 기행문학이 후대로 올수록 사나이들의 발길을 이끌었다.

그러나 길이라면 아무래도 사나이들의 득의得意, 예로부터 아들을 낳으면 뽕나무 활에 쑥대 화살로 천지사방을 쏘아 장래 사방으로 웅비할 것을 비는 풍속이 있었다 한다. 그러나 한편 금강산 길이라면 여자라고 가지 말라는 법이 없었고, 천하의 여걸 황진이의 금강산 여행이 요란했고, 제주도의

여걸 김만득金萬得과 14살의 제천 소녀 김금원金錦園(1817-?)이 모두 평생 소원으로 남자 옷차림으로 평생청유平生淸遊 금강산에 놀고 혹은 기행문을 남겼다. 요사이에는 제주 올레길을 비롯하여 우리 땅 걷기와 세계로 뻗은 여행길에 단연 여성들이 앞장섰다.

그러나 참 길은 자연과 하나가 되는 길일 터이다. 옛 사람이 말하기를 "산을 잘 보는 사람은 반드시 물에서 보고, 물을 잘 보는 사람은 반드시 산에서 본다."고 일러왔다. 산과 강은 사람의 뼈와 살과 같아서 강의 흐름을 보아 천하에 가득한 아름다운 조물주의 의지를 알 수 있다고 했다. 모든 길은 자연과 하나가 되는 길이며, 특히 관동길은 금강으로 하늘에 닿은 길이다.

가을 길에 나서면

박수자

가을 길을 훠이훠이 걸었다.

낙동강 길을 따라갈 때 잠시 들렀던 회령포를 내성천, 금천으로 건너갔다.

구멍 난 철판을 엮어 만든 두 개의 다리를 건넜다. 일명 '뽕뽕다리'라고 우리는 부른다. 발을 굴리고 춤을 추며 건넌다. 다리 중간에 앉아 있는 이들도 호박줄처럼 넌줄댄다. 장난을 만들어내는 사람도 맞장구를 쳐주는 사람도 한데 어우러져 깔깔 웃음보 터뜨리는 일.

길을 떠나면 일주일 웃어야 할 양의 웃음을 다 웃고 온다. 특별한 것이 없어도 그냥 허허실실 웃을 일이 많다. 좀 실없이 보이면 어떤가, 바짝 조였던 나사못을 헐렁하게 풀고 길 위에 나서 보라. 세상은 웃을 일이 천지다. 아이가 예쁜 것은 잘 웃고 놀이를 금방 만들어내기 때문이다. 병 뚜껑 한 개만 있어도 축구 하고 잘 논다.

나도 길 위에서 잘 논다. 다랭이 논길에서 긴장하고 걷기, 비 오는 날 토

란잎으로 우산하기, 모자에 꽃 꽂고 노래 부르기, 감국 책갈피에 끼워 넣기, 돌탑 쌓기, 강물에 물수제비 던지기.

길을 걸으면 걸을수록 나는 더 유연해지고 철없이 낄낄댄다. 그리고 사람들에게 쉽게 말을 건다. 사람이 그리워서 외로워서 길을 나섰다는 걸 알기 때문이다. 낯가림을 극복해야 자연이 모셔진다는 걸 알기에.

안동 하회마을 삼신당 느티나무는 600살을 먹었단다. 아름드리 위용을 뽐내는 나무 둘레는 사람들의 소망을 엮은 흰 한지가 무시래기처럼 다발을 이루고 있다. 나풀거리고 하늘거리는 종이 뭉치들. 활활 타오르는 불길을 느꼈다. 뜨거운 기도들이 만들어낸 겸손의 자세들.

딸 입사시험 합격 비는 친구의 소원을 같이 달았다. 나무에게 정령이 있다고 믿는 하심의 고개 숙임이 보기 좋았다. 길을 걸으면 문득 내가 낮아져도 아무렇지도 않는, 오히려 낮아질수록 행복한 순간들이 들이닥친다. 노란 감국 무더기에 무릎을 접고 향기를 맡는 아름다운 남자도 보인다. 민둥산 억새밭과 화암 약수터 길. 작년에도 오르막이 어려워 앞만 보고 걸었다.

올해는 자꾸만 뒤돌아보게 되었다. 구부렁구부렁 굽이치는 길 위에 푹신한 갈대밭이 하얗게 빛난다. 햇빛과 마주하고 있으면 갈대는 환하다. 햇빛을 뒤로 두면 갈대는 금방 누렇게 다른 얼굴을 보인다. 단풍도 절정에서 살짝 비켜가 있었다. 붉은빛과 주황과 노랑, 낡은 단청의 쑥색 빛. 그 모두가 절묘하게 어우러져 우리 모두를 우뚝 멈춰 서게 한 자리. 이곳이 그곳인가 실망의 눈빛이지만 절정을 지나온 것. 그것 또한 괜찮은 거다. 찬란함 대신 수수한 것들의 무던함이 가득했다. 드문드문 가문비나무의 얼룩무늬도 보았고 키 작은 나무들의 갈색옷도 수더분했다. 마치 우리들처럼 젊음을 내어주면 어떤 얼굴이어야 하는지 한 수 배운 발견이었다. 각각 달라서 아름답고 빛난다는 사실까지도. 오늘처럼 살아갈 날도 자주 뒤돌아보면서 속도와 보폭도 자신에게 맞게 자주 수정해야 함을 민둥산을 넘어오면서 깨달았다.

전북 축령산의 편백나무 숲은 치유의 숲, 명상의 숲으로 널리 알려진 길이다. 1956년부터 돌아가실 때까지 임종국 선생님이 나무를 심은 곳이다. 삼나무, 층층나무, 편백나무, 참나무, 소나무가 섞여 있는 내리막길을 가다 쉬다 하며 내려가는 길은 탄성이 절로 나온다. 하늘 사다리 같은 나무들. 나무 숨소리로 길은 갑자기 어두워지고 서늘해진다. 한 그루씩 껴안고 얼굴을 갖다 대고 있으면 평안하다. 실제 아픈 이들이 많이 찾아온다. 걸을 수 없는 몸이 불편한 사람들은 차 안에서 왔다 갔다 하면서 숲의 숨결을 몸으로 느낀다. 하루를 마감하는 마지막 햇살을 받고 있는 숲 천장은 오래된 성당 스테인드글라스 창문이다. 장엄하고 신비하다. 빛들은 부채살로 퍼져 나가고 향기에 취한다. 한 사람의 신념이 결국 세상을 바꾸고 사람을 살린다는 확신을 갖게 하는 귀한 길이다.

길에 서면, 책 속에서 배운 것하고 다른 몸으로 익히는 즐거움이 있다. 몸이 기억하기에 힘이 세다. 내 일상이 된다.

가을숲은 솔방울과 솔가비, 삭정이를 툭툭 떨어뜨린다. 열매와 잎들을 아낌 없이 내려놓는다. 후손을 위하여 제 꽁깍지를 야무지게 비틀어 한 뼘이라도 더 멀리 떠나보낸다. 성취하는 것보다 내려놓는 것이 힘드는 거라고 저리도 많이 우리에게 보여주려고 끙끙 마음을 앓고 있었다.

가을 길은 많이 걷기보다 자주 멈추어 선다. 너럭바위에 앉아 있어야 한다. 오래 나무에 기대거나 낙엽 이불이라도 덮고 벌렁 누워도 봐야 한다.

나무가 물을 내리고 풀들이 자기 형체를 지우는 것을 지켜볼 일이다. 뿌리를 응시해야 하는 시간이 왔음을 알아채야 한다.

가을 길은 우리를 간결하게 만든다. 못난 모과 하나 그 익은 생각들로 길을 걷는다.

내 생애 가장 아름다운 길

김산환

참 많은 길을 다녔다. 그러니까 대학 시절 산과 인연을 맺으면서 시작된 나의 걷기는 20년째 이어져 오고 있다. 그동안 어떤 길을 걸었을까.

백두대간을 두 번이나 종주했고, 보름을 걸어서 히말라야 에베레스트 베이스캠프를 찾아갔다. 캐나다 로키 산맥의 이름난 트레일을 두루 섭렵했고, 미국 서부의 국립공원에서도 발목이 시큰하게 걸었다. 힘이 팔팔하던 시절에는 지리산 종주와 횡주를 일주일 만에 후딱 해치우기도 했다. 삼대가 덕을 쌓아야 볼 수 있다는 지리산 천왕봉의 해돋이도 세 번이나 봤다. 이쯤 되면 걷기 도사라 불러도 좋을 것이다.

그러나 나는 아직도 목마르다. 2002년 월드컵 4강 신화를 이룩한 히딩크가 "아직 배가 고프다."고 했던 것처럼 젊은 날을 바쳐서 산길을 더듬고 다녔으면서도 나는 아직 걷기에 굶주려 있다. 무엇이 나를 허전하게 만드는 것일까. 걸어보고 싶은 길이 아직 많이 남아 있어서일까. 아니다. 내가 걸

길은 일부러 만든다고 길이 되는 것이 아니다.
존재의 이유가 분명해야 길이 되는 것이다.
길은 그 길을 걸었던 사람들의 인생사가 투영되어
있을 때만이 사랑을 받는다.

기에 목마른 것은 감동에 대한 갈구다.

길은 무작정 걷기 위해 존재하는 게 아니다. 그 길이 그곳에 존재하기까지는 필연적인 이유가 있다. 그 이유는 아주 다양하다. 이를테면 고개는 산을 넘어 이 고장과 저 고장을 이어주기 위해 존재한다. 지리산 천왕봉을 오르는 등산로는 산정무한의 호쾌한 기상을 느껴보려는 선인들이 발걸음을 보태서 만든 것이다. 깊은 산속으로 난 토끼 길은 심마니나 나무꾼이 산삼을 캐거나 나무를 하러 오가면서 만들어진 길이다. 히말라야에 거미줄처럼 걸려 있는 수많은 길들도 모두 다 존재 이유가 분명하다.

길을 걷는다는 것은 그 길의 존재 이유를 찾아가는 것이다. 내가 왜 이 길을 걷는가에 대한 답은 이 길은 왜 여기에 존재했는가에 대한 물음과 닿아 있다. 그러나 이전까지 나의 걷기에는 이런 물음이 없었다. 나는 젊었고, 세상에 가지 못할 길이 없다고만 여겼다. 나는 더 많은 길을 걷고 싶어 했을 뿐 그 길의 존재 이유에 다가가려 하지 않았다. 길에 대한 나의 목마름은 여기서 시작된 것이다.

언젠가 지자체 공무원을 대상으로 길에 대해 강의를 한 적이 있다. 참석자들은 대부분 40대 초중반으로 몸담고 있는 기관에서는 중추역할을 하는 이들이었다. 나는 그들과의 거리감을 좁히기 위해 일부러 질문 하나를 던졌다. "내가 걸었던 가장 아름다운 길은 무엇인가?"라는 그들의 대답을 듣기 전에 나는 자랑스럽게 내가 걸었던 길에 대해 이야기했다. 그때 내가 들려준 것은 고소증을 참으며 걸었던 에베레스트 트레킹이나 48일간 쉬지 않고 걸었던 백두대간 종주 등이었다.

내 이야기를 마친 후 이번에는 몇 분을 일으켜세워 그들이 걸었던 가장 아름다운 길을 물었다. 그런데 그들이 들려주는 길 이야기는 내 기대와는 전혀 달랐다. 한 분은 초등학교 때 소풍을 갔던 길을 꼽았고, 다른 한 분은 소꼴을 베고 돌아오던 강둑길을 이야기했다. 나머지 한 명의 답도 크게 다르지 않았다. 그는 어릴 적 살았던 고향 마을의 길 이야기를 했다.

그분들의 이야기를 들으며 나는 망치로 한방 얻어맞은 느낌이었다. 그리고 깨달았다. 사람들의 기억 속에 존재하는 길은 결코 먼 데 있지 않다는 것이다. 사람들은 인생의 어느 한 지점을 지날 때 만난 길을 평생 가슴에 품고 산다. 어릴 적 뛰어놀던 고향의 길, 지금은 차를 타고 휑하니 지나가거나 혹은 현대화의 물결에 밀려 사라진 그 길 말이다.

요즘 지자체마다 걷기 좋은 길을 만든다고 야단법석이다. 그러나 간과해서는 안 될 것이 있다. 길은 일부러 만든다고 길이 되는 것이 아니다. 존재의 이유가 분명해야 길이 되는 것이다. 또한, 길은 그 길을 걸었던 사람들의 인생사가 투영되어 있을 때만이 사랑을 받는다. 누군가에게 그 길은 아름다운 인생의 한 시절로 돌아가는 여로라는 것을 잊지 말아야 한다. 길에 대한 우리의 고민과 관심은 여기서부터 시작되어야 한다.

산길에서 나를 만나다

전상국

산 정상석 옆에 '전국 산 3821번째 정상 정복'이란 표시와 함께 자기 이름을 써넣은 글을 보았다. 놀랍다. 전국의 산을 사천 개 가까이 올랐으니 정말 대단한 기록이다. 이 정도면 어느 때부터인가 산을 오르는 것이 그 사람의 생활, 삶의 목표가 되었을 것이 분명하다.

그러나 높은 산 따위의 매우 가기 힘든 곳을 어려움을 이겨내고 해냈다는 뜻에서 흔히 쓰긴 하지만 아무래도 그 정복이란 말이 마음에 걸렸다.

이미 길이 나 있는 산봉우리 하나를 올랐다고 해서 그 산을 정복했다고 말할 수 있겠는가. 산은 결코 정복의 대상이 될 수 없다. 오직 그 산의 깊이와 높이 그리고 오늘의 모습으로 남아 있기까지 세월과 함께한 자연에 대한 경외심만으로도 머리가 숙여질 뿐이다.

옛날 사람들은 입산이란 말을 즐겨 썼다. 산을 정복하기 위해 산에 오르는 것이 아니라 산에 들어 뭔가 큰 깨달음을 얻어내기 위한 입산수도의 걸음이기 때문일 것이다. 그리하여 불가에서는 출가하여 승려가 됨을 입산이라고도 한다.

산에 올라 멀리 다른 산들을 바라보면 그 산들이 내가 오른 산보다 더 높아 보인다. 내가 힘들게 오른 산이 다른 산보다 낮게 보일 때 내 존재가 낮아짐을 느낀다. 산이 내게 세상을 낮게 사는 법을 가르쳐주고 있음이다. 그것이 곧 산길에서의 나와의 만남이다.

요즘 산에 드는 사람들이 부쩍 늘었다. 등산장비를 요란하게 갖춘 사람들이 무리를 지어 산을 오른다. 하나같이 급한 걸음이다.

우와! 가을 계곡의 단풍이 너무 좋아 걸음을 멈춘 채 나도 모르게 탄성이 나왔다. 그때 우리 일행 곁을 지나가던 한 떼의 등산객들 중 한 사람이 내게 물었다.

"아저씨, 거기 뭐가 있어요?" 내가 큰 소리로 대답했다. "봐요, 저 절벽 단풍이 얼마나 좋습니까." 그러자 그 등산객이 자기 일행을 향해 소리쳤다. "야야, 아무것도 아니야. 시간 없어. 더 빨리 걸어."

걸음이 급한 등산객들에게 단풍 같은 게 눈에 들어올 리가 없다. 산 정상까지 온갖 위험과 역경을 이겨내며 오르는 그 도전에 목적이 있는 산행에서 보이는 것은 오직 정상뿐이기 때문이다. 무슨 산을 언제 몇 시간에 올라갔다는 그 기록이 중요할 뿐 산길을 걷는 마음의 여유, 즐거움이 들어갈 틈이 있을 수 없다.

나는 등산이란 말 대신 산행이란 말을 즐겨 쓴다. 천천히 걸으면서 산이 지닌 온갖 신비, 그 아름다움과 만나는 산길 걷기야말로 마음의 여유 속에서 자기를 돌아볼 수 있는 가장 좋은 길 걷기라는 생각 때문이다.

산 정상을 향해 정신없이 달려가는 것이 아닌, 그 정상까지 가는 길 위
에서 많은 것을 보고 느낄 수 있는 마음의 여유.
무엇을 위해 달려가는 것도 중요하지만 그 무엇을 향해 가는 과정,
그 길 위에서의 시간을 생애 최고의 순간 만들기에 마음을 쓸 일이다.

요즘 트레킹Trekking이란 이름의 길 걷기가 성황이다. 산 정상을 목표로 하는 등산Mountaineering과 달리 여유롭게 걸으며 자연의 아름다움에 취해 그 속에서 즐거움을 느끼는 길 걷기가 트레킹이라고 할 수 있다. 트레킹은 오직 건강만을 위해 열심히 걷는 워킹Walking이나 좀 강도가 높은 심신단련 하이킹Hiking과도 구분된다.

트레킹. 산 정상을 향해 정신없이 달려가는 것이 아닌, 그 정상까지 가는 길 위에서 많은 것을 보고 느낄 수 있는 마음의 여유.

사람 살아가는 일이 그렇다. 오직 '무엇'을 위해 걸어가는 길은 '어떻게' 걸어야 즐거울 것인가에는 아예 관심이 없다. 나중에 정승처럼 살기 위해서는 현재를 개처럼 막 살아도 된다는 것이다. 그러나 개처럼 산 그가 정승이 될 수도 없을 뿐더러 설사 정승이 됐다 하더라도 그는 이미 늙었고 사람들은 여전히 그를 개 바라보듯 할 것이 분명하다.

무엇을 위해 달려가는 것도 중요하지만 그 무엇을 향해 가는 과정, 그 길 위에서의 시간을 생애 최고의 순간 만들기에 마음을 쓸 일이다.

땅의 길, 사람의 길

신정일

《내 몸은 너무 오래 서 있거나 걸어왔다》라는 책 제목처럼 나는 너무 오랜 세월 많은 길을 걸었다. 강 길, 산길, 바닷가길, 옛길… 어디 그뿐인가? 온갖 사물들의 내면을 찾아서, 수많은 사람들의 마음속 길을 찾기 위해서 오랫동안 길 위에 서 있었다. 그 길 위에서 나는 무엇을 보고 느꼈던가? 지나고 보니, 너무 많은 것을 보아서 그런지 어느 것 하나 분명치 않고, 내가 나 자신의 길조차 제대로 보지 못하는 것이 아닌지 회의감에 사로잡힐 때가 더 많다.

길을 걷다가 길을 잃기도 하고, 어떤 때는 자기 자신조차 잊어버린 채 하염없이 걷기도 하는 이 길道이란 도대체 무엇일까? 길 위에서 깨달음을 얻은 붓다는 "길의 끝에는 자유가 있다. 그때까지는 참으라."고 말했고, "길이 무엇입니까?" 하는 제자의 물음에 우본대사는 "계속 걸어라."라고 말했다. 나 역시 오랫동안 길을 걸으며 체득한 것은 "아무도 대신해서 걸어주지 않

세상의 어떤 길보다도 가야 하는 길이 '사람의 마음속으로 나 있는 길'이다.
언제나 걷고 싶은 길, 걸어야 할 길, 다가가 머물고 싶은 길은
바로 사람의 마음속으로 난 소통과 사랑의 길이 아닐까?

으며, 인생의 길 역시 아무도 대신해서 살아주지 않는다."는 것이다.

조선 후기의 문장가이자 《열하일기熱河日記》를 지은 연암燕巖 박지원朴趾源은 압록강을 건너면서 길의 의미를 다음과 같이 설파한다.

"물살은 매우 급한데 뱃노래가 일제히 터져 나왔다. 사공이 힘들인 공역으로 배가 마치 번개처럼 빨리 달리니, 갑자기 정신이 아찔하여 하룻밤을 지낸 듯싶었다. 저 통군정統軍亭의 기둥과 난간, 그리고 헌함軒檻이 팔면으로 빙빙 도는 것 같고, 전송 나온 사람들이 아직까지 모래펄에 섰는데 마치 팥알처럼 조그마하고 까마득하게 보인다.

내가 수역 홍명복洪命福 군에게 '자네, 길을 잘 아는가?' 하고 물으니 홍 군은 팔짱을 끼고, '아닙니다. 그게 무슨 말씀입니까?' 하기에, 나는 '길이란 알기 어려운 것이 아닐세. 바로 저 강 언덕에 있다네.' 하였다. 홍 군은 '이른바 먼저 저 언덕에 오른다는 말씀입니까?'라고 물었다. 나는 또 '그런 말이 아니네. 이 강은 바로 저 언덕과 우리와의 경계이므로 응당 언덕이 아니면 곧 물일 것이네. 무릇 세상 사람의 윤리와 만물의 법칙이 마치 이 물가나 언덕이 있는 것과 같은 것이니, 길이란 다른 데서 찾을 게 아니라 곧 이 물과 언덕 가에 있는 것이란 말일세.'"

박지원은 강을 건너며 길은 강 이쪽과 저쪽뿐만 아니라 어디에도 있다는 것을 말한 것이다.

길은 누구에게나 다른 형태로 펼쳐져 있고, 그 길이 평탄하지만은 않다. 그래서 길 위에서 사람들은 헤매고, 그러다 자기만의 길을 찾기도 한다. 그 길의 종점에 영원히 다다르지 못하고 헤매는 사람들도 있다.

"마음에 드는 길을 만나면 얼마 동안은 온 세상이 고향인 것처럼 보이게 마련이다."라는 헤세의 말이 있지만 그런 길을 만나 일생을 살아가는 사람이 그리 많지 않다.

"열 길 물속은 알아도 한 길 사람 속은 모른다."는 속담이 있다. 그만큼 다른 사람의 마음속 길로 다가가는 것이 어렵다는 말이다. 제 아무리 험난한 길도 마음만 먹으면 다 갈 수 있지만 사람의 마음속으로 난 길로 가기란 쉽지 않다.

하지만 세상의 어떤 길보다도 가야 하는 길이 '사람의 마음속으로 나 있는 길'이다. 언제나 걷고 싶은 길, 걸어야 할 길, 다가가 머물고 살고 싶은 길은 바로 사람의 마음속으로 난 소통과 사랑의 길이 아닐까?

자유를 만나는 숲길을 찾아서

구길본

자유의 의미를 광의적으로 들여다보면, 인류문명의 역사는 더 많은 자유 획득의 노정이라 생각된다. 1만 년 전에 시작된 농업혁명은 농작물의 경작을 가능하게 함으로써 인류에게 궁극적으로 먹을 걱정을 덜어주어 생존의 자유를 넓히는 길을 열었다. 5천 년 전에 형성되기 시작한 도시문명도 맹수와 외적의 위협과 침입으로부터 안보의 자유를 확보하는 길을 열었다. 2백 년 전의 산업혁명은 더 많은 물질문명을 창출하여 결과적으로 안락과 풍요의 자유를 누리는 길을 열었다. 작금의 정보화혁명은 정보와 지식의 장벽을 허물어서 지적 자유를 향유하는 길을 터놓았다.

유사 이래 국가 간 또는 국가 내부의 집단 간 끊임없이 이어져온 크고 작은 전쟁, 정복, 투쟁, 갈등도 패권을 쟁취하고 세력을 확장함으로써 궁극적으로는 경제, 정치, 사회, 문화적으로 더 많은 자유를 향유하고자 하는 데 근본 목적이 있다. 개인 간 또는 집단 간의 부귀, 지위, 권한, 지식, 명예, 봉사를 위한 경쟁도 이와 별반 다르지 않다. 최근의 천안함 사건에 온 국민이 촉각을 곤두세우는 것도 국가의 안위와 국민 개개인의 자유에 대한 위협이기 때문이다. 이렇게 인류, 국가, 집단, 개개인은 외부와의 끊임없는 투쟁과 경쟁을 통해서 더 크고 더 강한 지위를 확보하고, 세력을 넓혀 더 많은 경제적, 정치적, 사회적, 문화적 자유를 쟁취하고자 하였지만 유사 이래 어떤 국가도 어느 누구도 외부로부터의 절대적 자유를 누릴 수 없었다.

반면에 인류의 내면의 자유는 한계가 없다. 내면의 자유는 영적이고 정서적이며, 종교적이고, 철학적이며, 심리적인 자유이다. 외부로부터의 자유가 신체적, 속세적, 상대적인 것에 매달린다면, 내면의 자유는 정신적이며, 출세간적이며, 절대적인 것을 내포한다. 내면의 자유는 자아의 완성 혹은 영원한 자유에 대한 깨달음을 궁극으로 한다. 내면의 자유를 찾아 떠나는 여정에서 동반자 역할을 해준 것이 바로 숲길이다. 역사적으로 숲길은 신체적 자유와 함께 내면의 자유를 찾도록 하는 핵심 매개체가 되어주었다.

숲길 걷기는 신체적으로 그야말로 가장 자연스러우면서 자유를 온몸으로 느끼게 한다. 인류의 직립보행은 만물의 영장으로서 수백만 년 동안 지구 생태계의 지배적 위치에 서게 한 최고의 원시적 본능이다. 이 본능이 최근 자동차의 속도 문화와 함께 급작스럽게 퇴화되어가고 있다. 숲길 걷기는 이러한 부자연스러운 자동차의 빠른 속도 문화로부터 가장 자연스러운 느림의 본능을 복원하는 행위이다. 숲길 걷기가 더 자연스럽게 보이는 것은 사회적 제한 요인이 최소로 작용하기 때문이다. 긴장해야 할 자동차도 없고 지켜야 될 법규도 없다. 휴대하는 짐도 최소요, 타인의 간섭도 최소로 받는다. 그만큼 신체적으로 홀가분하여 부담이 없는 행위로서 은연중 옥죄

어 있던 각종 사슬에서 해방감을 만끽할 수 있다.

숲길 걷기는 자연 생태계와의 교감에서 자유를 만난다. 숲 생태계는 땅과 물과 햇빛과 바람을 기본으로 동식물이 상호 상생과 상극을 경쟁하듯 교차하고 있다. 숲 공간을 가만히 들여다보면 수직적으로는 상층부의 교목 (큰 나무), 중층의 아교목, 하층의 관목 및 지피식물 그리고 지표층의 지의류, 곰팡이 및 지중생물들이 공간을 고루 점유하고 더불어 살아가고 있는 것을 볼 수 있다. 수평적으로도 다양한 종 간에 적합한 공간을 경쟁하듯 분점하고 상호 영역을 존중하는 상생의 아름다움을 보여준다.

숲의 다양한 구성요소들이 상호 더불어서 아름답게 변화할 수 있는 것은 생물학자의 말을 인용하면 생물 개체個體 간 혹은 종種 간에 서로 잡아당기는 인력引力인 '생물호성生物好性, biophilia'이 있기 때문이란다. 사람 간에도 찰떡궁합이 있듯이 사람 대 나무, 생물 대 생물 사이에도 잘 맞는 관계가 있다. 산림욕 안내를 따라서 가보면 자기에게 끌리는 나무를 꼭 껴안아보는 체험을 시킨다. 사람 체질에 따라 소나무, 전나무, 느티나무, 참나무 등을 차례로 껴안아보면 유난히 편안한 느낌이 드는 나무가 있다. 보이지 않는 교감이 있는 것이다. 어떤 식물학자는 식물에게도 정신세계가 있고 상대의 호의와 불호에 대한 인지능력이 있다고 한다. 식물들에게 호의적이고 선량한 마음으로 다가가면 그들도 똑같이 반응을 한다고 한다. 물리학자인 아인슈타인도 "우리를 둘러싸고 있는 우주는 그 호혜를 받아들일 준비가 되어 있는 사람에게는 언제나 호혜적으로 반응한다."는 말을 남겼다.

산림청은 자유를 만나는 숲길을 우리 국토의 핵심 생태축인 백두대간을 중심으로 그 연결망을 전국적으로 확장하는 사업을 추진하고 있다. 생태와 풍광이 뛰어나면서 역사와 문화가 있는, 그래서 자연과 문화를 같이 교감할 수 있는 우리의 숲길 체계를 구축하는 것이 그 목표이다. 이는 다음에 좀 더 소개할 기회가 있기를 기대한다. 생명이 약동하는 계절에 모름지기 숲길을 걸으면서 세간에 남겨둔 갈등과 짐들은 내려놓고, 숲과 나무와 하나 되는 마음으로, 생기 넘치는 생명과 합일하여 호의적으로 긍정적으로 교감하면서, 쾌적하고 온전한 자유를 만나 맘껏 누릴 것을 권하고 싶다.

혼자 또 같이 걷는 길

박수자

사람들과 어울려 같이 걷는 일은 유쾌하다. 서로 챙겨주고, 깔깔대며 화제 만발이다. 같이 밥을 먹고 잠을 자는 것만큼 살가운 정도 생긴다. 낯설지 않고 익숙해서 평안하다.

그러다 문득 멈춰 서서 가만히 있었다. 이 생경함은 무엇인가?

새로운 풀을 찾아 아프리카 세렝게티 초원을 걷는 수백 마리 누 떼들. TV에서 보았던 장면이 떠올랐다. 나와 아무런 상관없이 느껴지는 이 낯섦의 정체는? 금방 유치원생같이 재재거렸는데 숲속 인디언처럼 혼자 있어야 할 시간이 온 것이다. 영혼보다 몸이 먼저 와버린 것이다. 주말마다 걷기 모임에 맞추어 움직이다 보니 사람관계에 치중하고 내 마음 챙김에 소홀했다.

몸. 저 혼자 걷고 마음 에너지가 고갈된 것이다. 이럴 때면 오지 마을을 찾아 길을 나선다. 홍천 야시대에서 버스를 내려 품걸 2리에서 품걸 1리까지 걷는다. 이 길은 심심하다. 서너 시간을 걸어도 빼어난 풍경 하나 보이지

않는다. 비석이나 부도 또한 없다. 마주 오는 사람도 만나기 힘들고 전봇대가 없으니 휴대전화도 불통이다.

산불을 대비하여 마련한 임도일 뿐이다. 특별하게 볼거리가 없으니 다른 것에 눈이 오래 머문다. 산작약, 붓꽃 향기도 마음껏 맡는다. 일행도 없으니 게으름도 피운다. 음식점도 민박집도 없다. 삼림욕이 따로 필요 없는 이곳은 구비 돌 때마다 제철에 오면 뽕나무 오디가 지천이다. 이곳의 오디는 신선하고 달콤해서 생각만 해도 단맛이 입에 맴돈다. 울창한 잣나무, 밤나무, 숲에 둘러싸여 잘 보이지 않는 곳에 마을이 숨어 있다. 사는 분들은 조그만 땅에 옥수수나 밭농사를 짓고 토종벌을 키운다.

몇 번 가서 얼굴을 익힌 이장님은 농번기면 식구들 먹는 그대로 밥상을 차려준다. 산나물로 담은 장아찌, 직접 채취한 나물 반찬, 된장국에 쓱쓱 비벼 먹는 밥 한 그릇은 꿀맛이다. 지하수 청정한 물 한 사발을 후식으로 마시고 마을 여기저기를 돌아다닌다. 내 외할머니 동네같이. 붉은 고추 따는 사람 옆에서 수다 떨고, 새로 짓는 우사 구경도 한다. 마을회관에 들어가 전신 마사지 의자를 차지하고 할머니가 쪄온 옥수수를 얻어먹는다. "왜 또 왔어? 볼 것도 없는디." 까무룩 낮잠을 자다 말다 슬슬 선착장으로 나간다. 소양호 선착장까지 하루에 한 번 배가 다닌다.

배를 기다리며 강가 너럭바위에 드러눕는다. 햇빛에 달구어진 바닥이 따끈하다. 몸을 쭉 펴서 늘려본다. 관절 하나하나에 눈길을 주며 풀어준다. 어깨, 등, 허리, 바위와 친해지는 엉덩이 꼬리뼈. 탈탈탈 경운기가 지나가고, 새소리, 찰랑이는 물소리…. 내가 조용해졌다.

모터 소리가 먼저 들리고 저만치 배가 보인다. 한 사람이 큰 짐을 가지고 내린다. 손을 흔들며 마을로 들어간다. 수면 위로 배가 달린다. 소양호에 산이 들어오고 하늘이 넘실댄다.

그동안 하루에 몇 킬로미터를 걸어야지, 목표를 세운 것은 해내야지, 앞선 사람과 처지지 말아야지, 일상의 치열함에서 쉬고 싶어 길을 나서서 또 다른 경쟁을 스스로 만들고 있었다.

길이 아파트같이 규격화되고 장식화되어 간다. 화려해진다. 내가 만들었느니, 네가 해놓았느니, 사람들은 목소리를 높인다. 살아 있는 사람의 송덕비를 보는 것만큼 민망하다.

심심해서 더 많은 걸 감지할 수 있는 길. 볼거리가 없어 자신을 만나고 시간과 동행하는 길. 수더분해서 마음을 부려놓을 수 있는 길은 그대로 두었으면 한다.

혼자, 또 같이 걷는 길 위에서도 몸만 허둥대며 걷는 건 아닌지, 영혼도 데리고 가고 있는지 가끔 멈춰서 돌아볼 일이다.

유장하게 흐르는 한국의 강 길

신정일

나는 섬진강 발원지 부근에서 나고 자랐다. 성격이 내성적인데다 부모님이 대처에 나가 살았기 때문에 초등학교 시절부터 할머니와 단둘이 살았다. 자연스레 친구들과 어울리기보다 혼자 있는 시간이 많았다. 5리쯤 되는 학교에 가기 위해 책보를 등에 메면 할머니는 내게 말씀하셨다. "오늘은 내가 가는골(상백암 동북쪽에 있는 골짜기로 좁고 길다)에서 밭 매고 있을 것이니 살강에 얹어놓은 밥 먹고 가는골로 오거라!"

나는 학교에 가면서도 공부에는 관심이 없고, 오늘 가는골에서 얼마나 많은 가재를 잡을 것인가에만 정신이 팔려 있었다. 학교가 파하면, 친구들이 해찰이나 재리(보리 서리나 남의 밭에서 오이나 수박을 따먹는 것)를 하면서 하교하는 것과는 달리 쏜살같이 집으로 돌아간 다음 책보를 벗어 던지고 그 서늘한 보리밥을 찬물에 말아 게 눈 감추듯 먹어치우고는 살강에서 나를 기다리던 가는골로 향했다.

120

흐르는 시냇물 소리를 들으며 올라가는 길섶엔 얼마나 많은 사물들과 사건들이 내 눈을 번쩍번쩍 뜨이게 하는지 모른다. 찔레나무 우거진 숲을 들여다보면 늦게 올라온 찔레 새순이 윤기가 번질번질 통통하게 살찐 채 기다리고 있었다. 몇 개를 꺾어 껍질을 벗겨 먹으면 입안에 감도는 감미로운 맛, 그 맛을 무엇으로 표현하랴! 흐르는 물소리가 잦아들 무렵 내 발길은 멎고 그곳에서부터 내가 가장 자신 있는 가재 사냥이 시작된다.

물은 차다. 나는 물속에 한참 동안 손을 담근 다음 가재가 있음직한 돌멩이를 가만히 들어본다. 있다! 가재는 은신처, 아니 자기 집이 백일하에 드러난 줄도 모르고 가만히 웅크리고 있다. 나는 손을 가만히 집어넣어 순식간에 가재의 몸통을 붙잡는다. 가재는 몸부림을 치며 그 무서운 집게발을 허공에 허우적거리지만 내 두 손가락에 붙잡힌 이상 빠져나갈 길은 없다. 지금 생각해보면 초등학교 2학년의 조그만 어린아이가 겁도 없이 깊고도 깊은 산속에서 가재를 잡았다는 게 신기하게만 느껴진다.

그 시내에는 가재 말고도 여러 가지 물고기나 곤충 등이 살았다. 행어 놓칠까 봐 둠벙을 주시하고 있으면 훼방꾼처럼 중고기가 물살을 차고 지나간다. 그리고 무엇인가가 풀을 스치고 지나가는 소리. 눈을 동그랗게 뜨고 바라보면 날렵한 까치 독사가 혀를 날름거리며 지나간다. 내가 뭐라고도 하지 않았는데 후드득 날아가는 장끼 한 마리. 그뿐인가? 어디선가 풍기는 더덕 냄새. 가만히 바라보면 젓가락보다 굵은 더덕 싹이 물가에 축 늘어진 싸리나무를 타고 올라간 것이 보인다.

그러다가 지치면 나는 물에 발을 담그고 가만히 앉아 있었다. 고상하게 말한다면 탁족濯足을 한 것이리라. 하염없이 흐르는 강물을 바라보면서 이

물은 어디로 갈까, 떠올려보기도 했다. 그러나 자꾸만 살아나는 의문점이 있었다. "저 물은 어디에서 시작되어 어디를 거쳐서 어디로 갈까?" 평생을 내 곁에서 그림자처럼 떠나지 않는 강에 대한 그리움은 이미 그때부터 예정된 것이었는지도 모른다. 그러나 그 강이 광양의 망덕포구에서 남해로 들어간다는 것을 안 것은 그 후로도 오랜 세월이 흐른 뒤였다.

누군들 가슴 안에 평생 지워지지 않을 그리움 하나 가지지 않고, 누군들 흘러서 넘치는 강江 하나 가지지 않은 사람이 있으랴만, 저마다 스스로의 가슴을 적시고 지나가는 강이 우주와 영원永遠을 흐르는 강이라는 것을 잘 알고 있을 것이다.

강은 사람들의 삶터로써 또는 사람들의 정신세계에 지대한 영향을 끼친다. 《관자》〈수지 편〉에도 "물은 대지의 혈기이며 근육과 혈관처럼 대지 안에서 흐르고 통하는 것"이라는 말이 있다

그 섬진강, 한강, 낙동강, 금강, 영산강을 발원지에서 하구까지 걸어본 사람들은 이구동성으로 한국의 강 길이 더 없이 아름답다고 찬탄한다. 그러한 강이 지금 사람들의 입에서 입으로 오르내리고 있다. 어떻게 전개될 것인가? 아무도 모른다. 분명한 것은 누가 뭐래도 그 강물이 과거와 현재, 그리고 미래를 향해 계속 흐른다는 것이다. 유장하게 흐르는 한국의 강을 따라 걷고 싶은 것은 나만의 바람일까?

국가에서 트레일 법을 만들자

/

신정일

영남대로를 걸을 때의 일이다. 구미시 부근에서 만난 촌로에게서 조선시대 옛길에 대한 이야기를 들었다.

"영남대로에 여러 개의 길이 있었지. 그 길들을 사용하지 않다가 보니, 폐도가 되어버린 기라. 그래서 지금은 그 길이 무용지물인 기라."

그분의 말씀처럼 길이랄 것도 없고 길이 아니라고 할 수도 없는 길이 조선시대 후기까지의 한국의 길이었다.

이처럼 백여 년 전만 해도 길다운 길이 없었던 우리나라의 도로를 두고 조선시대의 실학자들은 대부분 비판적이었다. 유형원柳馨遠의《반계수록磻溪隨錄》을 보자.

"오늘날의 도로 건설과 보수는 너무도 단순하다. 수레의 이용에 관심 있는 사람이 없기 때문에 아무도 도로가 좁고 구불구불한 사실에 대해 불평하지 않는다(…) 그러므로 조정은 백성들이 수레를 사용하도록 권장해야 한다."

조선시대 최고의 베스트셀러였던 《택리지》의 저자 이중환도 "조선은 지형상 수레의 사용이 불리하여 말을 많이 쓰는데, 말보다는 수레가 더욱 효과적인 수송수단이다."고 하면서 도로를 넓힐 것을 권장하였다.

조선시대 9대로 중 중국 사신들이 오가던 의주로만 길이 넓었지 나머지 8대로는 비좁기 그지없었다. 특히 겨울을 지나면 그나마 유지되었던 도로마저 제 모습을 잃기 때문에 봄이 시작되면 보수를 할 수밖에 없었다. 그 작업은 움푹 파인 수레바퀴 자국을 없애고 노면에 생긴 구덩이를 메우는 정도였지만 유형원이 지적한 대로 조선시대의 도로 사정은 매우 열악했었다. 조선 후기에 이 나라를 찾았던 헐버트는 《한국견문기》에서 우리나라의 도로를 다음과 같이 기록했다.

"전 국토의 어느 곳을 가 보아도 도로라는 것이 말이나 겨우 다닐 수 있는 정도이고, 그 위로 수레나 달구지는 말할 것도 없고 사람이 끄는 손수레조차 통하기 어려운 정도이다.… 일반적으로 자전거가 겨우 통과할 수 있는 도로가 있는가 하면 심지어는 자전거조차 둘러메고 수 마일을 운반해야 하는 거친 길도 있다. 따라서 수 세기 동안 여행자들은 발을 질질 끌며 느린 걸음으로 여행할 수밖에 없었다."

그런데 지금은 어떠한가? 지난해 초부터 가을까지 문화체육관광부에서 주관하는 '문화생태 탐방로'와 '오대 강 도보답사지' 선정을 위해 나라 안 여러 곳을 돌아다니다 보니, 가관도 그런 가관이 아니었다. 환경부, 문화부, 국토부, 산림청 심지어 행안부까지 나서서 자치단체마다 길을 만들고 있었다.

그런데 가장 중요한 '길 전문가'가 없고, 길을 만드는 것이 규정이 없기 때문에 저마다 특색 있는 길을 만든다고 오히려 국토를 훼손하고 국가의 예산을 낭비하는 사례가 한둘이 아니었다.

5억 원의 예산을 들여서 탐방로길 2킬로미터를 내지 않나, 8억 원을 배정받아 18킬로미터를 만들겠다고 하지를 않나, 온 산을 데크로 연결하지 않나.

그런 어리석은 짓을 더 이상 범하지 않기 위해 사람들이 걸을 수 있는 길, '즉 보행로를 어떤 형태로 얼마만큼의 넓이로 만들 것인가?', '어떻게 관리할 것인가?'를 명시하는 '트레일 법'이 제정되어야 할 것이다.

길은 돈으로 만들어내는 것이 아니다. 마음과 경험, 그리고 켜켜이 쌓인 역사와 문화, 그리고 여러 사람의 중지와 정성이 모여서 내는 것이다. 끊어질 듯 끊어질 듯 이어지는 아스라한 길, 그 길을 만드는 것은 어렵지 않고, 그러한 길을 걸어갈 때 대부분의 사람들은 행복해한다.

"잊혀진 길은 찾고, 끊어진 길은 잇고, 이어진 길은 걷고" 그렇게 길을 만들어야 할 때가 바로 지금이다.

'걷는 길', 주민이 참여하고 만들어야

/

원종문

길은 사람들의 필요에 의해 생겨나고, 사라진다. 최초 길은 우리가 먹을 것을 채집하고 사냥하기 위한 길로 출발했을 것이다. 이후 의·식·주 해결을 위한 순환의 장, 타인과 소통하기 위한 매개체, 경제활동의 통로 등 다양한 목적을 달성하기 위한 수단으로 이용되었을 것이다. 이렇게 길은 사람들의 욕구가 반영된 수요와 환경변화에 의해 창조되고, 변화되고, 사라지고, 다시 재창조된다.

19세기와 20세기의 산업경제의 발전은 길을 대량생산과 대량소비를 위한 패러다임에 편입시켰고, 그 결과 21세기를 사는 일반 대중들의 인식 속에 길은 경제적 관점에 의해 빠른 길이 좋은 길이라는 등식으로 특정지워졌다.

그러나 최근 경제적 논리와는 맥이 다른 지방분권과 거버넌스적 관점의 확산, 참여와 소통을 통한 상생의 네트워크 정립, 삶의 질 향상, 문화적 욕구 증대, 느림의 미학을 통한 심신의 치유 등의 새로운 변화들이 우리 사회에 뿌리내리면서 길에도 이러한 변화가 반영되어 '걷는 길'이 새롭게 조명되고 재창조되고 있다.

'걷는 길'의 조성은 중앙정부와 지방정부, 민간조직 등이 주체가 되어 추진하고 있다. 특히 민간 주도로 조성된 제주 올레길은 자동차로 점을 찍으면서 돌아다녔던 여행에서 도보로 선을 따라 체험하고 체류하는 여행으로 변화를 주도하여 관광 자체의 패러다임을 전환시켰고, '걷는 길'이 지역 활성화를 위한 새로운 모델이 될 수 있음을 증명해주었다. 이렇게 길이 가진 긍정적 효과와 매력은 중앙정부와 지방정부에 장밋빛 미래를 보여준 듯하다. '걷는 길' 조성과 관련된 사업을 진행하는 중앙부처는 5개에 이르고, 각 광역자치단체와 기초자치단체의 자체 조성사업까지 하면 그 수를 헤아릴 수 없을 만큼 많은 '걷는 길'들이 조성되고 있다.

강원지역 내에도 중앙정부와 지방정부의 사업으로 조성되는 길들이 많이 있다. '걷는 길'이 강원지역뿐만 아니라 전국에 같은 목적으로 획일적으로 조성되고 있다는 것은 이미 '걷는 길' 조성이 레드오션으로 굳어져 성공을 위해서는 '진흙탕 싸움을 피할 수 없다.'는 것을 말해준다. 이에 강원지역에는 지역적 특색이 살아 있는 '걷는 길' 조성이 필요하다.

몇 해 전 일본 교토에 방문했을 때 지역 축제인 기온마츠리를 본 적이 있다. 장대비 속에 주민들은 전통의상을 입고 신명나게 그들의 축제를 즐기고 있었고, 그들의 모습은 보는 사람으로 하여금 참여하고 싶다는 충동을 느끼게 하였다. 전통을 이어가면서 지역의 주민들이 참여하고 즐기는 모습들이 특색으로 비춰졌던 것이다. 특색은 우리가 평소에 생각지 못했던 기발함과 공동체적 유대감, 멋진 자연자원 등 다양한 부분을 통해 부각될 수 있는 것이다.

'걷는 길'을 통해 강원지역의 특색을 끌어내기 위해서는 도내 각 지역의 역사, 문화, 음식, 청정자연 등 다양하고 품격 높은 자원들과 선조들의 삶의 모습이 투영돼 많은 옛길과 길들이 재조명되야 한다. 그리고 이를 선형으로 연결하여 문화, 자연, 사람, 경제가 순환되는 연결고리로 만들어내야 한다. 그리고 연결고리의 중심에는 지역주민의 참여와 이해가 자리 잡아야 할 것이다. '걷는 길'의 핵심은 지역주민의 참여이기 때문에 조성사업을 기획하기 전 길과 직·간접적으로 연결된 주민들에게 '걷는 길'에 대한 교육을 통해 사업에 대한 관심과 참여를 이끌어내고, 나아가 주민대표를 기획단계에 참여시켜 주민들이 원하는 길 조성 방향을 사업에 담아내어야 할 것이다. 이를 통해 갖춰질 지역주민의 자발적 참여와 이해는 강원도의 길에 산소를 불어넣어 생명력이 꿈틀거리는 살아 있는 길로 재탄생시킬 것이다. 길은 지역주민이 만들고, 걷고, 관리하고, 운영할 때 생명력과 영속성이 부여되어 끊임없이 새로운 길로 재탄생되는 것이다.

이 시대의 길은 마음의 치유와 안식을 필요로 하는 모든 사람의 길이 되어야 한다. 그 첫 단계가 바로 지역주민과 함께 만들어가는 길이다.

누구를 위한 탐방로 공사인가

/

이순원

지난 10월 부산 '갈맷길 축제'에 다녀왔다. 그리고 다음날 대구에 들러 불노동 고분군 탐방로를 걸었다. 이날 걷기에는 제주 올레에서 새 길을 탐사하는 탐사국 간사와 지역주민들도 함께했다.

대구에 삼국시대 초기의 대규모 고분군이 있다는 게 정말 놀라웠다. 왕릉처럼 커다랗고 봉긋한 고분 두 기를 중심으로 200여 기의 크고 작은 고분 사이로 산책길이 나 있었다. 특히 고분군 중심에 나란히 붙어 있는 왕릉 같은 두 기의 고분은 마치 커다란 젖무덤 같아서 어느 각도에서 보든 조형미가 뛰어났다. 경주의 그 많은 왕릉들도 두 기의 무덤이 겹쳐 이토록 아름다운 조형미를 보이는 왕릉을 본 적이 없는 것 같았다.

이 고분군 사이로 자연스럽게 산책로가 생겨 넓은 구릉의 초원 같은 고분군 일대에 작은 오솔길이 나 있는데, 한 사람이 걷거나 두 사람이 나란히 걸을 수 있는 길이었다. 그만큼 탐방객들이 많다는 이야기일 것이다.

그래서 문화재청과 해당 지자체에서 고분군 일대의 잔디가 훼손되고, 비가 올 때는 젖은 흙바닥이 드러나 통행에 불편을 주고, '사고에 노출될 위험'이 있다는 이유로, 또 기존의 탐방로가 있음에도 탐방로가 아닌 길로 통행하거나 고분을 넘어다녀 고분의 직접적인 훼손이 우려된다는 이유로 새로 탐방로 공사를 벌이고 있었다.

탐방객들의 발길에 의해 생긴 고분 사이의 오솔길에 박석포장을 하고, 언덕길엔 방부목과 자연석 혹은 통나무 계단도 설치하고, 마사토 다짐 공사도 하고 있었다. 이런 공사를 통해 고분군 내에 탐방로를 설치하여 문화재의 직접적인 훼손을 미연에 방지하고, 급경사지 등 안전사고 노출 위험을 해소하고, 고분군의 탐방로를 정비하여 역사교육의 자료 및 관광자원으로 활용한다는 것인데, 막상 가보니 기가 딱 막히는 모양새였다.

고분 사이로 사람들의 발걸음이 낸 자연스러운 오솔길을 2미터 폭으로 땅거죽을 벗기고, 거기에 박석을 깔았는데, 이 박석을 깐 이유가 오솔길은 통행에 불편을 주고, 사고에 노출될 위험이 있어서란다. 필자가 보기엔 오히려 박석을 깐 부분이 통행에 불편을 주고 게다가 돌에 걸려 넘어질 경우(그곳에서 뛰기도 하는 아이들의 경우) 바로 얼굴을 다치거나 머리를 다칠 위험이 커 보였다.

옛 무덤가에 박석공사를 하는 관계기관은 탐방로가 아닌 길로 사람들이 통행하거나 고분을 넘어다녀 고분의 직접적인 훼손이 우려된다고 했는데, 필자가 보기엔 오히려 그 반대로 박석을 깔면 사람들이 걷기에도 불편하고 돌부리에 걸려 넘어져 머리를 다칠 위험까지 있어 보였다. 그보다는 박석길을 피해 박석길 양 옆으로 다시 오솔길을 만들어 걷는 게 틀림없어 보였다.

정말 이해가 안 되는 건 어떻게 문화재로까지 지정된 고분 사이에 박석을 깔고 방부목 데크를 설치할 생각을 했는지 도무지 이해가 가지 않았다. 이런 공사를 벌이는 주무관청 사람들은 누가 "당신 조상의 무덤 사이로 박석과 방부목을 꽁짜로 깔아주겠다."고 하면 과연 그것을 허락할까 싶은 게 기가 막혀 말이 나오지 않았다. 내 생각에 그 사람들 역시 누가 자기 조상 무덤 사이로 박석을 깔고 방부목을 설치하겠다면 두 눈 부릅뜨고 그것을 막아내지 않을까 싶다.

대구 불로동 고분길 탐방로 공사만이 아니다. 지금 전국 지자체마다 벌이고 있는 탐방로 토목공사, 정말 다시 한 번 생각해볼 일이다.

● 신정일

문화사학자이자 작가, 도보 여행가. 현재 사단법인 '우리 땅 걷기'의 이사장이며 역사 관련 저술활동을 활발히 펼치고 있다. 1985년 '황토현문화연구소'를 설립하여 동학과 동학농민혁명을 재조명하기 위한 여러 가지 사업을 펼쳤고, 1989년부터 문화유산답사 프로그램을 만들어 현재까지 진행하고 있다. 한국의 10대 강 도보 답사를 기획하여 금강·한강·낙동강·섬진강·영산강을 비롯해 압록강까지 답사를 마쳤고, 우리나라의 옛길인 영남대로와 삼남대로·관동대로를 도보로 답사했으며 400여 개의 산을 올랐다.

2010년 9월, 관광의 날을 맞아 도보 여행의 대중화와 국내 관광 활성화에 기여한 공을 인정받아 정부 포상으로 대통령 표창을 받았다.

지은 책으로 《조선을 뒤흔든 최대의 역모사건》, 《새로 쓰는 택리지(10권)》, 《낙동강》, 《가슴 설레는 걷기 여행》 등 50여 권이 있다.

● 이순원

소설가이자 도보 여행자. 현재 한국길모임 대표이자 (사) 바우길 이사장으로 활동하고 있다.

1988년 〈문학사상〉 신인상에 단편 〈낮달〉이 당선되면서 작품활동을 시작했다. 창작집에 《그 여름의 꽃게》, 《얼굴》, 《말을 찾아서》 등이 있고, 에세이집 《은빛낚시》, 장편소설에 《우리들의 석기시대》, 《압구정동엔 비상구가 없다》 등 다수의 작품이 있다. 동인문학상(1996년), 현대문학상(1997년), 효석문학상(2000년), 한무숙문학상(2000년) 등을 수상했다.

토속적 서정의 은일한 문체를 견지하면서 상처들이 태생적으로 가지고 있는 아름다움의 극성을 고되고 아스라한 자전적 기억 속에 투영시켜, 독특하면서도 서정적인 풍경화를 그려낸다.

● 서명숙

대한민국에 '올레 신드롬'을 불러일으키며 걷기 여행의 열풍을 몰고 온 걷는 길 내는 여자. 현재 (사) 제주올레 이사장, 〈시사IN〉 편집위원으로 활동 중이다. 1957년 제주도 성산읍 고성리 출생으로, 서귀포초등학교, 서귀여자중학교, 신성여자고등학교를 거쳐 고려대학교 교육학과를 졸업했다. 1983년부터 1989년까지 월간 〈마당〉, 〈한국인〉의 기자로 일했고, 이후 〈시사저널〉 정치부 기자, 취재1부장, 편집장, 〈오마이뉴스〉 편집국장을 지내며 23년을 기자로 살다가, 남들이 다 말리는 '미친 꿈'에 빠져 길 내는 여자가 되었다.

나이 쉰에 홀로 산티아고 길 순례에 나섰다가 그 길 위에서 문득 고향 제주를 떠올리게 된다. '산티아고 길보다 더 아름답고 평화로운 길을 제주에 만들리라' 결심하고 귀국, 사단법인 제주올레를 발족하고 걷는 길을 내기 시작했다. 현재는 올레 길로 제주를 한 바퀴 잇는 날까지 '길 만드는 여자' 서명숙의 길 내기는 계속될 것이다.

● **신용자**

도보 여행가이자 에세이스트. 현재 봄내길 탐사대장과 (사) 금토 이사로 활동중이다.
1952년 강원도 홍천 출생. 자연의 축복 속에 유년시절을 보내고, 서울 입성, 변두리생활을 거치며 성장했다. 이십대 중반에 직장생활을 박차고 포천 산중으로 들어가 화전민생활을 하다. 우주와의 경계가 없어진 태초의 생활, 야성을 찾다. 문명의 이기를 멀리한 채 자연인으로 땀 흘려 먹고 살다. 2년여 동안 농심을 배우고 하산, 춘천에 정착하여 영양사, 기자, 주택관리사 등을 거쳐 세계 여행을 하던 중 우리 땅 걷기에 빠져들다. 걸어서 만나는 우리 산하의 아름다움에 매료돼 2009년부터 춘천의 옛길을 찾기 시작, 우리네 역사와 문화, 생활의 숨결이 밴 옛길을 걷기 코스로 만들며 춘천문학여행, 봄내유람길 길잡이를 하고 있다.

● **박수자**

시인이자 에세이스트, 전 용인 예총 회장.
1956년생, 경북 대구에서 출생. '늦깎이'로 덕성여대 국문과, 중앙대 문화예술경영 대학원을 졸업했다. 2005년부터 우리 땅을 걷기 시작했다. 동해 트레일, 낙동강, 관동대로를 걸으면서 우리 땅 속살들의 아름다움을 발견했다. 1994년 시로 등단, 시집 《붉은 열매의 성》,《나는 B급 작가다》를 출간했다. 강원도민일보에 '길' 칼럼을 연재했다.

길은 무엇인가? 길의 철학이 무엇일까? 왜 사람들이 길에 관심을 두는가? 길은 걷는 사람들을 위한 것이다. 길은 자연스럽게 생긴 것이고 길 위에는 인생과 삶과 철학이 있다. 길은 소통이고 관계이다. 길에는 사람이 있다.

2

작가와 함께
걷는 길

독일 '동화의 길'

김문숙

    독일에는 낭만가도Romantikstrasse, 모젤가도Moselstrasse, 라인가도Rheinstrasse, 중세기가도Mittelaterstrasse, 괴테가도Goethestrasse, 동화가도Maerchenstrasse 등 헤아릴 수 없는 많은 길들이 있다. 오늘 소개하고자 하는 길은 동화가도, 즉 그림형제의 길이다. 동화가도는 1975년부터 조성되었고, 독일의 60여 개 도시를 문화적으로 연결하는 고리 역할을 한다. 독일의 남쪽 하나우Hanau에서부터 북쪽 브레멘Bremen까지 600킬로미터의 길이다.

    전 세계 아이들이 글자를 배우면서 처음 접했던 그림동화의 흔적을 천천히 훑어볼 수 있는 곳이 바로 동화가도이다. 〈브레멘 음악대〉, 〈피리 부는 사나이〉, 〈장화 신은 고양이〉, 〈거위 치는 소녀〉, 〈잠자는 숲속의 공주〉 등 그림형제가 지은 각종 동화의 배경지들 덕분에 큰 인기를 끌고 있다. 그림형제를 추모하는 사람들이 그림형제의 동화를 대표하는 도시를 선정하고 동화가도의 발전과 문화 프로젝트를 시도한다. 동화의 길과 관련된 도시

곳곳에서 예술, 연극, 음악 공연 등의 문화예술 행사들을 접목하여 더욱 발전시킨다. 이를 교육적 가치로 승화시켜 동화가도는 독일의 다른 관광지보다 걷기를 즐기기 위한 가족 관광객들이 많이 찾는 곳으로 자리매김했다.

1992년 내가 독일에 첫발을 들여놓은 곳은 동화가도와 동화 박물관이 자리 잡은 카셀이라는 곳이었고, 카셀에서 30킬로미터 가량 떨어진 곳에 그림형제의 〈잠자는 숲속의 공주〉 동화 속 공주의 성(사바버그 성)까지 걸을 기회가 생겼다. 당시 대학교에서 독일어를 배우고 있었는데 독문과에서 동화가도 투어를 한다고 하여 신청을 한 것이다. 인솔하는 조교는 출발하기 전 동화를 미리 읽는 것이 기본이며 길을 걸으면서 필요 이상의 이야기를 나누지 말고 길을 느껴보라고 말했다. 무슨 소리인지 의아했는데 카셀을 빠져 나와 강따라 산길을 걷다 보니 왜 그 말을 했는지 알 수 있었다. 가을 햇살에 비친 강과 예쁘다 못해 신비롭기까지 했던 단풍의 풍경, 길 위에 무수히 자란 이름 모를 식물들과 나무, 숲의 평화로운 분위기는 나를 동화 속 주인공으로 만들어주었다.

도대체 어디에 잠자는 공주의 성이 있을까? '동화에서처럼 백 년의 세월이 흐르는 동안 몇 명의 왕자들이 성벽을 넘어 공주에게 청혼을 시도했을까? 모두 실패하고 목숨을 잃었던 것처럼 외부 세계에 접근이 어려운 곳일까?' 등 상상의 나래를 펴면서 걸으니 드디어 사바버그 성의 모습이 보이기 시작했다. 성벽에는 장미 덤불이 높이 자라 있었다. 나와 같이 외국에서 온 학생들은 예쁜 성의 모습에 입을 다물지 못했고, 아치형 성 입구를 한 발자국 들어섰던 때를 회고하면 지금도 마음이 설렌다. 성 안에 위치한 공주가 잠자고 있던 방은 정말 마술에 걸린 듯 발견할 수 없는 곳에 위치해 있었다.

문화예술 공연과 각종 행사 등이 길 위에 펼쳐져 지역사람들과 방문객들이 하나 되는 장소로 또 이런 것들이 우리 아이들에게 문화와 역사 교육의 현장으로 자리매김하길 바란다.

여학생들은 신나서 공주가 있던 방에서 공주 포즈를 잡았고, 남학생들은 왕자 행세를 하면서 동화가도의 투어를 마쳤다.

독일 학생들은 어릴 때부터 숲속 걷기, 자전거 타기 등에 익숙해 문제가 없었지만 난 투어를 하는 이틀 동안 발에 물집이 잡혀 걷는 것조차 힘들었다. 하지만 동화의 길을 걸으면서 자연의 소리를 들었고 동화의 여러 주인공이 되어볼 수 있었다. 지금도 19년 전의 동화의 길을 생각하면 가슴이 뛴다.

우리나라에도 역사와 지역사람들의 이야기가 묻어 있는 그런 길들이 조성되었으면 한다. 문화예술 공연과 각종 행사 등이 길 위에 펼쳐져 지역사람들과 방문객들이 하나 되는 장소로, 또 이런 것들이 우리 아이들에게 문화와 역사 교육의 현장으로 자리매김하길 바란다.

구불길에서 뿌리를 보았다

박수자

구부러진 길은 평안하다. 군산 구불 1길은 '비단강길'로 이름을 달았다. 원포마을로 가는 마을 벽에는 그림들이 예쁘게 팔랑인다. 땡땡이 무늬. 여자라면 누구나 추억이 있을 땡땡이. 블라우스, 원피스, 손수건, 필통. 70년대로 쑤욱 걸어 들어가는 착시 속에 천천히 걸었다.

돌담과 고목과 놀이터를 지나 오성산 정상에 올랐다. 당나라 소정방에게 충절을 기리다 죽음을 맞이한 다섯 분의 무덤이 있다. 군산 시내가 훤히 조망되는 탁 트인 풍경. 뻑적지근한 몸을 둥근 봉분에 길게 누였다. 마침맞게 허리가 쭉 펴지고 머리 높이도 맞다. 오래된 담이나 고목들처럼 무덤도 쉬기엔 편한 곳이 되었다. 익숙하고 친근함, 그건 내 몸과 하나가 되어간다는 뜻이다.

낙엽에 덮인 흙길, 내리막길을 한참 내려왔다. 선두와 후미가 다른 길을 내려오다 만나며 어어 하는 생뚱맞은 웃음도 재미있다.

낙엽에 덮인 흙길, 내리막길을 한참 내려왔다.
선두와 후미가 다른 길을 내려오다 만나며 어어 하는
생뚱맞은 웃음도 재미있다.

길을 잘못 든 덕분에 대나무 바구니 짜는 노인을 만났다. 모두들 열심히 사진을 찍는다. 얇게 저며 탄력성을 획득한 반질한 대나무는 작품이 되어 가고 있다. 사진으로 남기는 눈들은 한 사람의 창조자가 만들어내는 시간과 성취를 정지된 순간에 밀착시킬 것이다.

　옹고집 식당은 우리 전통 장을 만들어내는 곳이다. 폐교를 개조해 긴 복도에 한지 인형과 1, 2, 3학년 교실로 구분한 식당이 재미있다. 도시락 뚜껑을 열었다. 달걀 프라이가 없다. 밑에 있나? 섭섭했다.

　오빠 도시락에는 달걀 프라이가 있었다. 그걸 몰래 내 도시락에 옮겨 학교로 도망갔다. 오빠의 고자질에 머리 몇 대 쥐어박혔다. 달걀 프라이, 공납금, 대학 등 모든 특혜를 다 받은 오빠는 먼저 가고 구박덩이 나는 오빠 역할을 하고 있다. 엄마의 생활비와 고혈압, 당뇨를 챙기면서…. 나물과 고추장, 쌈장을 넣어 도시락을 흔들었다. 넉넉한 청국장에 슬픔과 서러움을 쓱쓱 비벼 먹었다.

　군산 구불 5길. '물빛길'을 걸었다. 환한 갈대밭을 지나 푹신푹신한 수변 구불길은 물을 끼고 에돌아가는 길이다. 거대한 물구덩이. 옥산 저수지. 가슴이 탁 트이고 청명한 길이다. 물속에서 자라는 왕버드나무. 뻗어나간 가지만큼 제 몸을 얼비추며 완강히 뿌리를 내리고 있다. 새 잎이 틔는 봄날에는 더욱 장관일 것이다. 연두색 가지를 축 늘어뜨린 물속 나무는 숙연하게 보일 것이다. 등산로와 산책길이 맞닿아 있고 안내 팻말도 잘 정리되어 있다. 바로 건너다보이는 듯하지만 물길을 따라 휘돌아가는 길은 만만치 않다. 멀리 흘러온 물이 한 곳에 다 모여 웅성인다.

　바닷물 한 방울에 1,500여 종의 생명체가 산다면 이 거대한 물웅덩이에는 도대체 얼마나 많은 생명들이 사는지…. 물속에 유유히 제트 기류를 끌고 다니는 오리들의 우아한 몸짓을 평화롭게 보고 있는 우리들은 누굴까? 물밑 붉은 발의 치열한 몸부림을 보는 사람은 몇이나 될까?

물빛길은 혼자, 또 따로 걷는 명상의 길이다. 대나무 뿌리는 마디를 가지고 있다. 대나무와 대나무 사이를 지날 때 툭 불거져 올라와 있는 뿌리를 본다. 탄탄히 얽혀 얼싸안아 길을 떠받들고 있다. 뿌리는 깊고 넓게 어둠을 사랑하는 만큼 나무의 키를 높이고 시원한 그늘을 만든다.

세 시간 남짓 걸었다. 그러나 이 길을 내기 위해 뿌리가 된 사람들, 그들의 땀방울과 손발을 생각했다. 시종일관 우리를 독려하고 유쾌하게 안내해준 '남체 님'과 '추남 님'도 군산 구불길의 뿌리다.

군산은 어머님이 사는 곳이라 일 년에 열 번도 더 오고 간다. 군산 하구둑으로 나가 철새 구경하고 횟집에 가서 밥 먹고 했지만 군산 전체의 큰 그림을 본 것은 오늘 처음이다.

'이프로 님'이 생일이라고 약밥을 해왔다. 서울 갈 때 먹으라고 두어 개 더 챙겨주었다.

"마침 약밥을 먹고 싶었는데, 사러 가지는 못하고. 어째 내 마음을 알았냐?"

아흔여섯 살 된 어머님은 뿌리를 보고 있다. 약밥이 아니라 그걸 준 사람. 가져온 마음을 단박에 꿴다.

"그때가 74년인가? 내가 미국 갔을 때…."

어머님 기억은 참 튼실하다. 나는 "그러셨어요. 그랬군요." 곰실곰실 어머님이 들쳐가는 잔뿌리 속으로 들어간다. 지금은 시간 여행 중이다.

횡성의 그윽한 호수 길을 걸었다

신정일

유장하게 흐르는 강江이 동적動的이라면 고여 있는 호수는 정적靜的이다. 계절의 변화에 따라 푸르른 녹색과 온갖 색깔로 갈아입는 산자락에 그윽한 풍경을 연출하는 호수를 바라보며 걷는 길은 그래서 남다르다. 그런 길이 바로 횡성댐을 둘러싸고 만들어진 '횡성 호수길'이다.

"횡성에서 잘난 체 하지 말아라."라는 말이 있다. 그것은 그만큼 지역색이 뚜렷하고 잘난 사람이 많았기 때문일 것이다. 이곳 횡성에 태를 묻은 사람이 조선 중종 때 사람인 고형산高荊山이었다. 오늘날 유행처럼 번지고 있는 길을 내는데 선구자 역할을 했던 고형산은 우리나라에서도 가장 아름다운 고갯길로 알려져 있는 대관령길을 개척한 사람이다. 강원도 관찰사로 재직하고 있던 그는 그 당시 백성들의 힘을 빌리지 않고 관의 힘만으로 관동대로의 길목인 대관령을 개척했다.

그런 역사를 간직한 곳이자, 횡성 한우와 안흥 찐빵으로 이름난 횡성을 찾았던 때는 가을이 무르익는 시월 초였다. '우리 땅 걷기' 도반들과 함께 하늘거리는 코스모스의 사열을 받으며 도착한 대관대리의 수림 공원 아래로 섬강의 상류천인 개천이 흐르고, 그곳에서부터 길은 나지막한 산길로 이어졌다. 울창하게 우거진 소나무, 상수리나무 사이로 언뜻언뜻 보이는 호수가 가을 햇살을 받아 빛나고, 넓지도 좁지도 않은 산길이 어찌 그리도 포근하던지, 마치 실크로드를 걷는 듯싶었다. 저마다 나오던 탄성, "참 좋다." "길이 너무 좋은데요." 그렇다. 사람들이 걷는 길은 더도 덜도 아니고 이래야 좋은 길이다. 리본 하나 걸려 있지 않아도, 표지판 하나 없어도 길을 따라 걸을 수 있는 길. 그 길이 가장 좋은 길이다.

가다가 보면 지난밤 파다 만 오소리 굴도 있고, 아침녘에 멧돼지가 지나가다 싸놓은 똥이 수북하다. "야, 멧돼지 한 마리 잡으면 우리 일행들이 포식하겠는걸." "그러면 법에 걸릴 텐데." 그 말을 들은 박두희 과장이 "멧돼지를 잡으면 포상을 해줍니다." 내가 그 말을 듣고 "멧돼지를 잡아 포상금 타서 한우 한 마리 사면 우리 일행 저녁 내내 포식하겠는데요." 그 말에 모두 행복한 웃음을 지으며 걸었던 길이 바로 그 호수 길이었다.

우리가 걸었던 호수 길은 우리나라 역사의 한 페이지를 장식한 곳이다. 진한의 마지막 왕인 태기왕은 신라의 시조 박혁거세에게 지금의 밀양시 삼랑진에서 크게 패했고, 일부 군사를 데리고 태기산으로 쫓겨와 웅거하던 중 군사를 훈련하다가 갑옷을 씻었다는 곳이 갑천이고, 갑천면 횡성댐을 둘러가는 길이 바로 이 길이다.

얼마 전에야 조성된 '횡성 호수길'은 그림 같은 호수와 그 호수를 그리움처럼 내려다보고 있는 어답산을 바라보며 걷는 길이다. 신라시대의 석탑으

횡성 호수길은 그림 같은 호수와 그 호수를 그리움처럼 내려다보고 있는 어답산을 바라보며 걷는 길이다.

로 두 개가 마주보고 있는 중금리 삼층석탑 너머 보이는 호수. 그래서 이 길은 역사와 현재가 공존하는 길이다.

이제 곧 나뭇잎들이 형형색색으로 물들고 우수수 낙엽이 되어 떨어질 것이다. 낙엽 진 길을 싸드락 싸드락 걸어가면 가을 나그네가 될 것이다. 봄이면 봄, 여름이면 여름, 가을이면 가을, 그 나름대로의 운치와 정취를 지닌 이 길을 걷다가 보면 자연 속에서 스스로가 자연이 되는 경이를 느끼게 되지 않을까?

해는 서산에 기울어가고, 가끔씩 보이던 논배미의 벼이삭들이 황금빛으로 빛나던 길을 걸어가는 데 문득 군수님이 내게 한 말이 떠올랐다. "길은 인공구조물보다 원래 있던 길을 찾아내서 사람들이 다닐 수 있을 만큼만 정비하면 되지 않겠어요? '태기산성길'도 그런 취지를 가지고 잘 만들겠습니다." 그렇게 다듬어진 '태기산성길'을 걸으며 진한의 마지막 임금인 태기왕의 한 서린 이야기를 들을 날이 어서 왔으면 좋겠다. 원래의 길을 찾고, 끊어진 길은 잇고, 그 지역의 숨결을 느끼며 걷는 길들이 사람들이 가장 걷고 싶은 길이다.

가을 '소양강길'을 걷다

신용자

'4대 강 사업'으로 강에 대한 관심이 부쩍 높아지고 있다. 우리에게 강은 어떤 존재일까? 언제나 그곳에서 맑고 푸르게 살아 흐르던 물길은 어느 순간 홍수로 용트림을 하며 스스로를 정화시키기도 한다. 그 물길에 마음이 끌렸다. 발원지에서 하구까지 걷고 나면 매일 보는 그 물이 다르게 다가온다고 한다. 지난해 가을, 무작정 소양강을 따라 걸었다. 그리고 올 봄에도, 가을에도 그 길을 밟았다. 소양댐으로 소양호가 되었지만 원류인 인북천(서화천) 길은 삼색물길로 반겼다. 천의 소리로 살아 있는 물길엔 흰모래와 치솟은 갈대꽃이, 에돌아가는 산굽이엔 붉은 단풍이, 그 사이에 옥빛 물길이 어우러지며 내닫고 있었다. 남쪽에서 만날 수 있는 물길은 양구 해안 쪽으로 넘어가는 가령촌교에서 시작된다. 강을 사이로 형성된 마을을 따라 강길은 꼬불꼬불 이어졌다.

그곳엔 사람만 오롯이 걸을 수 있는(자전거 등도 통제) 길과 원시림 속으로 통

다산은 두 번의 춘천 여행으로 북한강에 대한 그리
움을 풀어낸다.
그 북한강의 중심에 '춘천'이 있다.
빼어난 풍치와 더불어 심신이 평화로워지는 춘천은
당대 시인묵객들의 발길을 잡아매던 곳이다.

과하는 군인들의 행군 길, 차마고도 같은 벼랑 위 수로 길, 예전 원통장을 보러 다녔다는 아찔한 벼루길 등이 방점을 찍었다. 백여 리를 달려온 물길은 부사전 언덕을 돌아 설악산 북천을 만나고 합강에서 내린천을 만난다. 여기서부터가 소양강. 예전 뗏목의 출발지였고 우리나라 강길의 중앙이던 합강정은 놀기 좋은 곳으로 알려졌었다. 소양강은 꿩의 여울과 용소, 지소를 거치며 아미산을 돌아나간다.

강 길은 이곳에서 군축교를 건너 개륜리 산길을 따라 관대리에 닿을 수 있다. 그리고 양구 남면을 돌아 춘천 북산면으로 접어든다. 청평사가 있는 이곳은 수많은 이야기를 간직한 곳.

천년사찰의 스토리가 겹겹이 서린 곳이지만 인근의 사전리는 광해군 때 칠서의 난을 일으킨 무륜당의 근거지가 있었던 곳이며, 내평리에는 '천자가 된 머슴'의 한터가 있었다. 기여낙지(기락천)를 통해 찾아가던 청평사 옛길은 끊겼지만 황골로 통하던 옛길과 양구로 가던 부창고개 옛길도 일부는 남아 있다. 우두산과 소양정에서 정점을 이룬 소양강은 홍유도(중도) 아랫자락에서 장양강과 만나 신연강이 되고 용진강이 되어 두물머리로 들어간다. 소양강 400여 리 물길 중 북쪽의 물길을 제외한 3백 50리 정도를 걸어볼 수 있다. 주변엔 을지 전망대와 용늪, 박수근 미술관 등도 있다.

'한강'은 북한강과 남한강이 어우러지는 두물머리(양수리)에서부터 비롯된다. 두 물줄기 중 하구에서 거리가 먼 남한강이 발원지다. 오대산 우통수가 발원지로 전해져 왔으나 20년 전 태백시의 금대산 검용소로 변경되었다. 최근 현대적 퍼포먼스의 한강 발원제가 열리기도 했다. 천삼백 리 그 유장한 물길은 우리네 삶을, 생명을 지켜온 역사의 강이기도 하다.

발원지를 확인할 수 있는 남한강에 비해 북한강은 휴전선에 막히면서, 댐에 막히면서 빛을 잃고 있다. 북한강은 금강산 물길은 물론 설악산 오대산 물길을 아우르며 굽이쳐 흐르는 천백 리 물길. 이 북한강 유역은 조선 후기의 문화사상사에 활기를 불어넣은 새로운 창조의 공간이기도 했다. 석실서원에서 곡운구곡으로 이어지던 학맥은 구한말 춘천의병으로 피어난다.

두물머리에 살았던 다산 정약용이 유배생활 후 가장 하고 싶었던 일도 북한강 여행이었다. 다산은 두 번의 춘천 여행으로 북한강에 대한 그리움을 풀어낸다. 그 북한강의 중심에 '춘천'이 있다. 물의 도시 춘천은 소양강과 낭천(화천)강이 만나는 곳. 빼어난 풍치와 더불어 심신이 쇄락해지는 에너지 충전소 춘천은 당대 시인묵객들의 발길을 잡아매던 곳이다.

북한강의 상징이자 춘천의 상징이던 소양강昭陽江은 동쪽의 맑은 강으로 인제 서화 무산(현 고성, 무산)이 발원지로 전해진다.

그런데 하천연구가 이형석 선생은 소양강의 발원지를 그간 알려졌던 무산의 서화천이 아니라 홍천 내면의 만월봉으로 계방천이 원류라고 밝혔다. 실측에 의한 길이다. 차제에 소양강 발원지도 확인하는 게 필요할 것이다.

서화천이든 내린천이든 아름다운 물길은 최근 유행하는 MRF(산길, 강 길, 들길을 포함하는 원점회귀 가능한 코스)도 여러 곳 만들 수 있을 것이다.

싯다르타는 뱃사공 바스데바를 만나 강에서 깨달은 이야기를 나눈다. "강에는 오직 현재만이 있을 뿐, 과거의 그림자나 미래란 없다는 것. 강은 왕자의 목소리, 전사의 목소리, 황소의 목소리, 밤에 우는 새소리, 산모의 목소리를 갖고 있으며 또한 그것은 탄식하는 자의 목소리이기도 하다는 것. 강물의 소리 안에는 삼라만상의 목소리가 다 깃들어 있다는 것."을 들려

준다. 강의 존재를 통해, 강물의 소리를 통해 진리를 깨달을 수도 있으리라.

올해가 가기 전 또 다시 전봉건 시인의 〈나는 물입니다〉를 음미하며 함께 흐르고 싶다.

김유정의 그 '길'을 걷다

전상국

나는 요즘에 이르러서야 비로소 나를 위하여 따로이 한 길이 옆에 놓
여 있음을 알았다.　　　　　　　　　　—김유정의 수필 〈길〉 중에서

길은 살아 있는 모든 것이 걸어간 삶의 궤적이다. 그리하여 우리는 그 길
위에서 그네들이 남기고 간 숱한 이야기와 만나게 된다.

김유정은 1930년 만 스무 살 나이에 고향 실레마을에 내려와 약 2년간 머
문다. 짝사랑을 이루지 못한 아픔에다 학교 제적이라는 감당키 어려운 충
격으로부터 빠져나오기 위한 새로운 길 찾기였다. 고향 실레에서 그는 일
제 강점기 그야말로 똥구멍 째지게 가난한 마을 사람들과 만나면서 자신이
해야 할 일을 찾게 된다. 학교가 없는 마을에 금병의숙을 세워 야학 등 농촌
계몽운동을 펼친 일이다.

김유정이 벌인 농촌계몽운동은 1935년 동아일보 12주년 기념 현상소설

에 당선된 심훈의 《상록수》 이야기보다 앞선다. 조카 김영수와 함께 벌인 실레마을에서의 농촌계몽운동은 김유정의 짧은 생애 중 가장 아름다운 역동적인 삶이었다.

그러나 김유정은 고향 마을의 그 길 위에서 다시 새로운 길을 찾아 떠날 준비를 한다. 실레 고향 마을을 거닐며 그 어려운 시대 만무방(염치가 없이 막된 사람)과 따라지(하찮은 처지에 놓인 사람)들이 살아가는 모습을 소설로 그려내고 싶은 충동이 바로 그것이다. 그는 곧바로 상경하여 혜성처럼 등단한 뒤 만 스물아홉 살 삶의 괄호가 닫히기 전까지 30여 편의 소설을 써내었다.

철길을 따라 먼 곳에서 찾아온 사람들이 김유정역에 내린다. 김유정이 걷던 길, 김유정 소설 속 등장인물들의 삶이 배어 있는 금병산 '김유정 등산로'와 '실레 이야기길' 16마당을 걷기 위해서다.

금병산에 둘러싸인 모습이 마치 옴폭한 떡시루 같다 하여 이름 붙여진 실레(증리)는 작가 김유정의 고향이며 마을 전체가 작품의 무대로서 지금도 점순이 등 소설 12편에 등장하는 인물들의 실제로 있었던 이야기가 전해지고 있어 이를 바탕으로 등산로 및 이야기길이 만들어진 것이다.

금병산 '봄·봄길'을 걷다 보면 열여섯 살 '점순이'가 살던 집터가 나타나고 이른 봄날 '점순이'가 이웃집 총각 '나'를 꼬시던 '동백꽃길'에서 알싸하고 향긋한 꽃을 피우는 생강나무 숲과 만나게 된다. '산골나그네길'에서는 맨발의 열아홉 살 나그네가 병든 남편을 한들 물레방앗간에 숨겨놓고 위장결혼을 했던 '덕돌네' 주막터에 이르고 '만무방길' 위에는 자기 논의 벼를 훔쳐야 살 수 있었던 당대 농촌의 궁핍한 삶을 그린 수하리골의 노름터가 그대로 남아 있다.

들병이들 넘어오던 '눈웃음길', 덕돌이가 장가 가던 '신바람길', 응칠이가 송이 따먹던 '송림길', 도련님이 이쁜이와 만나던 '수작골길', 근식이가 자기 집 솥 훔치던 '한숨길', 금병의숙 '느티나무길', 장인 입에서 할아버지 소리 나오던 '데릴사위길', 김유정이 코다리찌개 먹던 '주막길' 등을 걸으면서 우리는 작가 김유정의 생애와 작품세계는 물론 한 작가가 남긴 그 이야기들이 소설로, 영화로, 연극으로, 마임으로, 오페라로, 인형극으로 만들어지고 있는, 이야기 산업의 현장 실레 이야기 마을을 새삼스런 눈으로 둘러보게 될 것이다.

남들이 뛰어가는 큰길 위에서 그들에게 뒤질세라 따라 뛰다 보면 자기가 왜 그 길 위에 있는지를 모르게 마련이다. 다행이 김유정은 자기가 걸어가야 할 길, 글 쓰기, 신명의 그 오솔길을 고향 마을 길 위에서 찾았던 것이다. 병마와 가난이라는 처절한 상황 앞에서도 펜을 놓지 않았던, 작가의 길.

김유정이 걷던 그 '길' 위에 오늘 우리가 새로이 걸어 가야 할 아름다운 길 하나가 열린다.

지리산에는 못난 소나무가 산다

·

박수자

어른 열 명이 앉을 만큼 마음껏 옆으로 뻗어나간 소나무. 머리카락을 땅에 늘어뜨리고 수많은 세월에 자기 모습을 다듬어 간 운봉리 소나무 숲.

못생긴 소나무가 선산을 지킨다고 했던가? 처음부터 올곧게 쭉쭉 뻗어 갔으면 벌써 베어져 대가 집의 기둥이 되었을 나무. 숲 식구로 이 자리에 있어 오늘 우리에게 환호성을 주고 있구나.

서림 숲의 부부석. 퉁방울눈과 뻥 뚫린 콧구멍, 두들두들한 질감. 메동마을에 도착해 저녁을 먹었다. 부녀회장님 이층 민박집에 도착해 짐을 풀고 찬물로 샤워를 했다. 푸푸 한두 번 진저리치며 냉기와 맞서자 산뜻해졌다.

동네를 한 바퀴 돌았다. 가로등 아래 고즈넉한 길을 걸었다. 금방 어둑한 길을 만나 되돌아 나오면서 어둠에 쩔쩔매는 나를 발견한다. 청도 살 때는 꼬맹이였지만 언니를 따라 저녁 마실을 잘도 다녔다. 어둠은 포근했고 돌에 차이거나 텀벙이지도 않고 내 눈은 밤중에도 빛났는데….

이제 불빛에 길들어 내 오감, 소리와 빛과 냄새를 잃어버렸구나. 어둠은 두려움으로 입을 크게 벌린 낯섦으로 선뜩 발걸음을 옮기고 싶지 않았다.

별빛이 비치는 드넓은 벌판과 짙은 어둠에 싸인 숲, 고요함을 즐길 줄 모르다니.

우와, 장관이다. 검은 비로도에 도톰하게 별들이 무더기로 반짝인다. 별은 총총 떠 있고 밤새는 깊은 울음소리를 내고 서늘한 밤 가운데 나무는 별빛을 먹고 자라고 있었다. 고개를 젖혀 하늘을 오랫동안 쳐다보았다. 쓱 쓸어 담으면 한 소쿠리가 넘치겠다.

옅은 구름에 가려진 은하수까지 욕심난다. 한밤중에 깨어나 하루를 시작하는 해바라기. 풀과 작은 벌레들의 소리. 나뭇가지가 축 늘어져 우리를 별빛까지 올려줄 것 같은 장엄한 나무의 어둠을 응시했다. 나무의 마음들이 별빛에 멱을 감으며 크고 있었다.

아, 저기 빗금을 그으며 떨어지는 유성꼬리. 아, 하는 탄성만 나올 뿐 소원을 빌지 못했네. 왈칵 별빛이 밀려들면서 숨이 탁 막혀온다. 그분께 기도를 올리고, 손을 높이 들어 영광을 드렸다. 둘만이 깨어 있다는 기쁨. 이 순간 내가 본 이 빛남과 충만함을 혼자 또 같이 하고 있음에 감사했다. 순간적이다. 그것은 곧 사라지는 것.

메동마을에서 등구재까지 다랭이논 누런 벼를 옆구리에 차고 빙 둘러가는 길에 돌배와 칡 꽃, 달개비도 정답다. 보랏빛 산더덕도 하나 캐고 개굼도 따먹고 호두도 발로 밟아 모감주나무 속 염주 알처럼 배낭에 챙겼다.

옛날엔 참나무 바람소리를 들으며 태교를 했다고. 전라도와 경상도의 경계인 등구재에서 두꺼비 한 마리에 환호를 지르며 가쁜 숨을 몰아쉬고 쉬는 시간을 가졌다.

내리막길을 내려와 할머니 쉼터에서 매운 고추와 막걸리를 한잔 걸쳤다. 그새 뚝딱 부추전 하나를 만들어내신다. 천왕봉에 걸린 산 구름을 구경하며 당산 쉼터 나무 평상에 대자로 누워 두 그루 당산나무를 올려다보았다. 세월의 무게가 느껴지는 넉넉함.

길손들에게 수박도 쩍쩍 쪼개 나눠주고 도톰한 오이까지 마음껏 따먹게 한 할머니를 뒤로 하고 구불구불하고 오르막이 이어지는 길을 걸었다. 통통한 수수밭과 조밭을 지나 나마스떼 카페에 도착했다. 길손들을 위해 항아리에 물을 내어놓고 안데스 바람이 느껴지는 음악까지. 그늘에 발을 쭉 펴고 평안히 한숨 자고 싶었다.

지리산엔 못난 소나무가 살고 있다. 자기 것을 내놓는 사람들이 있어 따뜻함이 녹아 있다. 서로 힘을 내라는 동행이 있어 끝까지 함께할 수 있었다.

지리산 그 푸른 능선의 구불구불한 선들은 시간이 지날수록 각인된다. 쩨쩨하게 이 눈치 저 눈치 보고 살지 말자. 당당하게 독립적이고 자존을 지키며 살자. 작은 감정에 휘둘려 미혹에 흔들리지 말고 큰 산 그림자가 되자.

몸이 경험한 만큼 쉽게 잊히지 않을 것이다. 앞으로 힘들 때마다 깔딱고개가 생각날 것이다. 그것도 해냈는데 이것도 할 수 있을 거야.

지리산 그 푸른 능선의 구불구불한 선들은 시간이
지날수록 각인된다.
쩨쩨하게 이 눈치 저 눈치 보고 살지 말자.
작은 감정에 휘둘려 미혹에 흔들리지 말고 큰 산 그
림자가 되자.

온몸을 눕혀 생존한 소나무 숲. 내 고향 청도에도 그 소나무 같은 친구 한 명 있다. 깡통 차기에도 내내 술래만 하던 녀석. 도시에 온 나를 대접한다고 시냇물 건널 때 돌다리 놓아주던, 공부에 취미가 없어 지게 지고 만날 산으로 나무하러 가던….

이제 그 사람만 고향에 남아 친구들 아비, 어미 상여를 메주고 달구질을 하고 선소리가 유창한 사람. 울 아버지, 울 오빠 무덤에 아카시아 지독한 뿌리도 캐내고 무너진 잔디도 다시 올려주는 친구. 일 년에 한 번쯤 반갑다 잡아보는 손은 거칠고 투박하다. 손톱 밑에 검은 줄무늬가 문신으로 잡혀 있다.

참 정직한 손을 맞잡고 있으면 평안하고 내가 막 착해진다. 스르르 빗장이 풀린다. 겨울이면 마을회관 노인들 방 군불 담당이다. 고향 지켜주는 그 녀석이 정말 잘난 놈인 것 같다.

사람에게 팍팍함을 느껴 나도 손익계산 철저히 따지자 다짐하다가도 그 녀석 생각하면 피식 웃으며 돌아선다. 못난 오이, 못생긴 호박 꾸려주며 미안해하는 친구. 늙은 호박은 숨어 있어야만 푸근하게 클 수 있다.

지리산 갔다 와서 문득 전화했다.

"고맙다, 친구야."

"와, 무슨 일 있나? 추석 때 엄마 보내라. 마을에서 돼지 세 마리 잡는다 아잉가."

조기의 길, 노을의 길

김태준

요사이 여행한 영광의 '백수 해안도로'는 '한국의 아름다운 길' '전북의 아름다운 길'로 뽑혔다는 해상공원 길이다. 이중환李重煥이 《택리지擇里志》(〈팔도총론八道總論〉) 서두에서 강조했듯이, 우리나라는 동·남·서 세 쪽이 바다이고, 북쪽 한 편만이 중국 대륙으로 통하며, 산이 많고 평야가 적은 나라이다. 이렇게 삼면이 바다로 열린 나라이면서도 길이라면 물길을 거의 잃어버리고 사는 일상에서 이날의 여정은 참으로 좋았다. 확 열린 가슴으로 바닷바람을 호흡하며 바다로 이어진 길들과 함께한 뜻이 깊었다.

〈이야기가 있는 여행〉 팀의 배기봉 선생은 여행의 달인인 지리 선생님. 직접 운전해 한 달에 한두 번은 이야기가 넘치는 여행을 이끈다. 이번 남도 여행은 전라도의 이름난 드라이브 코스로 백수 해안길 17킬로미터였다. 법성포까지 파고든 해안도로를 따라 서북쪽으로 새로 열었다는 모래미 해수욕장을 돌아들면, 파도의 침식으로 만들어진 암석 해안이 펼쳐지고, 일산도

칠산정에 기대어 잠시 조기들의 길을 명상한다.
내 고향이며 조기들의 고향인 연평 앞바다 맞은편
해안을 생각한다.

이산도 삼산도로 칠산도七山島에 이르는 해안길이 탄성을 일으킨다.

칠산도라면 이름난 조기의 길. 연평 앞바다에서 생명을 얻은 어린 조기 떼들이 동중국해까지 황해黃海를 한 바퀴 돌아 흑산도를 거쳐 칠산으로 올라오는 조기의 길이다. 그래서 영광 굴비가 이름 높고, 영광읍에서 북서쪽으로 10킬로미터 남짓한 법성포法聖浦는 그 옛날 인도의 스님 마라난타가 백제에 불교를 맨 먼저 전해주었다는 부처님의 길이고, 지금은 원불교의 성지이다.

일찍이 민속학자 주강현朱綱玄 선생이 쓴 《조기에 관한 명상》(한겨레신문, 1998년)은 이 칠산 앞바다의 조기의 길을 짐작케 하는 지도(智島;지금의 신안군 지도읍) 군수의 글을 이끌고 있다.

"법성포의 서쪽 바다에는 배를 댈 곳이 없고, 이곳에 있는 칠뫼七山라는 작은 섬들이 위도에서부터 나주까지 경계가 되는데, 이곳을 통칭하여 칠산 바다라고 한다. 서쪽 바다는 망망대해로서 해마다 고기가 많이 잡혀 팔도八道에서 수천 척의 배들이 이곳에 모여 고기를 사고팔며, 오고 가는 거래액은 가히 수십만 냥에 이른다고 한다. 이때 가장 많이 잡히는 물고기는 조기로, 팔도에서 모두 먹을 수 있다.(78쪽)"

1970년대까지는 전국에서 모여들던 파시波市로 북적였다는 그 칠산 바다를 한눈에 내려다볼 수 있는 칠산정에 기대어 잠시 조기들의 길을 명상한다. 내 고향이며 조기들의 고향인 연평 앞바다 맞은편 해안을 생각했다.

해안도로라면 땅과 바다가 만나는 해안선을 끼고 달리는 길이며, 당연히 삼면이 바다인 우리 남한은 온 나라가 해안길을 가지고 있는 셈이다. 특히 우리나라가 어느 나라보다 긴 해안선을 가졌다는 것을 해안도로를 여행하면서 새삼 생각하게 되었다. 이 글을 쓰는 가운데 지난 100년 사이 해안선이 26%나 줄었다는 국립환경과학원의 보고서가 발표되어 크게 놀랐다. 서해안과 남해안은 굴곡이 심한 리아스식 해안이어서 육지 대비 해안선의 길이가 129%나 된다고 한다. 섬나라인 일본이 87%밖에 안 되는데 비하더라도(김웅서 해양연구원 책임연구원, '해안선을 보호하자' 〈한국일보〉 7월 5일자) 길다. 이런 하늘이 내린 해안선, 그리고 그 해안선 길을 발견하면서 기쁨이 배가 됐다.

백수 해안길에는 뜻밖에 노을 박물관이 있다. 우리나라는 편서풍偏西風대에 들기 때문에 날씨가 서쪽에서 동쪽으로 이동하고, 그래서 저녁놀이 지면 서쪽의 맑은 날씨가 이동해 와 다음날 맑은 날씨가 될 확률이 높단다. "아침놀 저녁 비요, 저녁놀 아침 비"라는 속담이 생각났다. 아침놀은 동쪽에 고기압이 자리하기 때문에 서쪽의 기압골이 이동해 올 가능성이 있고, 저녁놀처럼 날씨가 맑을 확률이 높지 않다. 그러니 이 백수 해안길은 우리나라 노을길이기도 한 셈이다.

영광까지 내려가 저 임진왜란에 일본으로 끌려갔다 어렵게 귀환한 강항姜沆 (1567-1618) 선생의 유적지 내산서원內山書院을 찾지 못한 일이 못내 아쉬웠다. 아름다운 백수 해안길을 걸으며, 서해안 도로가 가장 많이 줄어든 까닭이 매립과 도로 건설 때문임을 알고 해안선 생태계 보존의 중요성에 한층 관심을 갖게 됐다.

잉카의 숨은 길. 페루 초케키라우

김문숙

남미 문화와 길에 관심 있는 사람들은 마추픽추로 향하는 '잉카 트레일'을 걸으면서 잉카인의 삶과 문화를 느끼고 싶은 욕심이 생길 것이다. 남미 자전거 여행을 계획하면서 자전거로 갈 수 없는 길이지만 잉카 트레일은 꼭 가볼 것이라 다짐했었다. 그런데 막상 페루에 도착하여 알아보니 여행사와 가이드가 없이는 걸을 수 없으며 비용도 비쌀 뿐만 아니라 시기도 맞지 않았다. 낙심한 나에게 관광안내소 직원은 현재까지 관광객에게 알려지지 않은 숨은 잉카의 길을 소개해주었고 그렇게 '초케키라우(페루 올란타이탐보에서 마추픽추까지 초케키라우를 거치는 길)'라는 잉카의 또 다른 길을 만났다.

이 길은 잉카문명의 중심지 쿠스코Cusco에서 120킬로미터 떨어진, 2,900미터 고지에 자리 잡은 차코라Cachora 마을에서부터 걷기 시작할 수 있다. 잉카 트레일보다 걷는 거리가 짧지만 잉카인들의 삶과 문화를 접할 수 있으며, 가이드 없이도 갈 수 있다는 장점이 있다. 자료에 의하면 18세기 프랑스

탐험가들이 발견해 역사가들의 관심을 사기 시작했다. 1910년 하이럼 빙햄 Hiram Bingham에 인해 세상에 알려졌다.

가이드의 말에 따르면 초케키라우가 길로서 생명력을 부여받은 단초는 2002년 프랑스 정부의 고위 인사가 활공하면서 길을 보고, 직접 걸으면서 부터라고 한다. 그 이후 프랑스에서는 페루 정부에 잉카의 유적과 문화 보호, 숨겨진 길들을 찾도록 지원한다. 길을 보호하는 단체에 예산을 지원하여 유적지와 길을 발굴하면서 잉카의 숨결을 느낄 수 있는 길들이 조금씩 자리를 잡아나가고 있다.

개인의 체력에 따라 차이가 있지만 빨리 걸어도 왕복 4일은 걸리는 여정이다. 일정 기간 현대문명과 단절된 생활을 소망하는 제한된 수의 도보 여행자들이 주로 찾는다. 야생초들의 진한 향기, 고요하고 웅장한 산, 잉카의 문화와 그 후손들과 마주하며 걷는 길이다.

나는 하루 1,300미터의 고도를 오르내리는 고통을 맛보고서야 드디어 초케키라우(해발 4,300미터, '황금의 요람'이라는 뜻의 성채 도시)에 도착했다. 마추픽추 같은 웅장함은 없지만 더 많은 잉카문화와 유적이 잠재되어 있다고 한다.(유적 발굴이 힘든 지정학적 위치로 1,800ha의 유적지 중 30~40%만 발굴) 그럼에도 불구하고 도착 후 가장 먼저 든 생각은 '이것을 보기 위해 이렇게 고생 고생하면서 왔는가?'였다. 가이드에게 실망했다고 하니 유적지를 다 돌아보면 느낌이 다를 것이라고 했다. 발굴이 되지 않은 곳을 다 돌고 마지막 방문지인 과거 잉카의 성전이 있었다는 곳에 서는 순간, '아, 이거야!'라는 탄성. 성전의 중심에 서서 사방을 둘러보며 가슴속에서 울컥하는 느낌과 눈물!

나에게 초케키라우는 몇 백 년 전 잉카인이 되어 짐을 짊어지고 그들의

삶 속으로 들어가는 입구였고, 내 자신의 삶을 재발견하는 공간이었다. 그리고 자연과 동화되어 자연이 주는 아름다움과 행복에 눈물 쏟을 수 있는 순수의 길이었다. 내 고향 강원도에도 순수와 마음을 이끌어주는 길들이 많아졌으면 한다.

길에서 만나는 다산과 매월당

신용자

춘천을 상징하던 소양강은 부드럽고 밝은 강으로 동강東江, 여강女江으로도 불렸다. 봄내의 뿌리인 소양강昭陽江의 정점에는 소양정이 있었다. 춘천의 관문이던 석파령을 넘은 길손이든, 현등협을 거치는 뱃길의 나그네든 으레 소양정에서 특별한 세계를 감상했다고 한다. 그 다음 코스는 소양강을 거슬러 청평사를 찾았고, 조선 후기엔 청평사와 더불어 모진강을 거슬러 곡운구곡을 찾았다.

다산 정약용이 오랜 유배에서 풀려 고향인 두물머리로 돌아왔을 때, 그는 그리움의 대상이던 춘천을 두 번 찾는다. 물론 조카와 손자의 혼사에 동행하는 명목이었지만 두 번 다 자상한 유람기를 남겼다. 당시 소양정에 올라 걸려 있는 시들을 베낀 것을 보면 매월당 김시습, 청음 김상헌, 농암 김창협, 삼연 김창흡, 도암 이재 등 당대 문인들의 편액이 있었음을 보여준다. 아무튼 다산의 여행기에서 눈길을 끈 것은 여행길이었다.

예전 청평사 가는 길을 "수목이 빼곡하고 울창하며 물소리가 쟁글쟁글하여, 점점 그윽한 경지로 들어갔다."라고 전한다. 맑은 소양강 가를 따라 가면 지금의 소양댐 발전소 위편에 문바위(기여낙지, 기락천, 부복천)가 있었다. 까마득한 벼랑길에 기어나가야 했던 바위굴 길은 댐을 만들 때 폭파되었고 지금은 위치만 가늠할 수 있다. 이 길을 걸어 다녔던 마을 어른들은 문바위를 지나 물어구에서 4개의 질금다리(징검다리)를 건너 청평사를 만났다고 한다.

곡운구곡을 가던 길에도 보통천(좁은 벼랑)과 인람길 등이 춘천호로 사라졌지만 말고개를 넘어 서오지촌을 지나 오탄리로 빠지던 옛길이 있다. 이어 화우령(하우고개)을 넘고 산령을 지나 방화계로 떨어지던 다산의 여정은 옛 지명과 함께 곳곳에 시문으로 자국을 남겼다. 이 길은 아름다운 산세와 지형을 눈 아래 만끽할 수 있는 코스로 옛길의 매력이 고스란히 배어 있다. 이곳의 자연을 "가랑비가 조금씩 뚝뚝 듣자 동심원의 무늬가 수면에 일어나고 안개와 구름이 끼어 아스므레하다. 경치가 기막히게 맑고 그윽하여 정신과 기운을 아주 투명하고도 기민하게 하여준다."고 적고 있다.

다산의 발자취는 매월당 김시습의 길이기도 하다. 340여 년의 세월을 뛰어넘어 조선의 천재들이 머물렀던 춘천 소양강과 곡운구곡 주변, 청평사엔 지금도 그들의 숨결이 묻어날 듯하다. 매월당의 《관동일록》에는 춘천의 옛 정취가 물씬 묻어난다. 소양정과 고산, 그리고 우두산, 맥국터, 청평사 등 그의 시를 따라 가보면 모든 풍광이 새롭게 다가온다. 매월당은 《관동일록》 외에도 〈춘천십경〉을 지었으며 여기에 '심승화악' 등이 있는 것으로 보아 그가 사탄에 머물렀다는 설을 뒷받침해준다. 후일 평강 현감으로 가던 곡운 김수증이 매월당이 머물렀던 곳이라 전해지는 아름다운 계곡을 찾게 되고, 1670년부터 곡운구곡에 농수정을 짓고 잠시 머물렀으며, 1989년에 화음정사를 짓고 은거했다.

매월당이 춘천에 머문 정확한 기간은 밝혀지지 않으나 관련 시문이 많은 것은 그의 마음을 풀 정기가 있었기 때문일 것이다. 비록 그네들이 걸었던 길이, 머물던 곳이 사라지고 변하였지만 심성을 정화시키던 노님의 길을 동행하고 싶다.

다산과 매월당 외에도 수많은 시인묵객들의 유람지였고, 유람의 출발지였던 춘천은 그네들의 시와 유람기 등 격조 높은 문화유산을 담수한 채 미래지향의 개발에만 치우치고 있다. 대부분의 지역이 같을 것이다. 6.2 지방선거 공약에서도 자전거 도로나 위락시설 유치의 청사진은 화려했지만 '온고지신'이나 '법고창신'의 지혜는 찾아보기 어려웠다.

길은 소통과 치유와 화해의 상징이기도 하다. 단절되는 변화가 아니라, 독선이 아니라 어제와 오늘을 아우르며 자연스럽게 내일로 나아갈 때 길이 열릴 것이다. 다산의 〈산행일기〉를 따라 수없이 찾아 헤맨 끝에 드디어 발견한 곡운구곡 가던 옛길은 다산과 같이 가는 듯한 감동을 주었다. 그가 인람에서 나룻배로 건넜던 모진강에는 1934년 모진교가 세워지고 해방과 더불어 38선이 되었으며, 6.25의 시련을 겪었다. 하여 남북의 최전선이던 인람 일대는 전상국의 소설 〈아베의 가족〉 배경지가 된다. 그곳엔 지금도 그 지난한 남과 북의 삶을 산 사람들이 살고 있다.

어디에 살든 그 지역의 옛길을 찾아 시공을 뛰어넘는 시간 여행, 상상 여행을 할 수 있으면 조금은 행복한 일탈이 되지 않을까. 자신의 삶터를 새롭게 만나는 감동은 옛길이 제격이다. 타박타박 비탈진 고갯길을 오르고, 끊어질 듯 이어지는 계곡 소로를 걸으면서, 이곳이 바로 우리네 삶의 현장이었음을, 유람길이었음을 체험하는 것은 시간 낭비가 아니다. 더구나 그 지역의 어린이들이, 청소년들이 걷게 된다면 살아 있는 역사와 문화를 만나게 될 것이고, 절로 자신의 삶터를 사랑하게 되고 자부심을 느낄 것이다.

감성으로 메모리하다

박수자

　서산 마애삼존불과 개심사를 다녀왔다. 서산시에서 여러 가지를 배려해준 길이라 부담 없이 나설 수 있었다. 사실 이번 여행이 다른 여행에 비해 솜사탕 같은 부풀음이 없는 이유는 몇 차례 다녀온 길이기 때문이다.

　서산 마애삼존불을 덮고 있던 칸막이가 사라진 불상은 주변 돌들과 화해한 듯 훤한 모습이다. 아무리 인공조미료가 발달해도 자연의 맛은 절대 따라오지 못한다. 강댕이 불상의 덤덤한 표정이 낯익다. 꼭 다문 입술과 소박함. 충청도 사람의 기질과도 닮았다.

　보원사지 유적 발굴터는 너른 들판이다. 키 큰 당간지주 사이로 보원사지 5층석탑을 일직선으로 바라본다. 렌즈의 쭉 당겨보는 맛은 과거와 현재를 순식간에 뛰어넘는 울림을 준다. 뷰파인더에 탑이 가득인지 눈에 카메라가 가득인지 몸에 혼란을 준다.

　가야산 자락인 일락산 너머 개심사로 가는 길은 살짝 땀이 한번 날 정도의 경사와 소로이다. 몇 개의 제비꽃과 새부리 같은 뾰쪽한 잎들에 윤기가 자르르하다. 긴 오르막 끝에 나타나는 내리막길은 모내기 중간에 맞이하는 새참처럼 반갑다. 한 줄로 기차놀이를 하며 개심사에 도착했다. 큰길로 오가며 보는 개심사와는 사뭇 다른 시선이다. 처음 온 듯 낯설다. 느림의 행보 끝에 보아서일까? 삼신각도, 요염하게 허리를 튼 기둥도 다르게 보인다.

비 오는 날 갔던 소쇄원과, 주말에 갔던 소쇄원은 전혀 다른 곳이다. 노란 모과와 빗방울이 군데군데 떨어져 있던 시간, 추녀 끝에서 빗물이 방울 방울 여림 음을 내고, 시누대에 스치는 바람과 소리가 춤을 추던. 이 정갈한 그리움이 주말 그곳을 갔다 오고 나서 잃어버렸다. 밀리고, 북적대고, 무질서한 한낮의 풍경을 나는 두고두고 후회한다. 언제, 누구와 가느냐에 따라 길 위의 풍경은 다르다. 같은 장소를 우리는 이성이 아닌 감성으로 기억하기 때문이다.

백련사를 새벽에 혼자 갔다. 정월 초하루부터 넘어지는 바람에 하는 수 없이 버스를 탔다. 고요하다. 스님 비질에 모래 파도치는 소리. 문 여닫는 장단. 함지박에 앉은 개구리의 가슴 팔딱임까지 들리는 정적. 부산스럽게 기억했던 그곳의 풍경이 일시에 전환되는 순간이었다.

사람들은 왜 자꾸 길을 가느냐고 묻는다. 매번 이렇게 다르게 다가오기 때문이다. 이번에는 무엇을, 누구를 가슴에 담아올 수 있을까? 묻는 이들은 이 떨림의 순간을 모른다.

일행이 서산향교를 둘러보는 사이 담 밖 둔덕에서 머위 어린 잎을 캤다. 붉은 오리발 같은 솜털 송송한 어린 것이다. 한 주먹 따서 점퍼 주머니에 집어넣었다.

해미읍성으로 오는 길에 논두렁 길을 택했다. 물렁한 발의 촉감에 기분이 좋다. 꾸불꾸불한 논두렁을 걷다 돌아서 보면 누군가가 빠져버린 발을 꺼내면서 '오랜만에 빠지는 느낌도 괜찮은데' 하고 너털웃음을 짓는다. 자연의 길은 따뜻함이 배어났다.

육백 년 넘은 성벽에 등을 붙이고 온기를 느낀다. 억센 사내의 솟아오른 힘줄이 등을 받치고 있다. 마침맞게 속을 채운 잔돌의 역할을 생각했다. 시간이 오래 머물면 돌들도 꽃을 피운다. 각기 다른 무늬로 꽃물 드는 돌들.

해미읍성은 많은 변화와 시도를 하고 있었다. 수문장은 근엄했고, 굴렁쇠는 달리고, 팽이는 쓰러지고, 짚들은 마술사 할아버지 손에서 그릇으로 신발로 평할 때마다 만들어진다.

방패연을 다루는 장인의 날렵한 손은 하늘에 거대한 바람의 길을 걸어두었다. 바람을 가늠하고 눈높이를 맞추는 지킴이가 서산시 문광과 공무원이었다. 바람이 얼굴을 바꿀 때마다 당겨주고, 끌어주는 손맛을 그는 즐기고 있었다. 이제 사람들은 문화를 눈으로 보고 귀로 듣는 것에서 직접 체험하고 동참하는 주체가 되는 것을 원한다. 이것을 지방자치 공무원들도 간과하고 있다. 각 지방의 특산물과 축제를 홍보하고, 실버 세대들의 고용 창출까지 한 묶음으로 가져가는 문화기획이다. 지방도시의 문화재와 길들을 연결하고 관광과 문화를 접목하는 다양한 시도가 눈에 띄게 많아졌다. 서산시에서 마련한 '아라메길'도 같은 맥락의 상품이다. 길들이 많아졌다. 길따라 사람들이 오고 있다. 도시에서 오는 그들이 무엇에 마음을 부려 놓는지 이젠 더 고민해야 할 때다.

길은 고유함과 원형질의 모습이 숨어 있어야 한다. 자갈길 팍팍한 둑길

을 절룩거리며 걷다가도 '옥희네 점방, 순남이 전파사' 같은 정겨운 이름의
간판들, "아, 그 길 걸어 다니면 누가 돈 주남뇨?" 툭 한마디 던지지만 쉴 수
있는 그늘이 되어주는 사람들이 있어야 한다. 숨어 있는 딸기같이 길에서
느끼는 것은 떠나는 자의 몫이지만 길은 다 다른 길이어야 한다.

오래 두고 걷고 싶은 구도의 길 '오헨로'

원종문

시코쿠 순례길을 걷는다는 것은

시코쿠 순례길은 오헨로御遍路라고도 불리며 시코쿠 섬 전역의 88개 사찰을 환형으로 연결한 장거리 순례길(1,200킬로미터)이다. 1,200년 전 고보다이시弘法大師가 진언종을 전파하기 위해 시코쿠 전역을 걸으며 수행한 것이 그 시초이며 16세기 에도시대부터 사찰을 따라 순례하는 형태로 정착되었다. 일본에서 42세의 남자는 일생의 가장 큰 액을 마주하는 것으로 여겨져 왔고 고보다이시가 42세 때 운명의 고비를 넘어 한 단계 높은 도道를 얻으려 순례에 나섰듯이 순례자들 또한 걷기 수행을 통해 스스로 세속의 번뇌와 액을 씻는 돌파구를 찾아 나서게 된 것이 시코쿠 순례길의 가장 큰 목적이 되었다. 그러나 현대에 이르러 시코쿠 순례길은 역사적 배경과 종교적 의미뿐만 아니라 자신을 되돌아보는 성찰과 치유의 길로서 많은 사람들이 찾고 있으며 세월의 흐름과 변화에 아랑곳하지 않고 환경에 동화되어 숲길, 마을길, 국도, 아스팔트길, 터널 등 다양한 형태의 길들로 이어지고 있다.

시코쿠 순례길은 그 역사적 배경과 종교성에 따라 순례의 법도와 자세에 대한 가치를 존중하여 순례의 의미와 동기를 부여한다. 그렇게 정신적 가치를 우선하여 만들어진 순례 물품과 시스템이 삶의 모습처럼 시코쿠 순례길 위에 고스란히 녹아 있다.

순례물품으로 스게가사(삿갓), 하쿠이(흰색저고리), 주조(염주), 지레이(지령), 두타봉투, 납경장, 와게사, 경본, 즈에(지팡이), 오사메후다(순례자 명함), 순례안내서, 기념우표 등이 있다. 특히 순례의 의미를 중요시해 스게가사는 고보다이시를 나타내는 범어를 앞쪽으로 오게 쓰면 순례 중 나쁜 기운을 물리치는 효과를 본다고 하며, 하쿠이는 소복을 상징하여 순례 중 사망할 경우를 대비한 수의로, 즈에는 고보다이시의 혼이 깃들었다고 여겨져 순례 중 사망했을 경우 묘비로 쓰인다. 그밖에 오사메후다는 순례자가 절에 바치는 명함으로 사용되며, 순례안내서와 기념우표를 제외한 여타의 물품들도 순례를 위한 가치 있는 물품들로 여겨진다. 그중에서도 가장 가치 있는 것으로 주목해야 할 것이 납경장이다. 납경장은 각 절의 순례를 마치고 기념묵서와 도장을 받는 공책이다. 이 공책은 산티아고 순례길의 순례자여권과 같은 기능을 하는 것으로 순례자들의 가장 큰 재산이다. 이처럼 순례용품은 각각의 의미로 순례를 지속할 수 있는 상징적인 역할을 하는 동시에 한편으로는 지역사회와 88개 사찰의 경제를 지탱해 주는 주요한 역할을 하고 있음을 유추해 볼 수도 있다.

절에서의 순례 방법은 산문 앞에서 일례 후 미즈야(수돗가)에서 입과 손을 씻어 심신을 정갈하게 한다. 그 후 종루에서 종을 친 다음 본당에 납찰과 향을 올리고 합장한 뒤 독경하고 본당에서 한 것과 같은 방법으로 대사당을 참배, 독경한다. 대사당을 나와서는 납경소에서 납경장에 도장을 받고 산문을 나와 일례한 후 다음 절로 이동하는 것이다.

시코쿠 순례길에는 오셋타이라는 아름다운 전통이 이어지고 있다. 오셋타이는 시코쿠주민들이 순례자들에게 제공하는 공양으로 대가 없이 순례객들에게 제공하는 시주를 말한다. 오셋타이는 주민들이 순례객들과 함께 순례할 수는 없지만 마음만은 함께한다는 의미로 순례자에게 베푸는 친절을 뜻한다. 주민들이 순례객에게 마음 내킬 때 돈, 음식, 숙박 등 언제 어디서 어떤 형태로든 공양을 제공하는 이 전통은 예기치 않은 상황에 뜻밖의 선물을 제공받는 순례자들에게 즐거움과 새로운 인연을 만들어주는 매개적 역할을 함으로써 시코쿠 순례길의 긴 생명력을 유지하도록 하는 원천이자 특색이고 매력으로 시코쿠 순례를 하는 모든 이의 머릿속에 추억을 남겨주는 메커니즘을 가지고 있다.(순례객은 절대 오셋타이를 거절할 수 없다는 전통도 이어지고 있다)

내가 걷는 길

지난 몇 년간 많은 길을 찾고 걸었다. 그렇게 걷고 찾아낸 길들이 이어져 새로운 생명을 얻게 되는 순간 말로 형언할 수 없는 희열이 내 몸 구석구석을 헤집고 다녔다. 온몸이 떨리는 뜨거운 감동을 맛보는 순간이 지나고 불현듯 스치는 생각에 머릿속이 복잡해진다. 과연 이 길은 길 위에 서게 될 사람들과 살아가는 사람들 모두가 행복한 길이 될 수 있을까? 많은 사람이 길을 찾아 다수가 행복해진다면 그 답이 될 수도 있겠지만 '걷는 길'을 사랑하는 사람들은 되도록 지역사람들의 삶과 정서가 투영된 길의 가치를 이해하는 사람들이 그 길을 찾아 주길 희망한다.

2007년도부터 많은 '걷는 길'들이 이어지고 조성되었지만 길을 찾는 이와 살아가는 사람들 모두가 행복한 길은 과연 몇 개나 될까? 어떻게 하면 길 위에서 웃고 행복한 사람들이 많아질까? 그 답을 찾기 위해 찬바람에 옷깃이 휘날리기 시작한 11월 어느 날 배낭 하나 둘러매고 가깝고도 먼 나라 일본 시코쿠 섬의 고도를 찾았다.

시코쿠를 향해서

11월의 어느 일요일, 나는 시코쿠로 가기 위해 오후 4시 비행기를 타고 다카마쓰로 향하는 여정에 올랐다. 내가 시코쿠 행을 결심한 것은 나를 성찰하고 사유의 폭을 넓히려는 개인적인 목적과 연구자로서의 목적이 있었다. 내게 주어진 8일이라는 시간적 한계에 순응하여 가능한 많은 곳을 찾고 보기 위해 1번 절 료젠지靈山寺를 시작으로 19번 절 다쓰에지立江寺까지 순례하고 다시 기차를 타고 이동한 후 88번 절 오쿠보지大窪寺까지 약 150킬로미터를 도보 순례하는 일정을 택했다.

비행기를 타고 약 90분 정도 후 다카마쓰 공항 앞을 두리번거리는 내 모습이 일본인들의 눈에 비춰지고 있었다. 리무진을 타고 40분 정도 거리에 있는 다카마쓰 시내에 위치한 호텔에 짐을 푸니 벌써 7시가 훌쩍 넘어 있었다. 긴장이 풀린 내 몸은 에너지원이 필요했기 때문에 부랴부랴 짐을 정리하고 숙소 맞은편 상가로 이동해 먹을 만한 것을 찾아보았지만 대부분의 상점들이 문을 닫는 중이었다. '가가와현은 사누키우동이 유명한데 이곳에서 우동이라도 한 그릇 먹어야 하지 않나…' 하는 아쉬움을 느끼는 순간 입 속에 침이 고인다. 좀 더 힘을 내보기로 했다. 다행히 근처에 사누키우동으로 유명한 '하나마루'라는 체인점이 있었다. 이 가게도 문을 닫을 시간이었지만 간발의 차이로 운 좋게 우동을 먹을 수 있었다. 종일 긴장한 상태였는데 따뜻한 다시마우동 한 그릇이 내 몸과 마음에 안식을 주었다. 고픈 배를 채우면서 평소 존경하던 선생님께서 말씀하셨던 "걷는 사람은 먹을 수 있을 때 많이 먹어야 한다."라는 말씀이 떠올랐다. 왠지 이번 여정은 배가 고픈 날들이 많을 것 같다는 생각이 스친다. 숙소로 돌아와 경비 지출과 일정 등을 정리하고 하루를 마무리한다. 하루가 지났을 뿐인데 17개월 된 딸과 처가 보고 싶은 것은 왜일까?

길에 동화되어 순례자가 되다

아침 일찍 끼니 걱정을 하지 않아도 되는 날이다. 편리하게도 일본 내 대부분의 숙소들은 조식을 제공한다. 아침을 먹고 부랴부랴 다카마쓰역을 향해 걷기 시작한다. 걷기와 자전거로 직장과 학교를 향하는 일본인들의 분

190

주함과 그 속에 보이지 않는 질서를 바라보며 그들 속으로 동화되어 갔다.

잠시 후 다카마쓰역에 도착하여 노선도를 확인하고 표를 끊어 기차에 올랐다. 이제는 볼 수 없는 옛 비둘기호와 통일호를 닮아 있는 기차의 모습에 향수를 느낀다. 약 25개 정도의 역을 지나 반야역에 도착하였고 여기서 다시 고토구선의 지선으로 갈아타고 반도역으로 이동한다. 기차는 1칸짜리로 철도 교통시스템이 잘 발달된 일본의 진면목을 확인할 수 있었다. 기차는 20여 분을 더 달려 반도역에 도착하였다. 반도역은 작은 무인역이지만 순례길을 걷는 사람들이 지나는 첫 관문인 만큼 노선도와 순례 방법 등을 안내하는 설명들이 친절하게 돼 있었다. 자세히 안내도를 살핀 후 드디어 본격적인 순례를 시작하기 위한 발걸음을 떼었다.

첫 발을 떼자마자 난관에 부딪쳤다. 걸으면서 늘 부딪치는 문제인 길을 잃은 것이었다. 작은 동네라 무작정 걷다 밭에서 일하는 동네 아낙들과 마주쳤다. "안녕하세요. 저는 한국인인데 1번 절 료젠지는 어느 방향인가요?" 라고 어눌한 일본어로 말을 붙여보았다. 첫마디가 "놀랍다." 는 반응이었고 그 후 료젠지로 향하는 길을 자세히 알려준다. 좀 생각해 보니 "놀랍다." 라는 말은 어제 출입국 심사대에서도 들었던 말이다. 한국인이 이곳 시코쿠 순례길을 걷는 일은 그만큼 드문 일이었던가 보다. 다시 길을 떠나는 나그네가 되어 10여 분을 걸어 시작의 절 료젠지에 도착하였다. 주차장에는 몇몇의 사람들이 순례를 위한 복장과 지팡이를 들고 종종 걸음으로 움직이고 있었다.

순례자 안내소에 들려 순례에 꼭 필요하다고 생각했던 스게가사, 즈에, 하쿠이, 납경장, 안내서 등을 1만 엔을 주고 구입했다. 순례를 마치고 납경을 받을 때 납경을 해주시던 일본 아저씨에게 뜻밖의 선물을 받았다. 좌우 양손으로 '대한민국'이라고 쓴 한자였고 친절히 자신의 낙관을 찍어주며 설명을 해주었다. 뿐만 아니라 손수 따라 나와 기념사진과 순례를 무사히 마칠 수 있도록 기원하겠다는 축복의 말을 해주었다. '정말 친절하구나' 라는 생각을 지울 수 없었다. 그렇게 그를 보내고 료젠지의 산문을 다시 바라보며 이번 순례의 안녕을 기원해 보았다. 많은 순례자들이 그들의 소원과 성찰을 위한 순례의 여정 중이었다. 이제야 비로소 나도 1,200년 전 고보다이시가 수행하던 그 길을 전통과 순례라는 길의 정체성에 녹아든 순례자의 모습으로 길에 동화되었다.

1번 절 료젠지를 나서서 부터는 길을 안내하는 이정표들이 눈에 들어왔다. 간단하게 스티커를 활용한 안내 방법이 인상적이었다. 1번 절에서 2번 절로 이동하면서 더 놀란 것은 아스팔트로 된 노선이 많음에도 불구하고 오랜 전통을 이어가며 많은 순례자들이 찾고 있다는 것이었다. 그들을 내면의 성장으로 이끄는 무엇인가가 이 길 위에 있는 것 같았다. 우리의 '걷는 길'도 눈에 보이는 경관과 풍광뿐만 아니라 '보이는 것'을 초월하는 영혼이 깃든 아름다운 길로 자리 잡혀 가길 소원해 본다.

2번 절 고쿠라쿠지는 고보다이시가 심었다고 하는 커다란 삼나무가 있어 장수와 순산을 기원하는 절로 유명하다. 붉은 색의 산문과 오래되어 빛바랜 나무의 결을 자랑하는 본당과 대사당 순으로 순례를 마치고 나니 벌써 2시가 가까워 온다. 납경소에 들어서서 납경을 받고 있는데 점원이 순례자 전용 도시락을 권한다. 잠시 후 점원이 내온 따뜻한 차와 도시락을 먹기 시작할 때쯤 점원이 사진기로 내 모습을 담아준다. 고마운 일이다. 혼자 하

는 여행에서 자신의 모습을 담을 수 있는 기회가 그리 많은 것은 아니다. 내 경우에는 사교성이 부족한 성격 탓이지만 점원이 먼저 손을 내밀어주는 것 같아 마음 한편이 따뜻해진다. 도시락을 다 먹고 나가는데 점원이 다시 따라 나온다. '왜 그럴까?'라고 생각할 겨를도 없이 내게 사진기를 달라고 하여 나를 산문 앞에 세운다. 고맙다는 인사를 마치자 주차장 한 편에 관광버스에서 내리는 한 무리의 순례자들이 눈에 들어온다. 다들 연세가 있으신 분들로 도보 순례에 한계를 느끼시는 분들이 관광버스를 대절하여 단체로 절을 순례하는 모습이었다는 것을 며칠이 지나서 알 수 있었다.

3번 절 곤센지로 향한 지 얼마 지나지 않아 납골묘지가 군락을 이룬다. 우리와 비교하였을 때 참 특이한 광경이었다. 어떤 곳은 집 안에 납골당이 있기도 했다. 일본인들이 많은 신들을 모신다는 것은 알고 있었지만 이렇게 거부감 없이 주택가에 묘지들이 즐비하다는 것이 참 인상적이었다. 이런 모습을 과연 '문화적 차이라고밖에 볼 수 없는 것인가?'라는 자문을 해본다.

그렇게 두리번두리번 길을 찾고 걷다보니 어느덧 3번 절 곤센지에 도착한다. 산문으로 향해 순례의 절차에 따라 순례와 납경을 마치고 경내를 살피던 중 사람들의 발걸음이 향하는 곳이 있어 뒤를 따랐다. 우물이 하나 있는데 순례자들이 우물을 들여다보기도 하고 예를 갖추기도 한다. 이야기를 들어보니 3번 절의 유래가 된 것이 이 우물이란다. 우물 속에서 자기 얼굴이 비춰보이면 92세까지 장수할 수 있고 그렇지 않으면 3년 이내에 죽는다는 전설이 있다고 한다. 그래서 나 또한 두려움 반으로 우물에 낯을 비춰보았고 내 얼굴이 비춰져서 우습게도 오래 살 수 있겠다는 확신을 얻었다. 대부분 해가 떠 있는 시간에 우물을 들여다보면 모두 비춘다고 하니 대수로운 것은 아니지만 많은 사람들이 관심을 갖게 되는 것은 인간의 오랜 염원 중 하나인 장수에 대한 기원이 담겨져 있기 때문일 것이라는 생각을 해본다.

4번 절 다이니치지로 향하면서 앞쪽에서 다가오는 부부 순례자와 마주하여 서로를 응원하고 다시 길을 재촉한다. 길을 걷는다는 것은 쉬엄쉬엄 지역에 산재한 조그만 조각들을 맞추며 쉼 없이 만물과 만나고 대화하는 유기적 과정을 답습하는 것이 아닐까? 4번 절을 향하며 오래된 표석, 길 주변의 주택가, 신사, 자몽, 감, 벼와 같은 농작물과 만날 수 있는 오솔길, 대나무 숲길, 숲길, 마을길을 지나며 그 길 위에 산재한 만물과 끊임없이 대화하고 호흡해본다. 시간적으로 서둘러야 함에도 길 위에 다리를 쭉 펴고 앉자 주변과 교감한다. 잠깐의 휴식이 꿀맛 같이 느껴지는 이 순간을 기억하고 싶었다. 잠깐의 휴식을 마치고 약 10분쯤 걸으니 4번 절 다이니치지에 도착한다. 세월의 흔적을 고스란히 머금고 있는 산문을 지나 경내에 들어섰다. 여느 때와 달리 순례자가 한명밖에 보이지 않는다. 벌써 시간이 4시가 되어 있었다. 신속히 순례와 납경을 받고 걸음을 재촉한다.

2킬로미터를 속보로 걸어 5번 절 지조지에 도착한다. 경내가 넓어 경내에 들어서서도 산문과 본당을 찾기 위해 길을 물었던 곳으로 800년이 넘은 은행나무가 장관을 이루고 있었다. 납경이 마무리 되는 시간이 5시이기 때문에 서둘러 순례와 납경을 마치고 오늘의 숙소이자 6번째 절인 안락쿠지를 향했다. 해가 질 무렵 혼자 낯선 곳을 걷는 것은 의외로 느낌이 새롭다. 새로운 것에 대한 기대감과 두려움, 그 속에서 내 눈에 맺히는 상은 기대감을 증폭시키는 넓게 펼쳐진 붉은 노을이다. 어둑해질수록 이정표에 집중하며 오늘 일정을 마감할 6번 절 안락쿠지에 무사히 도착했다. 순례와 납경을 하기에는 어두워서 다음날 아침으로 미루고 경내에 마련되어 있는 순례자를 위한 숙박시설인 슈쿠브에 방을 마련했다.

시코쿠 순례길에는 순례자를 배려하는 많은 편의시설들이 구축되어 있다. 특히 순례자를 위한 다양한 숙박 시스템이 갖춰져 있는데 이중 가장 큰 특징이라 할 수 있는 것이 슈쿠브, 쓰야도, 젠콘야도라는 숙박형태이다. 슈쿠브는 사찰에서 순례자를 위해 사찰 내부에 숙박시설을 운영하는 것으로 식사와 숙박 외에도 오츠도메라고 불리는 독경에 참가하여 설법과 절 내부의 불상과 문화재 등을 감상할 수 있는 체험형 숙박시설이다. 쓰야도는 절의 창고 및 종각의 일부를 개조하여 순례자들에게 무료로 제공하는 시설이며, 젠콘야도는 시코쿠에만 있는 숙박형태로 개인이 창고와 집의 일부를 개조하여 순례자들에게 제공하는 시설로 가격과 시설은 천차만별이다. 이 세 가지의 숙박형태를 제외하고도 민간이 운영하는 민숙, 호텔, 노숙이 가능한 휴게소 등이 있어 오랜 순례 여정이 가능하도록 돕고 있다.

고생의 추억 쇼산지

'딩딩딩' 종소리에 잠을 깬다. 아침을 알리는 종소리가 경내에 울려 퍼지고 아침을 먹으며 지난밤 순례에 대한 안내와 충고를 해 주었던 아오모리에서 온 마음씨 좋은 요시노 아저씨와 서로의 순례에 안녕을 기원하는 인사로 헤어진다. '유쾌한 아저씨 잘 가요'라고 마음으로 다시 인사하며 순례와 납경을 마치고 종탑과 야차상이 인상적이었던 안라쿠지를 뒤로 한다. 오늘은 12번 절 쇼산지를 지나 민숙을 하기로 한 곳까지 거리가 약 50킬로미터에 이르기 때문에 일정도 빡빡하고 길도 험하여 마음을 단단히 먹고 출발한다.

7번 절 주라쿠지는 6번 절에서 약 1.2킬로미터 가면 닿을 수 있는 절로 아담하고 조용한 경내가 꽤 인상적이었고, 대조적으로 커다란 규모의 슈코브를 자랑했다. 조용히 경내를 순례하고 납경을 마친 후 8번 절을 향해 걸었다.

8번 절 구마다니지를 향하는 길은 한적한 마을을 지나는 길로 감을 메어 놓은 주택과 조경이 잘 되어 있는 주택들이 많은 구간이었다. 특히 구마다니지의 산문인 인왕문은 현 지정문화재로 그 가치를 인정받고 있었다. 인왕문을 지나 5분 정도 오르면 나무 사이로 고즈넉한 경내와 다보탑이 그 아름다움을 자랑한다.

9번 절 호린지로 향하는 길은 넓은 평야를 지나는 길로 양 옆은 금빛 물결을 이루고 있어 농촌의 전형적인 풍광을 자랑한다. 천천히 평야와 주변의 산세를 감상하고 12번 절 쇼산지의 위치를 가늠하며 걷다보니 호린지에 도착한다. 작지만 오래된 산문이 인상적이었고 때마침 그 안으로 들어서는

196

순례객의 뒷모습 또한 멋진 풍경을 자아내고 있어 자연스럽게 카메라 셔터로 손가락이 향한다. 순례와 납경을 마치고 호린지의 산문을 지나 5분쯤 걸었을 때 무리를 지어 이동하고 있는 도보 순례자들과 마주쳤다. 그때는 몰랐지만 보기 드문 광경이었고 직감적으로 손은 셔터를 누르고 있었다. 그들과 가벼운 인사를 하고 다시 내 순례의 다음 대상지인 10번 절로 향한다.

10번 절 기리하타지를 얼마 남기지 않고 민숙촌 앞을 지날 때 오셋타이로 봉지에 담긴 감을 순례자에게 제공하는 한 주민의 모습이 눈에 들어왔다. 자신의 것을 나누는 지역사람의 마음을 담은 것으로 지역주민과 순례자를 매개하는 배려와 순수의 상징물인 것 같아 보는 것만으로도 뿌듯함이 느껴졌다. 기리하타지는 산길로 이어지는 표고 155미터 위에 있기 때문에 산문을 통과한 후에도 약 330개의 계단을 올라 순례를 해야 한다. 이 계단을 오르다보면 고행이라는 생각이 들

만큼 체력적으로 힘들 수 있지만 정신적으로 맑아지는 잊을 수 없는 체험을 하게 된다. 계단 좌측으로 아스팔트로 포장된 비탈길이 있지만 이 길보다는 계단을 걸어 오르는 것이 순례의 성취감을 증폭시켜 준다. 순례와 납경을 마치고 더 높은 곳에 있는 다보탑(현지정 문화재)으로 향한다. 좀 더 계단을 오른 후에야 다보탑과 지역의

전경이 멋지게 펼쳐져 있는 광경을 목격할 수 있었다. 이곳을 눈에 담고 반대편을 바라보았다. 다음 절인 11번 절 후이지데라가 자리 잡고 있는 곳이 저 언저리 어디쯤이다. 그렇게 내게 손짓하는 11번 절 후이지데라를 향해 다시 걸음을 뗀다.

후이지데라를 향하는 이 코스는 요시노강을 가로 지르는 길로 강을 조망하며 낚시를 하는 지역민도 만나볼 수 있으며 길 중간에 노숙이 가능한 순례자 전용 휴게실도 있다. 휴게실에는 화장실은 없지만 두 사람 정도가 숙박을 할 수 있도록 탁상 침대와 비 가림 시설이 되어 있다. 추위만 해결할 방법이 있어도 난 이 휴게실에서 하루 정도 별과 달을 벗삼아 잠을 청해 보고 싶다는 생각을 하며 휴게실을 뒤로 했다. 아직 점심을 먹지 못해 그런지 12.3킬로미터의 길이 너무 멀게만 느껴진다. 지나며 마주치는 자판기의 음료와 미리 준비해 둔 주전부리로 주린 배를 채워가며 11번 절 후이지데라에 도착을 했다. 이 절은 산 아래 자리 잡고 있어 조금 음산한 기분을 주기도 했지만 본존이 1148년에 조성되어 국보로 지정된 역사 깊은 곳이다.

순례와 납경을 마치고 나오는데 납경소 앞 의자에 어머니 연배 정도로 보이는 중년 일본 여성분이 반갑게 인사를 해 주었다. 나도 인사를 하며 반가움을 표했다. 어디서 왔냐는 질문에 한국에서 왔다고 대답하고 6번 절 안락쿠지에서 오는 길이고 12번 쇼산지를 지나 나베이와소라는 민숙집을 향한다고 말씀드렸더니 대뜸 그분이 한다는 첫마디가 "밥은 먹었냐"는 것이었다. 여기서부터 12번 절 쇼산지로 넘어가는 길은 난코스이기 때문에 준비를 잘 해야 한다는 것이었다. 그렇게 말씀하시고는 당신의 배낭을 뒤지기 시작하신다. 배낭에서 하얀 주먹밥과 소금, 사탕, 초콜릿을 반으로 나누어 주시면서 받으라고 말씀하신다. 처음 보는 사람을 위해 배려를 해주셔서 너무 감사하다고 말씀을 드렸다. "물은 있냐?"라고 물으며 자신의 물통에 있는 물에서 반을 내 물통으로 옮겨주신다. 참 고마운 분이었다. 나는 그분께 잠시 기다리라고 말씀드리고 자판기를 찾아 음료를 뽑아들고 내 배낭을 뒤져 비상상황을 위해 준비했던 한국산 육포와 음료를 건넸다. 손사래를 치셨지만 "오셋타이"라는 말에 받아주셨다. 그렇게 나는 11번 후이지데라에서 일본 아주머니에게서 어머니의 마음을 느낄 수 있었다.

좀 더 높은 곳을 향해 걸으며 정상에 도착했을 때 즈음 그동안 참아왔던 허기가 몰려왔다. 아까 만났던 아주머니께서 주신 주먹밥과 주전부리로 허기를 달래며 '누군가에게 고마움의 대상이 된다는 것'은 참으로 아름다운 일이라는 것을 새삼 새기며 우리의 길에도 고마움으로 기억되는 사람들이 많아졌으면 하는 생각을 해보았다. 다시 발을 딛기 시작한다. 잠시 후 10번절 기리하타지가 멀리 보이는 전망 좋은 휴게소에서 전망을 감상하고 구불구불 경사진 숲길을 따라 걷는다. 산세가 험한 것도 아니고 생각하며 걷기에 딱 좋은 코스다. 타박타박 길을 따라 걸으며 목이 마를 즈음 이름 없는 샘물이 내게 흘러들어온다. 신선한 물의 향기가 목을 타고 전신으로 퍼져 무엇엔가 중독되어 버린 것 같은 느낌을 준다.

몸을 들어 앞으로 나가려는 찰나 몸 어딘가에 느낌이 온다. 허벅지에서 오는 통증이었다. 그도 그럴 것이 벌써 40킬로미터 가량 걸었기 때문에 몸한 군데서 그만 걷자고 정신을 설득시키고 있는 중이다. 잠시 멈춰 허벅지쪽을 살펴보니 물집이 잡혀 터져 있었고 마찰을 줄이기 위해 미리 챙겨온

흰 반창고로 상처 부위를 덮고 다시 앞으로 걸어 나갔다. 걸을 때마다 느껴지는 쓰라림은 살아 있다는 것은 고통과 함께하는 것이라는 생각을 갖게 했고 그 이후로도 계속해서 내게 그 진리를 깨닫게 해 주었다.

좀 더 걷고 있을 무렵 문득 한 가지 생각이 머리를 스친다. 11번 절 후지이데라를 지나친 지 1시간이 넘은 이후부터 다른 순례자들을 한 명도 보지 못했다는 것이다. 좀 걱정은 했지만 이것이 큰 일이 벌어질 전조라는 것은 눈치 채지 못하고 쇼산지를 향해 타국의 산야를 헤매며 열심히 걸어 나갔다.

40분 정도 더 걸었을 때 가파른 산 중턱에 휴게소와 류스이안이라는 조그만 무인 사찰이 눈에 들어왔다. 절 앞 대나무를 따라 졸졸 흐르는 약수를 벌컥벌컥 들이키고 다시 길로 접어든다. 얼마 지나지 않아 반갑게도 도로가 나온다. 도로 바로 앞에 오두막 같은 집이 한 채 서 있어 호기심에 들여다 보니 쓰야도였다. 스님도 기거하지 않는 조그만 절에 순례자를 위한 쓰야도를 준비해 놓고 또 그 안에 다음 순례자가 머물 수 있도록 말끔히 청소하고 정리되어 있는 모습에 다시금 나를 비춰 반성해 본다. 몸이 천근만근이라 이곳에 짐을 풀고 싶은 마음이 굴뚝같았지만 미리 예약해 둔 민숙에 폐를 끼칠 수 없어 이제 다 왔다는 마음으로 다시 걷기를 강행한다. 예전에 군대에서 훈련을 하며 행군을 했던 기억이 피어오른다. 그때는 여유가 없었지만 누군가의 뒤를 따라 가기만 하면 문제가 되지 않았다 먼저 내가 가는 길을 밟아 준 많은 사람들이 있었기에 아마도 지금 이 길을 좀 더 편히 가고 있는 것은 아닌지 또 누군가 이끌어 주는 사람이 인생에 존재한다는 것은 더할 나위 없는 큰 자산이라는 것을 새삼 깨닫는다. '세상에 모든 선배들은 후배들의 길을 터주는 사람들이 아닐까' 하며 그들의 헌신에 대해 되새기며 눈시울을 땀에 젖은 소매로 닦아낸다.

걸어야 한다는 일념과 숙소에 도착하는 모습만을 머리에 떠올리는 내 모습에 그간 체력적으로 자만해 왔던 나의 한계를 보는 것 같아 부끄럽다. 약 2킬로미터 정도를 더 걸었을 무렵 큰 삼나무와 고보다이시의 동상이 눈에 들어왔다. 이곳이 죠렌안이라는 절이다. 4시 30분경인 것 같은데 날이 어두워지기 시작해서 좀 더 발걸음을 재촉해 본다. 한 15분 정도 속보로 이동하니 도로와 만나고 산허리에 듬성듬성 민가들이 눈에 들어온다. 조금의 안도감이 들었지만 잠시 후 납경 종료를 알리는 종소리가 고막을 울린다. '오늘 쇼산지의 얼굴을 보는 것은 힘들겠구나' 라는 생각과 함께 좀 더 힘을 내어 어두워진 산길을 두려움과 도전정신이 오묘히 결합된 마음을 가지고 다시 걷는다. 얼마 남지 않은 듯 보였던 쇼산지는 땅거미 진 후 조그만 손전등에 의지한 내 지친 몸과 마음이 산을 두 개 넘도록 하는 배려를 해 주었다.

다시 앞만 보고 걸음을 재촉할 수밖에 없었던 그 어두웠던 산길의 추억을 떠올려본다.

쇼산지 주차장에 도착하여 불빛이 하늘과 맞닿아 있는 쇼산지의 검은 자태만을 확인하고 내일을 기약하며 이 길 어딘가에 있는 숙소를 찾아 다시 길을 나선다. 월광이 없는 칠흑 같은 어둠은 올 여름 백룡동굴에서 체험했던 절대 암흑과 맞닿아 있었고 타임머신같이 그때 그 시간 속으로 나를 초대하여 다시 나 자신을 돌아볼 수 있는 시간을 선사해 주었다. 이쯤 되니 오히려 이 상황을 즐기는 나를 발견한다.

민박집에 전화를 걸어 대략적인 위치를 알려주고 8시 넘어야 도착할 것 같다고 설명한 후 순례길이 아닌 아스팔트길을 따라 걷기 시작한다. 약 40분 정도 걸었을 무렵 의구심이 몰려왔다. '이 길이 맞는 것인지?', '오늘 본의 아니게 노숙을 해야 할 수도 있다' 라는 유쾌하지 못한 사실들이 자꾸 내 눈이 본 지도를 믿지 못하게 하고 있었다. 잠시 앉아서 지도를 확인하고 확인해도 이 의구심은 수그러들지 않는다.

체력과 정신이 한계에 다다랐다고 생각하며 걷고 있는데 저 멀리 쇼산지 방향에서 차량 한 대가 전조등을 밝히며 내려온다. 지푸라기라도 잡아야 할 때라고 생각하고 차를 잡았다. 차에는 여성 두 명이 탑승하고 있어서 깊은 산골 어두운 밤 놀랐을 것도 같고 난처했을 것도 같았지만 다행히도 차를 세워 주었다. 미안함과 고마움이 교차하는 마음으로 난 우선 할 수 있는 말을 했다. "한국인인데… 나베이와소라는 민숙집을 찾고 있습니다. 혹시 알고 계십니까?" 그들은 서로 몇 마디 건넨 후 "자신들도 알지 못한다"라고 말하였다. 이곳 사람들이 아니라 그런 것 같다는 생각을 했지만 지금 내가 기댈 자리가 이들 말고는 딱히 없었기 때문에 내가 가진 지도를 가지고 온몸으로 설명하며 그녀들의 스마트폰 위성지도를 활용하여 함께 나베이와소를 찾았다. 몇 분의 시간 흐름과 난감함이 교차할 때쯤 저 멀리서 차량 한 대가 전조등을 밝히며 올라온다. 그 차는 잠시 지나쳐 갔다 다시 내려왔다. 창문을 연 일본 중년 남성은 내게 "원상?" 이렇게 말을 건넨다. "맞다 내가 원상이다"라고 답했을 때 그는 웃으며 말을 건넨다. 나베이와소에서 왔다고… 그 말을 듣는 순간 안도감에 그동안 곤두세워져 있던 모든 신경과 긴장이 이완되었고 그녀들에게 "이분이 나베이와소 사장님"이라고 전하며 감사인사를 하고 차로 10여 분 비탈길을 내려가 나베이와소에 무사히 도착했다.

도착 후 방을 안내받고 힘든 시간 내게 손을 내밀어 주었던 민숙 사장님의 얼굴에서 다시 묘한 감동과 안도감을 느꼈다. 허겁지겁 식사를 마치고 샤워를 위해 욕실 앞에 섰을 때 비로소 사타구니에 아픔이 다시 전해지기 시작한다. 옷을 벗기가 두려웠고 물이 닿는 것 또한 두려웠다. 물이 닿는 순간의 고통이 두려웠기 때문이기도 했지만 내일을 향한 발걸음에 문제가 될 정도의 부상이면 어떻게 하나 라는 걱정이 더 컸다. 다시 마음을 가다듬고 아픔을 참아가며 따뜻한 물로 피로를 달래지만 관문이 하나 더 남아 있다. 붙여 놓았던 반창고를 잘 떼어내야 하기 때문이다. 조금씩 천천히 분리하고 있지만 살갗이 함께 떨어져 나오는 것은 어쩔 수 없었다. 결과는 참담했고 내일 일정을 소화할 수 있을지 의구심이 들었다. 너무 긴 하루를 보낸 탓에 피곤이 몰려온다. 일정을 정리하고 내일 계획을 점검해 볼 새도 없이 잠이 들었다. 간밤에 내 코는 이역만리에서 붉은 선혈을 뿜었고 누군가는 이를 평생 잊지 못할 경험으로 기억할 것이다.

시코쿠에서 한국 여성 스님을 만나다

새가 지저귀는 아침, 다시 순례길로 접어들기 위해 어제 지나왔던 길을 따라 올라간다. 걷다보니 12번 절에서 13번 절로 연결되는 길 앞에 서게 되었고 마음은 쇼산지를 향하고 있었지만 쇼산지에 들렀다 오기에는 일정이 너무 빠듯해 전체 일정에 이상을 줄 듯 하여 다음을 기약하고 짧은 아스팔트길을 나선다. 그때 쇼산지 방향에서 내려오던 승합차 한 대가 갑자기 내 앞에 선다. 내가 무슨 잘못이라도 한 것 같은 착각이 들 만큼 급하게 정지한 승합차에는 60대 후반 정도로 보이는 노부부가 타고 있었다. 부부는 나에게 "걸어서 순례하는 사람이냐?"고 묻는다. 그만큼 걸어서 순례하는 사람도 없거니와 체력, 돈, 시간 모두가 허락되어야만 가능한 일이기 때문에 순례길을 걷는 내가 신기했던 모양이다. 차량 안에서 봉지를 뒤적이더니 내게 딸기쨈 빵을 하나 건넨다. 사소한 것이지만 그들의 마음을 받아 따뜻하게 하루를 시작하는 것 같아 좋은 기분으로 13번 절 다이니치지로 향하는 오솔길로 접어든다.

길가에는 오밀조밀한 간격으로 삼나무와 소나무, 대나무가 일사분란하게 줄 서 있어 어둡기도 하고 신비롭기도 한 풍광을 자아내고 있어 그 길을 따라 홀로 걷는 수행자의 모습이 머릿속에 각인되었다. 30분쯤 이동한 후부터는 시멘트로 포장되어 있는 길과 연결된다. 아마도 작은 산촌 마을과 연결되었던 구도로일 것이고 지금은 활용도가 떨어져 몇몇 주민이 작물을 재배하기 위해 이동하는 길로 보인다. 차의 흔적이 사라진 길이라 자연의 향기가 더 많이 나는 길로 변모하는 모습을 감상할 수 있었다. 몇 개의 산허리를 잘라 도로와 만나고 헤어지기를 1시간 정도 했더니 젠콘야도로 보이는 곳에서 비질을 하는 지역주민 한분을 만나게 되었다. 다리도 아파 쉬기도 하고 젠콘야도도 구경할 겸 마당에 털썩 앉았다. 계속 비질에만 열중해서 틈을 주지도 않는다. 잠시 기회를 보다 인사를 건넸다. 한국에서 왔다고 하니 자신도 부산, 서울을 순서로 한국에 2번 방문했었다고 말씀하신다. 친절히 길 안내도 해 주시더니 산 아래 마을까지 차로 태워주겠다고 한다. 일정을 지키기 위해 정중히 거절하고 다시 길을 나선다.

20분 정도 계속해서 내리막길을 걷다보니 전망이 확 트인 곳이 나온다. 가슴이 뻥 뚫리는 해방감에 도취된다. 내가 간밤에 이렇게 높이까지 왔나 싶었고 아래는 내 아버지의 고향인 강원도 영월의 동강처럼 굽이굽이 흐르는 강과 길이 펼쳐져 있었다. 조금 더 걷다보니 길 옆 난간을 지지해서 만들어 놓은 휴게실 겸 전망대가 나온다. 아래층은 화장실로 되어 있어 볼 일도 볼 겸 잠시 들렀다. 휴게실 안 의자에는 조그만 귤 2개가 놓여 있다. 쉬는 사람을 배려하여 누군가 내어 놓고 간 마음일 것이다. 귤을 하나 까서 입에 물고 전망과 휴게실 내부를 바라본다. 목조로 되어 있던 나무의 향이 코 끝에 전해졌고 상단에 사람이름과 상호로 보이는 한자들이 적혀 있었다. 잠시 생각해 보았는데 아마도 이 전망대를 지을 때 힘을 보낸 사람들일 것이란 생각에 달했다. 행정에 전적으로 의존하는 우리의 모습과 달리 사회공헌을 통해 지역사회의 이미지 고양에 헌신하는 모습이 인상적이었다. 휴식을 취하며 지도를 점검하고 저 아래 보이는 곳을 향해 걷기 시작한다.

20분 정도를 더 내려와 평지에 이른다. 다시 작은 시내를 지나 아쿠이강 옆쪽 아스팔트길로 몇 개의 고개와 시내를 지나며 걷다보니 벌써 3시가 가까워온다. 시내에서 뭐라도 먹을 요량으로 한 사람에게 물어 안내를 받았지만 딱히 성과가 없어 가지고 있는 주전부리와 육포로 버티고 있었다. 이제 한계점에 다다랐다고 느낄 때쯤 노란색 간판이 눈에 들어온다. 1. 2킬로미터 전방에 야스라기라는 식당이 있음을 알리는 간판이다. 힘을 내어 본다. 그렇게 20여 분을 걷고 나서 식당에 도착을 할 수 있었다. 노란색 목조 건물에 밝은 느낌의 식당이었는데 문을 열고 들어갈 때까지도 문이 닫힌 것 같았다. 누가 없는지 기웃거리고 있는데 식당 안 조리실에서 조금 험상 궂게 생긴 중년 남성이 나온다. 식사가 되냐고 물었고 한자와 일본어로 가득한 메뉴판에서 鳥(새 조)가 눈에 들어와 치킨이냐고 물은 뒤 도리정식과 병 맥주 한 병을 시켜 뜻하지 않게 식당을 전세내어 식사를 했다.

잠깐 사장님과 대화하면서 한국에 대한 이야기를 나누었는데 도통 무슨 말인지 알아들을 수 없어서 그냥 넘어 갔었는데 식사가 끝나갈 무렵 주인이 들고 나온 사진 한 장으로 대충 그가 했던 말을 이해할 수 있었다. 그 사진은 한국무용 복장을 한 일본인들이 공연 후 찍은 사진이었고 그는 그와

한 중년 여성을 손가락으로 가리켰다. 사장님은 한국무용과 관련된 지역단체에서 활동하고 있으며 사진 속 중년 여성이 한국인이라는 것이다. 대충 그 정도로 이해하고 밥값을 치르고 다시 발길을 향한다.

강을 조망하며 30여 분을 걸었을 때 길 건너편이 와자지껄하다. 사람들이 작은 조립식 건물을 들여다보고 있었고 드라마 촬영에 쓰이는 큰 카메라도 보였다. 호기심에 근처로 가보았는데 건물 앞 간판에 '한국중요무형문화재 전수도장 김묘선 연구소'라는 한자가 선명하게 보였다. 실내에선 한 중년의 여성이 선이 고운 우리의 한국무용을 선보이고 주변 학생들은 장구, 징, 꽹과리 등으로 우리 가락 고유의 흥을 돋우고 있었다. 잠시 후 학생 모두가 춤사위를 펼치기 시작했고 이를 방송국에서 열심히 촬영하고 있는 모습이었다. 말이라도 걸어보고 싶은 마음이었으나 방해가 될까 맘을 접고

잠시 우리 가락과 춤에 취했던 것에 감사하며 얼마 남지 않은 길을 나섰다.

잠시 후 13번 절 다이니치지와 맞닿았고 순례와 납경을 마치고 슈코브에 예약했음을 알렸다. 그런데 납경을 해주시던 아주머니께서 조금 난처해한다. 또 '뭔가 잘못된 것인가' 역시 이런 예감은 언제나 빗나가질 않는다. 예약자 명단에 없다는 이야기고 이 일을 담당하는 사람이 있으니 그쪽으로 안내해준다고 한다. 벌써 5시가 다 되어 납경을 받고자 하는 사람들이 조금 몰려 있어 납경 후 안내를 받기로 한다.

본당 앞에 특이한 광경이 있어 그쪽으로 향했다. 한 남성이 큰절을 하며 좀 요란하게 독경을 외고 있는 모습이 범상치 않았기 때문이다. 재미있는 광경을 보며 사진에 기록하고 있는 내게 그는 간단한 인사를 건넨다. 반갑게 인사하고 한국에서 왔다고 하니 자신도 한국인이라며 반가워한다. 다음부터는 한국어로 계속 말을 나눈다. 예약이 잘못되어 문제가 있다고 알리고 전화번호를 교환하고 잠시 숙소 예약을 담당하는 곳으로 납경소 아주머니의 안내를 받아 걷기 시작했다. 도착한 곳은 한국무용 전수관이었고 그곳에서 춤을 추던 젊은 처자가 나온다. 일본어로 말을 걸어 왔지만 한국인이라고 전하니 한국말로 대답한다. 절에 묵기 전 미리 연락을 부탁했는데 연락이 없어서 예약이 취소된 것이고 오늘 한국무용 전수 행사로 절 내의 슈코브를 모두 행사팀에서 사용한다는 것이다. 그래서 미안하지만 절 바로 옆 민숙으로 안내해 주겠다는 것이다. 전날 쌓였던 피로를 풀지도 못하고 오늘도 30킬로미터를 걸어 한국인을 만나게 된 반가움을 표현하지도 못한 채 숙소로 이동하여 값을 치르고 방에서 휴식을 취했다.

20분 쯤 흘렀을 때 방금 전화번호를 교환했던 한국인이 전화를 했고 내게 방을 잡았냐고 물어왔다. 그는 이 절의 주지스님이 김묘선 스님이고 인연이 있어 나와 자신을 절에서 머물도록 초대하셨다고 말하며 같은 한국인인 나를 다른 숙소로 안내한 수제자를 나무라셨다고 전했다. 좋은 인연을 맺을 수 있는 기회였지만 몸 상태가 좋지 못하기도 하고 값도 치른 터라 사정을 이야기하고 내일 같은 코스를 걷기로 하였으니 지나면서 보자고 인사를 전하며 내일을 기약했다.

비 오는 날의 회상

13번 절 다이니치지는 고보다이시가 건립했지만 지역의 명망 높은 신사인 이치노미야 신사의 사무를 담당하는 역할을 하는 절로 절과 신사가 도로를 사이에 두고 마주하고 있는 특이한 형태를 유지하고 있다. 다이니치지의 산문과 신사의 입구가 거의 일직선상에 마주하고 있는 모습이 참 특이하다. 아침 일찍 이치노미야 신사를 둘러보고 있는데 빗방울이 한 방울 두 방울 떨어지기 시작한다. 예보를 통해 확인은 했으나 비가 많이 온다면 '오늘 일정도 수월하지는 않을 것 같다'는 생각을 하며 다시 숙소로 향했다. 숙소에서 짐을 정리하며 빗길을 걸을 준비를 마치고 길을 나선다.

오늘은 19번 절 다츠에지 인근의 후나노사토라는 민숙까지 약 29킬로미터를 걷는 일정이다. 쉼 없이 계속되는 순례 일정을 강행하다 보니 사타구니 상처와 체력 저하가 갈 길 바쁜 내 여정에 심각한 장애물로 다가왔다. 그래도 '오늘은 또 어떤 일을 경험하게 될까' 하는 기대감과 두려움이 걷는 원동력이 아닐까 라는 생각을 해본다.

떨어지는 빗방울 소리에 맞춰 한 발 한 발 내딛다 보니 어느덧 2.3킬로미터 거리에 떨어져 있던 14번 절 죠라쿠지 앞에 서게 되었다. 다른 절들에서 보았던 산문은 없었고 입구가 계단으로 되어 있어 지금까지 순례했던 절들과는 달랐다. 순례를 위해 좀 더 올랐을 때 그 이유를 어렴풋이 짐작할 수 있었다. 절 자체가 암반 위에 지어진 절이라 산문이 다른 절과 달리 작게 되어 있었던 것이다. 순례와 납경을 마치고 코스모스가 바람에 물결치는 모습을 눈에 담으며 걷고 있을 때 높은 탑이 눈에 담긴다. 15번 절 고쿠분지의 다보탑이었다.

고쿠분지는 경내 전체가 사적으로 되어 있는 곳으로 큰 규모의 철탑이 발굴되는 등 역사성이 살아 있는 사찰이라고 한다. 순례와 납경을 마치고 약 2.8킬로미터의 거리에 있는 16번 절 간온지로 향한다.

간온지는 주택가 중간에 자리 잡고 있어 좁은 도로와 접해 있는 절로 다수의 순례자들로 북적이고 있었다. 아이의 밤 울음을 그치도록 할 수 있다는 효험이 있는 절로도 알려져 있어 잦은 딸아이의 밤울음 소리가 줄어들기를 기원하는 마음을 담아 순례와 납경을 마치고 17번 절 이도지로 발길을 돌린다.

이도지는 약 3킬로미터 정도 떨어져 있는 절로 탁한 물로 고생하던 사람들을 위해 고보다이시가 우물을 파서 이도지라 불리게 되었고 우물에 소원을 빌면 반드시 이루어진다는 이야기도 전해온다. 이도지로 향하는 길목에서 순례복이 아닌 남색셔츠에 군복하의를 입은 사람이 엄청난 속도로 걸어나가는 것을 보았다. 순례에 격식을 차리지 않고 걷는 자유로운 사람들도 있구나 싶었다. 그의 뒤를 따라 걷다 보니 어느덧 17번 절 이도지에 도착하였고 천천히 순례와 납경을 마치고 산문을 나서는 순간 반가운 얼굴을 다시 만났다.

어제 만난 한국 사람이었다. 은행에 다닌다는 그는 이제 곧 퇴직을 할 생각이라 사업 준비와 그간의 일들을 정리할 겸 순례 중이라고 했다. 반가움도 잠시 그의 일정이 이곳에서 미쓰야마로 이동하는 것이라 인사를 하고 떠나려던 찰라 일본인 청년이 갑자기 말을 걸어온다. "한국 사람이냐"며 이곳 시코쿠 순례를 하는 한국 사람은 본 적이 없다며 의아해하며 기념으로 함께 사진을 찍어 줄 것을 부탁했다. 우리는 그의 소원을 들어주고 시코쿠에서의 인연을 기억하기 위해 함께 사진을 찍고 서로의 순례의 안녕을 기원하며 인사를 나누었다.

다음 절은 18번 절 온잔지로 약 17킬로미터 정도로 거리가 꽤 떨어져 있어 각오와 힘을 재충전해서 가야 할 곳이었다. 그렇게 마음속으로 무장을 하고 길을 나선지 10분 정도 지났을 때 군복을 입었던 그 남자분이 무슨 영문인지 다시 길을 돌아온다. 이 사람도 나와 인연이 있는 것일까? 신경이 쓰였다. 그렇게 길을 더 걷다 보니 1시가 넘어 있었고 어제 하루 종일 조망하며 걸었던 아쿠이강 건너 '도쿠시마라멘 전문점'이 눈에 들어온다. 배가 고픈 상태라 라멘 전문점으로 들어가 도쿠시마라멘과 자장으로 범벅된 닭튀김을 시켜 먹었다. 돼지 뼈를 삶은 육수로 만든 라면이라 조금 느끼했지만 맛있게 뚝딱 하고 다시 길을 나선다.

잠시 후 시내를 관통하는 길과 산을 돌아가는 길 중 하나를 선택해야 할 시간이 왔다. 나는 산을 돌아가는 길을 택하고 열심히 오르막길을 오른 끝에 시내가 한눈에 바라다보이는 멋진 호수가 펼쳐져 있어 풍광을 감상하며 잠시 휴식을 취하기 위해 자리를 깔았다.

'걷는다는 것은 언제 만날지 모르는 지역의 다양한 사물과 사람이 끝없이 대화하는 만남의 연속이 아닐까?'. 그 안에서 일어나는 '생산적이고 순환적인 활동들이 상대적으로 낙후되어 있는 지역의 내재적 발전을 이끌어내는 선순환 모델로 발현되는 것은 아닐까?'라는 거시적인 생각을 해본다. 그와 동시에 이렇게 지역과 대화하는 많은 구조들의 끈들이 유기적으로 막힘 없이 흘러갈 때 지역은 더 살기 좋아질 것이라는 생각이 결론처럼 머릿속에 정리가 된다.

212

숲길과 마을길을 지나 시내 쪽 방향으로 걸어 나갈 때쯤 그간 친숙해진 화살표와 삿갓을 쓴 순례자 모양의 순례길 안내 이정표들이 눈에 들어오지 않는다. 일단 계속 길을 따라 걷다 공사 중이라 도저히 길을 찾기 힘들어 난감해 하고 있을 무렵 산책을 나온 듯 운동복 차림으로 걷고 있는 한 중년 남성이 눈에 들어 왔다. 용기를 내 길을 물어본다. 순례복을 입은 내 모습에서 길 안내가 필요하다는 것을 알았는지 내 어눌한 일본어를 알아들은 것인지 길을 한참을 설명해 준다. 알아들을 수 없었지만 대략적인 방향을 확인하고 출발하려는 찰라 그 남성은 나를 불러세운다. 못 미더웠는지 자신을 따라오라는 것이었다. 잠시 안내해 주겠지 라는 생각을 했는데 3킬로미터를 함께하는 동행이 생기는 순간이 되어 버렸다. 그는 주변에 공사를 많이 하고 있어 순례길 이정표들이 많이 사라져서 이렇게 안내까지 해주는 것 같았다. 걸으면서 자신의 집과 이름 등 이런 저런 이야기를 한다. 그분은 오오니 씨로 교사라고 했고 친절히 나를 안내해주었다. 너무 고마운 마음에 그와 사진을 찍으며 오늘을 기억하겠다는 다짐을 그에게 했다. 그렇게 이제 그와 헤어져야 할 시각 그는 주머니에서 동전 몇 개를 꺼내 음료수라도 사 먹으라며 오셋타이로 건넨다. '이제 우리 농촌사회에서도 찾아볼 수 없는 정을 느낄 수 있는 장면이 아닌가?'라는 생각에 너무 고마워 코 끝이 찡하다. 힘들고 지칠 때 이역만리에서 나를 응원해주고 도와주는 사람을 만난다는 것은, 또 그곳에 그런 사람들이 살고 있다는 것을 느끼는 것만으로도 그 지역의 이미지를 고양시켜 다시 찾고 싶은 지역으로 누군가에게 기억되게 할 수 있는 것이다.

지루했던 차도 옆길을 90분 정도 걸어 4시경 18번 절 온잔지에 도착했다. 온잔지라는 이름은 고보다이시가 '그의 어머니를 만나기 위해 해금의 법사를 7일이나 하여 어머니를 맞이한 일화로 어머니의 은혜에 대해 보답하였다' 하여 지어진 이름이며 경내는 삼나무와 벚나무가 있어 수려한 경관을 자랑하고 있었다. 순례와 납경을 마치고 19번 절 다츠에지를 향해 나선다.

다츠에지까지는 약 4.6킬로미터 정도 거리라 순례와 납경하기에는 무리가 있어 예약해 둔 민숙 후나노사토로 바로 방향을 잡고 길을 걷기 시작했다. 아기자기한 농촌의 모습을 감상하며 걷다 보니 어느덧 땅거미가 내렸고 쇼산지에서 고생했던 생각에 연신 지도와 이정표를 확인하며 밤길을 걸어 나갔다. 그래도 도로 옆을 걷는 중이라 큰 두려움은 없었지만 차량 통행이 있는 곳이라 천천히 주위를 살피며 걷기를 30분 정도 하고서야 지도상에 민숙집 근처인 곳에서 앉을 수 있었다. 손전등을 비추며 지도를 살폈지만 도대체 갈피를 잡을 수 없어 혼란스러워 할 때 트럭 한 대가 내 앞에 정지하며 "어디 가냐?"고 묻는다. "후나노사토로 간다."고 대답하자 그가 "자신이 아는 곳"이라 말하며 가까우니 트럭을 따라오라고 한다. 트럭을 3분 정도 따랐을 때 트럭은 후나노사토 앞에서 내가 도착하기를 기다린다. 내가 후나노사토 앞에 도착했을 때 다시 인사를 한 후에야 자신의 길을 떠났다.

민숙집 문을 조심스럽게 노크한다. 민숙집 안은 벌써 왁자지껄하다. 문을 열고 들어가 오늘 예약한 사람이라고 주인에게 숙박할 것을 허락받고 방과 세탁실, 욕실 등을 안내받고 방안에서 잠시 정비를 하고 있으니 주인 아주머니가 오셔서 욕실로 안내해 준다. 그렇게 집 같은 분위기의 욕실에

서 몸을 담그고 사타구니에 붙여두었던 반창고를 조심스럽게 분리한 후에
야 안도감을 느끼며 그간의 피로를 풀었다.

편안한 복장으로 환복하고 저녁식사를 위해 아래층으로 내려왔을 때 오
늘 함께 묵게 된 순례자들이 모이는 장이 자연스럽게 만들어졌다. 1층에 이
로리라는 일본식 화로가 중앙에 위치하고 있어 그곳에 묵는 사람들이 경계
심 없이 자연스럽게 모일 수 있는 분위기를 만들어주었다. 이로리 주변으로
나를 포함해서 남자 둘, 여자 둘이 둘러앉은 형국이고 마음씨 좋은 주인 부
부는 우리에게 손수 준비한 가정식을 내놓으며 설명을 곁들여 주신다.

인연이 있었던 것일까? 오전에 마주쳤던 군복을 입고 순례를 하던 사람
이 내 옆에 있는 것이 아닌가? 그도 나를 보았다고 말을 건넨다. 그의 이름
은 호소가와로 도쿄에서 왔고 영어로 소통이 가능했다. 이런 저런 말이 오
가다 그는 내게 왜 순례를 하고 있냐고 질문을 했다. 내가 하는 일이 '걷는

길'을 연구하는 것이며 많은 사람들이 내가 살고 있는 지역을 찾아 멋진 경관을 감상하고 지역사람들과 교류할 수 있도록 하기 위해서라고 답하였다. 조금 무거운 답이었는지 그는 시코쿠 순례길을 시간이 날 때마다 조금씩 조금씩 걷고 있다며 언제 순례를 마칠 수 있을지 고민이라고 말했다. 시간이 되면 한국 강원도에 좋은 길이 있으니 한번 오라고 전하며 대화를 이어갔다. 다른 두 명의 여성분들은 미애 씨와 히로미 씨다. 규슈에서 온 미애 씨는 후쿠오카에 살고 있으며 나와는 규슈지역의 1촌 1품 운동에 대한 이야기를 잠깐 나누었다. 히로미 씨와는 별다른 이야기를 나누지는 못했지만 감탄사를 참 잘 쓰던 분이었다. 긴 시간은 아니었지만 함께 머문 인연으로 내일 같은 곳을 향해 걷는다면 좀 더 많은 이야기를 하며 좋은 벗이 될 수 있었을 텐데…, 라는 생각을 잠시 했다. 하지만 내일 일정이 시코쿠 순례길의 마지막 모습을 보기 위해 기차를 타고 이동하는 것이기 때문에 이로리에 모여 앉아 가족같이 오순도순 즐거운 대화를 나누었던 그 시간은 추억으로 남겨야만 했다. 그들의 순례 여정에 행운이 함께하길 바라며 내일과 마주하기 위해 방으로 향했다.

드디어 가짜 결원!

오늘은 마지막 절인 결원의 절 88번 절 오쿠보지를 향하는 일정이다. 다행히 해가 내리쬐거나 비가 오진 않아 최적의 조건에서 나가오쵸의 산야를 유람하며 걷기 시작했다. 1번 절에서부터 88번 절까지 빠짐없이 순례를 마치는 것을 결원이라고 하는데 88번 절로 향하다 보니 지금까지와는 사뭇 다른 경건함이 느껴진다.

그렇게 1시간 30분을 걸어 시코쿠 순례의 마지막을 장식하는 사람들 모두가 들르는 '시코쿠 순례길 교류사롱'에 도착했다. 사롱은 순례자 안내·교류센터, 박물관, 순례인증 등의 역할을 수행하고 있었다. 도착하여 시대별로 순례길의 안내를 담당했던 표석들의 모습을 눈에 담고 있는데, 한 신사가 나를 사롱으로 불러들인다. 사또라는 분으로 내게 순례길을 걸어 온 것에 대해 물었고 또 격려를 해주며 맛있는 차를 대접해 주셨다. 일본어로 많은 말을 전하고 자리를 비운다. 그 사이 살롱 내부를 한 바퀴 돌며 시코쿠 섬 전체를 두르는 순례길 루트 모형과 역사성이 고스란히 남아 있는 순례자 용품, 각 절의 사진과 그림, 기념우표 등을 관람하고 있었다. 사또 씨는 어린이에게 순례복장과 순례에 대해 설명해 주고 있었고 잠시 후 내게 순례자인증과 대사로 위촉하는 증서를 발급해 주었다. 아마도 내가 전 구간을 완주한 것으로 잘못 알고 있는 듯했다. 조금 미안한 마음이 들었지만 벌써 엎어진 물이었다. 자료를 확보하는 것도 중요할 것 같아 증서를 받아 들며 인사를 하고 반대편 미즈노에끼(국도변 휴게소)에 들러 '지역의 산품과 그 유통이 어떻게 이루어지는지', '어떤 역할을 하고 있는지'에 대해 살펴본다. 지역 산품의 원활한 유통을 위해서는 모든 국민들이 긍정적인 사고와 인도적 배려를 가지고 지역에서 생산된 상품을 지역에서 소비하는 지산지소 정신을 실천해 나가야 하며 이를 가능하게 하는 시스템 중 하나가 휴게소를 활용한 미즈노에끼 형태의 유통 판매 시스템을 구축해 내는 것이다.

지역을 걷는 사람들도 다양한 부분에 있어 지역에 도움이 되는 인도적 차원의 배려가 담겨 있는 착한 여행을 해 나갈 의무가 있고 이것이 가능할 때 더 많은 사람들이 더 좋은 경관을 향유하고 지역사람들과 소통할 수 있는 '걷는 길'이 만들어질 수 있을 것 같다는 생각을 해본다.

미즈노에끼에서 이것저것 먹을 것을 사서 다시 걷기 시작한다. 길이 숲길과 도로를 따르는 두 갈래로 나뉘었다. 숲길을 따라 걷기 시작했고 이날은 두 명의 순례자밖에 만나지 못했다. 숲길을 따라 이동하면 오쿠보지의 뒷산을 넘어 절에 도착하는데 이 길이 조금 험하다 보니 인적이 드물었다. 길 주변에 집, 신사, 공민관(마을회관), 밭 등이 주인을 잃고 자리를 지키고 있는 것이 눈에 띤다. 일본 농·산촌의 현실 또한 정주 인구 부족과 경제활동의 한계로 말미암아 피폐해져 있는 것을 보고 우리의 농·산촌 현실과 크게 다르지 않음을 느낄 수 있었다. 상대적으로 낙후되고 과소화되어 있는 농·산촌을 살리는 많은 정책들을 시행하고 그 실효성 확보를 위한 많은 사례와 대안들이 연구되고 실행되어야 함은 일본과 한국 모두의 과제임을 통감한다.

오르막을 지나 쉬는 것도 잠시 다시 더 험한 오르막이 나왔다. 경사가 75도 정도는 되어 보이는 길 그 위로 노부부가 함께 험난한 길을 도와가며 올라가는 모습이 눈에 들어왔다. 인생을 정리하는 시간, 부부가 같은 곳을 바라보며 함께할 수 있다는 것이 너무도 아름다운 광경이었다. 갑자기 집에 두고 온 처와 아이 생각에 한쪽 눈이 따갑기 시작한다. 노부부가 올라가는 것을 좀 더 바라보다가 서서히 길을 오르기 시작했다.

정상(774미터)에 오르니 멀리는 세토해의 섬들과 다카마쓰가, 가깝게는 오전에 걸어왔던 나가오쵸의 시가가 한눈에 내려다보인다. 휴식을 마치고 산을 터벅터벅 내려오니 산 중턱에 결원의 절 오쿠보지가 아래로 내려다보인다.

산을 내려와 산문으로 향하여 차례로 순례와 납경을 마친 후 절을 둘러보며 결원의 절이라 좀 다른 몇 가지를 볼 수 있었다. 고보다이시의 화신으로 순례에 힘이 되어 준 즈에를 봉납하는 곳이 있어 즈에를 쉬게 해 준다는 의미와 결원을 증명하는 증명서를 발급받을 수 있다는 점, 결원한 사람을 나타내는 순례자 형상을 고보다이시 동상 아래 이름과 주소를 적어 봉납할 수 있다는 점이었다.

절 아래 점포에 들려 간단한 요기를 하고 버스를 기다리던 중에 허리가 90도로 굽은 채로 순례복장을 한 할머니가 눈에 들어온다. '시코쿠로 순례를 오는 이들에게 순례란 어떤 의미일까?', '왜 순례를 하는 것일까?' 곰곰히 생각해보다 그들에게 순례는 삶의 마지막을 준비하는 우리 어르신들의 영정사진과도 같은 의미를 지닌 것이란 데 생각이 다다랐다. 그들에게 납경

은 납경장에만 받는 것이 아니라 하쿠이(흰색 순례복)에도 받는데 납경받은 하쿠이를 수의로 쓰기 위해 미리 준비하는 것이다.

길은 누구에게도 기대나 의무 같은 조건이 없이 받아주고 돌려보내는 넓은 포용력을 보여준다. 길 위에서 누군가는 삶의 무게를 내려놓고, 누군가는 새로운 삶을 발견하고 준비하는 무게를 지며, 누군가는 삶을 정리하고, 누군가는 만남을 통해 관계를 형성해나간다. 길은 아낌없이 주는 나무처럼 늘 우리 주변에 서 있는 찾기 쉬운 동무이다.

드디어 기다리던 버스를 타고 숙소가 있는 다카마쓰로 이동하여 예약해 둔 호텔에 체크인하여 8일간의 길고도 짧았던 시코쿠 순례일정을 회상하며 정리한다.

길에서 행복할 수 있었던 아름다운 사람들

좋은 사람들과 좋은 인연은 길을 오래 걸을 수 있는 원동력이 되어 준다. 나도 오셋타이를 통해 시코쿠를 순례하며 만났던 사람들이 지금도 눈에 선하다. 한국인인 내게 대한민국大韓民國을 양손을 써 주신 1번 절 료젠지의 납경소 아저씨, 순례자들을 위해 길 위에 감을 내놓은 이름 모를 지역의 농부들, 3일째 일정을 조정하라고 충고해 주었던 아오모리에서 온 넉살 좋은 요시노 아저씨, 체력의 한계와 배고픔에 힘들어 할 때 주먹밥과 먹을 것을 챙겨주셨던 11번 절 후이지데라의 일본인 아주머니, 어두컴컴한 밤길에서 나를 구원해준 두 여인과 나베이와소 사장님, 잠시지만 눈과 마음을 즐겁게 해주었던 13번 절의 한국중요무형문화재 김묘선 스님, 순례 중 만난 한국인 친구인 '오랜만에 오후님', 흔쾌히 길잡이와 음료를 제공해 주었던 오오니 씨, 민숙에서 만나 인연 호소가와, 미애, 히로미 씨, 점심까지 챙겨주던 후나노사토 사장님 부부, 점심값을 챙겨주셨던 2명의 할머니들, 길을 물을 때마다 마다하지 않고 친절히 길을 안내해 주었던 시코쿠 지역주민들…. 모두의 친철과 오셋타이라는 전통을 이어가고자 하는 모든 사람들의 마음이 모여 어렵고 힘든 순례에 빛이 되어준 만남과 인연이라는 특별한 선물을 주었던 그 길 시코쿠 순례길.

고마운 사람들이 가득한 그 길

타인을 위한 소소한 배려와 이를 감사하게 받는 사람들이 서로 소통하며 공존함으로써 느끼는 교감과 감동이 잔잔한 물결이 되어 계속해서 퍼져가는 호수와 같은 '걷는 길'이 내가 꿈꾸는 길의 이상理想이 아닐까?

시코쿠 순례길은 오랜 역사만큼이나 걷기 위해 모여드는 사람들의 마음을 잘 헤아리고 그들이 무엇인가를 내려놓고 다시 깨닫지 못했던 것들을 담아갈 수 있도록 준비되어 있는 공간이었다. 누가 되었든 주고받고 배려하는 모습이 묻어나는 곳, 내가 찾던 답이 시코쿠 순례길 곳곳에서 꿈틀거리고 있었다.

● 이성근

부산지역 시민활동가이자 문학인. 현재 (사)걷고싶은 부산 사무처장, (사)자원순환시민센터 운영위원, (사)부산환경교육센터 이사, 부산왜관연구회 기획이사 등으로 활동중이다.

전 부산환경운동연합(1990~2009.10) 사무처장, 전 (사)환경과 자치연구소 이사, 전 코스타리카·스페인 람사회 한국민간단체 대표, 각종 환경관련 운동 단체 운영위원장 등을 역임했다. 그밖에 부산시 산지전문위원, 부산시 100경 선정 자문위원, 부산교육청 보건환경 위원 등을 역임했다.

환경부장관상, 부산시장상, 환경운동연합 전국 우수활동가상 등을 수상했으며 저서로는 시집 《흰각시붓꽃》(공저-1995), 《아빠는 생태박사》(공저-2002), 《절망사회에서 길찾기》(공저-2008), 《부산 길걷기 가이드북》(공저-2009) 등이 있다.

● 전상국

소설가이자 교육자. 현재 김유정 문학촌장으로 활동하고 있다.

강원도 홍천 출생. 어린 시절을 홍천에서 보내며 한국전쟁을 겪었다. 경희대 국문과 및 동 대학원을 졸업하고 1963년 〈조선일보〉 신춘문예에 단편 〈동행〉이 당선되어 등단했다. 이후 오랫동안 교편을 잡으며 창작활동을 해온 그는 유년시절에 겪은 전쟁의 상처와 분단현실을 가족사의 맥락에서 성찰하는 한편, 교육현장의 폭력과 권력의 문제를 파고들어 우리 사회의 모순을 탐구하는 작품세계를 펼쳐 왔다. 현대문학상, 한국문학작가상, 동인문학상, 대한민국문학상, 윤동주문학상, 김유정문학상 등을 수상했다.

주요 작품으로 《외등》, 《하늘 아래 그 자리》, 《바람난 마을》, 《아베의 가족》, 《우리들의 날개》, 《우상의 눈물》, 《달평 씨의 두 번째 죽음》, 《온 생애의 한순간》 등이 있다.

● 김산환

출판인이자 여행작가, 블로거로 활동. 현재 꿈의지도 대표로 재직중이다.

기차가 새벽을 여는 충남의 외딴 시골에서 나고 자랐다. 어릴 적 기차에 대한 동경이 지금의 '나'가 됐다고 굳게 믿고 있으며, 지금껏 그 삶에 후회는 없다고 여긴다. 중앙대학교 문예창작학과를 졸업했으며, 몇 년간 프리랜서로 세상을 떠돌기도 했고, 〈사람과 산〉, 〈굿데이〉, 〈스포츠월드〉의 여행 전문기자로 활동했다. 세상의 끝에 대한 관심이 유달리 많아 차로 갈 수 있는 마지막 북극 캐나다 이누비크나 남아프리카 희망봉, 에베레스트 BC, 타클라마칸 사막 등을 여행했다. 앞으로도 물리적으로는 지구의 끝뿐만 아니라 심리적인 세상의 끝까지 찾아가 볼 계획을 가지고 있다. 여행자로 살아온 20년 동안 32개 나라에서 1000일쯤 머물렀다. 앞으로도 그만큼의 시간을 여행할 수 있다면 나쁘지 않은 인생이라 믿는다.

저서로는 《낯선 세상 속으로 행복한 여행 떠나기》, 《남도테마여행》, 《지리산》 등 다수가 있다.

● 김문숙

사진가이자 세계여행작가. 현재 녹색교통·자전거 작가로 활동중이다.
1969년 강릉에서 태어나 한양대학교 독문학과를 졸업하고 독일 Kassel 대학 건축학를 수료했다.
1995년-1998년까지 독일 함부르크 조달청 마케팅 담당, 1998년-2000년까지 독일 함부르크에서 한국
강릉까지 16개월간 자전거 여행 후 '서울, 강릉, 과천' 사진 전시회와 《고목나무와 개미의 자전거 여
행》을 출간했다. 2005년~2007년까지 19개월간 남미, 아르헨티나, 칠레, 볼리비아, 페루를 자전거로
여행했다. 2007년~2008년까지 남미, 페루, 에쿠아도르, 콜롬비아를 자전거로 여행했다. 2007년~2010
년까지 강릉시, 과천시, 순천시, 킨텍스 등에서 자전거 여행과 녹색에너지를 테마로 한 사진 전시와
여행 강의를 했다.
지은 책으로 남미 여행기 《안데스 산맥을 넘어 남미로》 외 다수가 있다.

● 김태준

교육자이자 문학평론가. 현재 동국대 국문과 명예교수로 재직중이다.
동국대학교 국문학과와 대학원에서 국문학을 공부하고, 도쿄대학 대학원에서 〈18세기 조선 지식인
홍대용의 북경 여행과 체험〉으로 문학박사학위를 받았다. 명지대학교 국문학과와 동국대학교 국문
학과에서 교수를 지냈고, 동경외국어대학 객원교수를 지냈다. 현재 동국대학교 명예교수이며, 지은
책으로 《虛學から實學へ》, 《홍대용과 그의 시대》, 《홍대용 평전》, 《홍대용》, 《산해관 잠긴 문을 한 손
으로 밀치도다》 등이 있다.

역사와 문화가 흐르는
길을 걷는다

물오른 가지 끝에 말똥해진 꽃망울을 만나며, 온 대지에서 뿜어져 나오는 생명의 함성을 들으며, 우주의 기운을 느끼려면 당연히 푸서리 좁은 길을 두 발로 뚜벅뚜벅 느리게 걸어야 한다.

길의 철학

안동규

    길이 화두다. 프랑스에서 스페인 서북단까지의 800킬로미터 순례자의 길로 유명한 산티아고의 길이 우리나라에도 알려지면서 제주도의 올레길, 지리산 둘레길, 변산반도 마실길, 강원도 산소길, 관동별곡 800리 등 전국적으로 길이 뜨고 있다.

    2011년 12월 말에 가족과 함께 올레길을 3일간 체험했다. 그동안 자주 가던 제주도였지만 이번에는 남달랐다. 차를 버리고 발로만 다니던 제주도가 다르게 보였기 때문이다. 차를 타고 돌아다니는 제주도는 하루면 다 끝나는 여행지였는데 내 발로 걷는 제주도는 크고 아름답게 다가오고 있었다. 과거에는 목표지를 잡아서 성산포 찍고, 외돌개 보고, 정방폭포 사진 박고, 중문에서 호텔 구경하고, 횟집에서 회 먹고, 점 중심으로 돌아다녔다. 이번 가족 여행은 가족과 함께 걸으며 이야기하고 사진 만들고, 감상하고, 걷다가 쉬다가 놀다가, 길 위에서 음식점 찾아서 먹고, 또 걷고, 외돌개에서 월

평까지 네 시간 선으로 다녔다. 점 중심으로 본 제주도와 선 중심으로 경험한 제주도는 맛이 다르고 느낌과 시각이 다양할 수밖에 없다. 이튿날의 올레 6코스인 쇠소깍에서 외돌개의 네 시간 길에서 소위 놀멍, 걸으멍, 쉬멍하며, 온 식구가 하나 되는 느낌이었다. 이중섭 미술관도 코스 중에 있었기에 별미였다. 바닷길과 도시 길과 농촌 길을 동시에 걷게 되는 뷔페음식 같은 다양성과, 가족과 오랫동안 걸으며 자연스런 대화를 통한 일체감, 느리게 걷는 여유와 스트레스 없는 한적감, 아름다운 경치가 주는 황홀감까지 걷기에 가능한 체험이다.

길은 무엇인가? 길의 철학이 무엇일까? 왜 사람들이 길에 관심을 두는가?

길은 도로와 다르다. 길은 걷는 사람들을 위한 것이고 도로는 차와 산업과 경제를 위해서 만든 것이다. 길은 자연스럽게 생긴 것이고 도로는 사람이 만들고 개발한 것이다. 길 위에는 인생과 삶과 철학이 있고 도로 위에는 산업과 경쟁과 과학이 있다. 길은 소통이고 도로는 속도다. 도로에는 일이 있지만 길에는 관계가 있다. 도로에는 차가 있고 길에는 사람이 있다. 도로는 사업을 위해 바쁘고 길은 만남을 위해 여유롭다. 도로는 도시 중심이고 길은 지역과 시골 중심이다. 도로는 중앙집권에 필요하고 중앙집중적이지만 길은 분권적이고 지역 분산적이다.

3월 18일 전국의 길쟁이들을 모아 길포럼을 강원도에서 하기로 했다. 길을 꾸미고 만들고 사진을 찍고 길관련 책을 쓰는 사람들이 모여 포럼을 만들기로 했다. 도로는 산업이지만 길은 문화다. 길은 공동체다. 한 개인과 건설회사가 돈으로 만드는 도로와는 달리 길에는 각종 볼거리 · 먹을거리 · 이야기거리 · 놀거리 · 쉴거리 등 다양한 사람들이 함께 창조하는 문화가

길은 자연스럽게 생긴 것이고 길 위에는 인생과 삶과 철학이 있다.
길은 소통이고 관계이다. 길에는 사람이 있다.

필수적이다. 강원도에는 복원시켜야 될 옛길이 많다. 단종이 유배갈 때 걸었던 슬픔의 길, 신사임당이 걷던 길, 정철의 관동별곡길, 폐광지역의 광산길, DMZ 분단과 평화의 길, 동강길, 북한강길, 백두대간길, 소 팔러 가던 횡성 한우길…. 수없이 아름다운 길들이 있다. 서울 사람들이 강원도에 관광 와서 걸어야 강원도가 산다. 걸어야 잠을 자고 잠을 자야 돈을 쓸 것이다. 도로 중심의 자동차 여행은 지역경제에 별 도움이 안 된다. 관광객들이 길을 걷도록 길을 창조해야 한다. 문화와 스토리텔링이 있는 길 창조는 하루 아침에 이루어지는 것이 아니고 돈으로만 되는 것이 아니다. 강원도 도민, 춘천 주민, 내가 사는 퇴계동 동민부터 걸어야 길이 보이고 길이 창조되는 것이다: 길을 사랑하고 길을 자주 걷고 길 위에서 생각을 하고 오랜 시간을 보내고 내가 갈 길을 만들 때 그것이 바로 길문화요 길의 철학이다.

역사의 길을 찾아서 그 길을 걷게 하자

신정일

　겨울의 초입, 올해 들어 세 번째 '제주 올레'를 걸었다. 이번에는 사단법인 제주올레 이사장을 맡고 있는 서명숙 씨를 만났다. 서명숙 씨는 그가 나고 자란 제주를 사랑하는 사람이고, 그 길을 만든 데 무한한 자긍심을 가진 사람이었다. 그는 산티아고를 걸으며 만난 사람에게 "당신이 사는 곳의 길을 만들어라."라는 말을 듣고 제주에 올레라는 이름의 길을 개척했다고 한다.

　자기 집에서 마을로 나가는 좁은 골목을 뜻하는 '올레'가 방송과 신문의 지면을 장식하고 사람들의 입에서 입으로 전해지면서 제주가 많이 변했다. 제 1코스인 시흥리를 아는 사람들은 극소수였는데, 지금은 제주 올레의 시작점으로 모르는 사람이 없다. 제주도 사람들은 누구나 자기 동네를 올레길이 경유하기를 바란다. 차를 타고 성산포나 천제연 폭포 등 명소만 찾아다니던 관광 패턴이 느리게 걷기로 바뀌고 있다. 제주 올레만 그런가? 아니다. 지리산 300킬로미터를 휘감아 도는 '지리산 둘레길', '변산반도 국립공원을 휘감아 도는 '변산 마실길', '강화 나들길', '소백산 자락길', 봉화와 울진을 잇는 '십이령길' 등을 사람들이 많이 찾고 있다.

올레와 둘레길이 뜨다 보니 자치단체마다 저마다 특색 있는 길을 만들겠다고 난리가 아니다. 그렇다면 사람들이 걷기를 선호하는 길은 어떤 길인가? 반듯하고 넓은 시멘트길이 아니라, 좁지만 구불구불하고 비단결 같은 감촉이 느껴지는 흙길이다.

해남에서 통일전망대까지 포장도로를 걷는 것이나 강화도에서 동해안까지 걷는 것도 좋지만, 오천 년 역사가 켜켜이 쌓인 우리 옛길을 걷는 것은 국토사랑의 지름길이다.

관동대로나 영남대로, 삼남대로를 비롯한 조선시대의 큰 길을 복원하여 걷는다면 수많은 옛 선인들의 숨결과 함께 역사와 철학을 느낄 수 있는 좋은 계기가 되고 국토사랑의 첩경이 될 것이다.

사라진 길을 잇고 불러내어 사람들이 걷기만 하면 된다. 그런데 대부분의 자치단체들은 넓은 길만 선호하고 '데크 시설'을 만능으로 여기고 있다. 지난 2012년 봄부터 문화체육관광부의 '문화생태탐방로'와 '5대 강도보답사지' 선정 작업을 위해 나라 안의 여러 지자체를 돌아다니며 여러 사례를 보았다.

　A지역에서는 5억 원을 들여 2킬로미터를 개설했는데, 굴착기가 지나간 길에 지면이 경사가 하나도 없는데도 값 비싼 박석을 깔고, 난간에는 벼랑에나 설치하는 굵은 로프가 연결된 목책을 세워놓았다.

　B지역에서는 8억 원을 들여 16킬로미터를 개설한다고 하는데, 제주 올레의 경우는 어떤가? 15킬로미터 25킬로미터 구간을 개설하는데 많이 들어야 천만 원 정도가 들었단다.

　국가의 돈은 '눈 먼 돈'이다. 이런 공식이 만연해서 그런지, 여기저기 줄줄 새는 국고를 주워 담을 수도 없고, 하여간 답사 내내 마음만 불편했다. 어쩌다 작은 표지목 하나 세우고 길을 표시하고, 그러면 아무 불편 없이 걸을 수 있는 길을, 온통 돈으로 도배를 하면 누가 그 불편한 길을 걷고자 하겠는가?

　우리나라에 자동차 전문가는 많은데 '걷기'에 대한 전문가와 공무원들은 아직 없는 실정이다. 그러다 보니 쉽게 찾을 수 있는 '임도'를 옛길이라고 선보이고, 그 길에 큰돈을 들이겠다고 난리가 아니다. 사람들이 찾아오기도 힘든 궁벽한 곳에 길을 만들지를 않나, 하여간 저마다 다른 방법으로 길을 만들어 시행착오가 계속되고 있다.

　가장 시급한 일은 무엇인가? '트레일 법'을 만드는

일이다. '보행로'의 폭은 얼마면 되고, 어떤 형태로 만들어야 하며, 그렇게 너도 나도 좋아하는 데크는 어떤 곳에 설치해야 하는가? 그런 일정한 기준을 마련하고, 어떤 길이 가장 아름답고, 모든 사람들이 선호하는 길인지를 확인하는 작업이 필요할 것 같다.

이 땅에 '아름다운 강 길' '유서 깊은 고개길' '고즈넉한 산길' '천천히 걸으며 명상하기 좋은 길' '시공을 뛰어넘는 역사와 문화의 길' '보부상의 애환이 서린 길'…. 그런 길들이 많다. 춘천에도 석파령이나 수레너미고개 같은 유서 깊은 길들이 많이 있다. 그런 길을 찾고 보존하는 일, 그것이 필요한 시점이다.

길 위에 사는 이들이 행복한 길을 위하여

안은주

최근 몇 년간 도보 여행이 인기를 끌면서 전국 각지에서 트레일을 조성하고 있다. 지방자치단체와 민간단체들이 제주 올레 사례를 배우겠다며 제주를 찾는다. 벤치마킹하겠다고 오는 이들에게 (사)제주올레는 트레일 조성 기법보다는 트레일 조성 및 운영 관리 철학을 더 강조한다.

(사)제주올레가 길을 내고 유지, 관리하는 기본 원칙은 '사람과 자연이 모두 행복한 길'이다. 여기서 사람은 세 부류로 나뉜다. 길을 내는 이, 길을 걷는 이, 길 위에 사는 이다. 길을 걷는 이는 걷기 좋은 길을 걸으면 행복해지고, 그들이 행복해하는 모습을 보면서 길을 내는 이들도 행복해진다. 가장 어려운 과제는 길 위에 사는 사람들이 행복해지는 길을 내고 운영하는 것이다. 제주 올레가 많은 사랑을 받는 가장 큰 이유는 길 위에 사는 지역주민들이 도보 여행자를 친절하고 따뜻하게 맞아주는 데 있다. 아무리 풍광이 멋진 여행지라 해도 그곳에서 만난 사람들이 불친절하고 바가지만 씌운다

면 그 여행지는 다시 가고 싶지 않은 것이 사람 마음이다.

제주도도 과거에는 '비싸고 불친절한 관광지'라는 인식이 팽배했다. 그러나 제주 올레를 걷기 위해 제주를 찾는 여행자들은 '제주도는 인정 많고 따뜻한 여행지'라고 평가한다. 택시 기사들은 올레꾼들에게 여행 정보를 나눠주는 동시에 짬을 내 올레길 청소를 한다. 마을 사람들은 마을 회관을 올레꾼 쉼터로 꾸며 내놓고, 미숫가루 한 잔 팔면서 빈 물병에 생수를 채워주고, 마른 수건 적셔주며 도란도란 제주 이야기를 들려준다. 밀감 철에는 밀감 밭마다 올레길에 밀감을 내놓고 올레꾼들이 무료로 맛보게 한다. 그런 따뜻한 배려가 올레길을 걷는 여행자로 하여금 제주도를 재발견하게 하는 것이다. 그러나 사람이 많아지고, 길로 인해 취할 수 있는 이점이 없다면 제주도민들도 지치고 말 것이다. (사)제주올레가 길을 내는 일 못지않게 길 위에 사는 사람들에게 무엇을 줄 것인가를 초창기부터 고민했던 이유다.

그래서 (사)제주올레는 올레길 위에 있는 마을을 도울 기업을 연결해주는 1사 1올레 마을 결연 사업을 시작했다. 무릉 2리와 자매결연을 한 공기청정기 회사 벤타코리아는 '무릉 외갓집'이라는 무릉 2리 마을 브랜드를 만들어주고, 마을에서 생산되는 농수산물을 전국으로 판매하는 온라인 유통망(http://www.murungdowon.net)을 구축해주었다. 2009년 겨울 문을 연 '무릉 외갓집'은 무릉리 주민들이 생산한 농

걷기 좋은 길을 걸으면 행복해지고, 그들이 행복해
하는 모습을 보면서 길을 내는 이들도 행복해진다.

수산물을 전국으로 판매해 무릉주민들이 판로 걱정 없이 농사에만 전념할 수 있도록 돕고 있다. (사)제주올레는 또 지역민과 함께 올레길의 문화를 진화시키고 지역민들이 직접적인 소득을 올릴 수 있도록 '제주올레 아카데미'도 기획했다. '제주올레 아카데미'를 수료한 지역민들은 '길동무(해설사)'로 활동하며 수입을 얻고, 여행자들은 제주 올레와 제주도에 대한 더 해박한 지식을 얻고 돌아간다. 헌 천을 이용해 지역여성들이 만드는 '간세 인형' 역시 제주도의 대표적인 기념품으로 자리잡아가면서 점점 더 많은 지역여성들의 일자리를 만들어내고 있다. 이렇게 길로 인해 수익을 얻고 일자리를 얻는 지역민들은 제주 올레를 찾는 여행자에게 더 친절해질 것이고, 그런 주민들 덕에 제주 올레 여행자들은 더 행복해질 것이라고 믿는다.

이런 길, 저런 길, 요런 길

한명희

'길'이라는 단어를 들으면 어떤 것이 먼저 떠오르세요? 요즘 한창 인기를 누리고 있는 제주 올레길이 떠오르시나요? 아니면 들길, 숲길, 골목길이 떠오르시나요? 저는 오늘은 '인생은 나그네길'로 시작되는 최희준의 노래 〈하숙생〉이 떠오르네요. "어디서 왔다가 어디로 가는가" 하는 바로 그 가요 말이지요. 제가 오늘 좀 센치해진 모양입니다. 인생 운운하는 걸 보면 말이죠. 어떤 분들은 로버트 푸르스트의 시 〈가지 않은 길〉을 떠올리기도 할 겁니다. 이 시는 끝부분이 압권이지요. "숲속에 두 갈래 길이 있었노라고 / 그리고 나는 사람들이 덜 다닌 길을 택했노라고 / 그리고 그것이 내 운명을 정했노라고." 제가 택한 길에 큰 불만은 없지만 그래도 이 시를 읽을 때면 선택하지 않은 길에 대해 다시 생각해 보게 됩니다. 혹시 '길' 하면 가수 '길'을 먼저 생각하는 분도 있으실지 모르겠습니다. 아무래도 1, 20대 젊은 사람들 쪽이겠지요. 저는 '길'이 부른 노래가 어떤 것인지 모릅니다만.

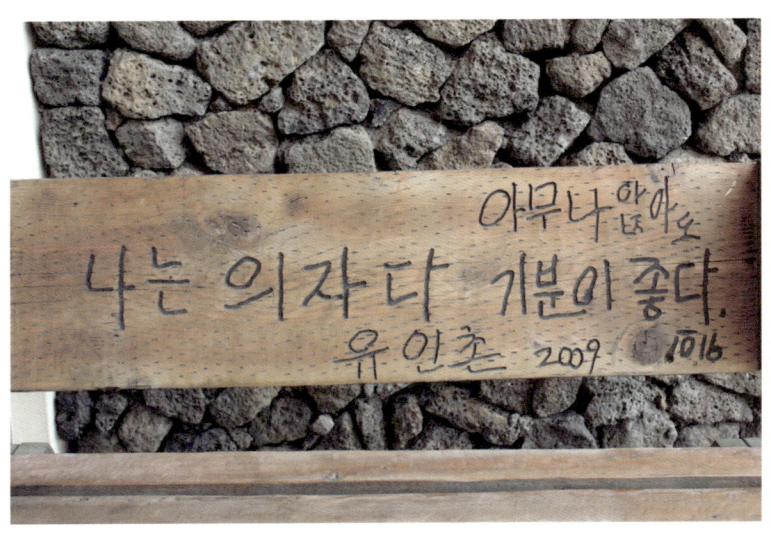

'길'이 문화콘텐츠로 매력적인 이유를 설명하느라 우리 대중가요도 얘기하고 영시도 얘기해 보았습니다. '길'은 일단 사람이나 동물, 자동차 따위가 지나갈 수 있게 땅 위에 낸 일정한 너비의 공간입니다. 국어사전의 정의가 그렇습니다. 그러나 길은 땅 위에만 있는 것이 아닙니다. 산에도 숲에도 있고 들에도 둑에도 있습니다. 하늘에도 있고 바다에도 있지요. 그래서 산길, 숲길, 들길, 둑길, 하늘길, 바닷길이 만들어집니다. '길'의 쓰임은 실로 다채롭습니다. 동네 가운데 있는 좁은 길은 골목길, 고샅길이 되고 넓은 길은 한길이 되지요. 비가 내리면 빗길이 되고 눈이 오면 눈길이 됩니다. 빗길이 흙탕길이 될 수도 있겠군요. 그뿐인가요. 순례자가 다니던 길은 순례길이 되고, 비단을 서방의 여러 나라에 실어 나르던 길은 비단길이 됩니다. 비탈길, 에움길, 뒤안길, 자드락길, 갓길, 덤불길, 황톳길 등 길의 종류는 많기도 합니다.

그런데 '길'은 이렇게 사람이나 동물이 지나가는 공간에만 붙이는 이름이 아니라는 걸 꼭 말하고 싶네요. 앞서 인생길을 얘기했습니다만, 길은 실제로 우리 삶을 비유할 때 다양하게 쓰입니다. 길이 없다, 길이 막혔다, 길을 찾는다는 말 등은 모두 방법, 삶에서의 방법이나 수단을 의미하기도 하는 것입니다. 그 사람을 만날 길이 없다고 할 때처럼 말이지요. 또 있습니다. 우리가 살아갈 때의 방향이나 지침도 길이라고 합니다. 학자의 길, 배움의 길처럼요. 길이 어떤 자격이나 신분으로서 주어진 도리나 임무를 나타내기도 하는군요.

자동차를 타기보다 걷기를 즐기는 사람들, 그 사람들은 아무래도 삶에 대해 조금 더 진지하게 생각하는 사람들일 거라고 선뜻 믿어버리게 되는 것

자동차를 타기보다 걷기를 즐기는 사람들. 그 사람
들은 아무래도 삶에 대해 조금 더 진지하게 생각하
는 사람들일 거라고 선뜻 믿어버리게 되는 것은 길
이 지닌 은유적 속성 때문이 아닌가 합니다.

은 길이 지닌 이 은유적 속성 때문이 아닌가 합니다. 인생에도 오르막이 있고 내리막이 있다거나, 누구는 탄탄대로를 걷고 있다거나, 지름길을 택했다거나 하는 것들은 모두 삶의 한 단면을 길에 비유한 것입니다. 얘기가 길어졌습니다만, '길'은 이렇게 상징성이 풍부한 콘텐츠입니다. 문화콘텐츠는 상징성이 풍부할수록 그 성공 가능성이 높아집니다. 따라서 '길'을 활용해 문화콘텐츠를 만들 때는 길을 '건설'하는 쪽보다 길이 지닌 상징성을 활용하는 것이 좋겠다는 것이 제 생각입니다.

소문난 길을 여행하고 온 분들에게 소감을 여쭈었습니다. 좋았지만 다시 가고 싶지는 않다, 우리 지역 길보다 나을 것도 없더라고 평하는 분들이 많았습니다. 분명 그럴 것입니다. 우리나라 산천 어디를 둘러보아도 아름답지 않은 곳이 없지 않습니까? 그런데 요즘의 '길' 만들기 열풍은 이러다 혹시 어디를 가나 똑같은 길만 만들어내는 것이 아닐지 조금 걱정스럽기도 합니다. 길을 한번 망가뜨리면 복원하기 어렵기 때문에 새로 만드는 것은 신중에 신중을 기할 필요가 있을 것 같습니다. 길은 종류도 많고, 상징성도 풍부하므로 길을 새로 만드는 것보다는 스토리텔링을 잘하는 것이 중요하다고 다시 한 번 제 생각을 적습니다.

솔향 가득한 행복한 가족 산행을 위하여

이순원

지난해 가을부터 올봄까지 주말마다 고향에 내려가 '강원도 바우길' 트레
킹 코스를 개척했다. 이런 걷기 길 개척엔 무엇보다 그 길의 네임브랜드가
중요하다. 누구에겐가 길 이름을 얘기했을 때 그 이름만으로도 그 길이 어
느 지역에 있는 길인지 알게 해야 하는 것이다. '미소길', '사랑길' 같은 이름
은 하나하나 예쁘게 들리는 듯해도 그 길의 지역적 특색이 살아나지 않아
길 이름으로 소구력이 없다.

대관령에서부터 경포대와 정동진에 이르기까지 10개 구간 총 연장 150킬
로미터의 걷는 길을 개척하면서 길 이름을 '강원도 바우길'로 정한 것도 '바
우'라는 말이 갖는 지역적 특색 때문이었다. 외지의 사람들이 강원도와 강
원도 사람을 친근하게 부를 때 '감자바우'라고 부르듯 강원도 바우길 역시
강원도의 산천답게 인간 친화적이고 자연 친화적인 트레킹 코스라는 뜻이
다. 거기에 더하여 바우Bau는 또 바빌로니아 신화에 손으로 한번 쓰다듬는

것만으로도 죽을 병을 낫게 하는 친절한 여신의 의미도 숨어 있다. 이 길을 걸으면 바우 여신의 축복처럼 저절로 몸과 마음이 건강해지길 바라는 염원을 담았다.

길을 개척하며 이름만큼이나 신경쓴 것은 각 구간마다 서로 다른 특색을 살리자는 것이었다. 총연장 150킬로미터이기는 하지만 그것이 시작부터 끝까지 똑같거나 비슷한 길이 아니라 구간마다 서로 다른 특징을 갖게 해야 한다. 멀리 바다를 보며 산맥의 등줄기를 밟고 걷는 길도 있고, 산길에서 바다로 나아가는 길도 있고, 바다에서 바다를 따라 걷는 길도 있어야 한다. 그 길이 지겨우면 바다에서 산쪽으로 올라가는 길과, 숲길과 바닷길을 번갈아가며 걷는 길 등 가능하면 길의 지형적 특징을 달리 하자는 것이었다.

그래서 이 길을 개척했을 때 어떤 기자는 '바우길'을 둘러보고 나서 "백두대간 풍력발전단지에서 경포대, 정동진을 경유하는 10개의 트레킹 코스에 바닷길, 산길, 숲길, 마을길, 호수길, 둑방길이 전부 포함돼 있다. 소설가 이순원과 산악인 이기호 대장이 강원도에 개척한 바우길은 마치 걷는 길의 종합선물세트 같다."고 했다.

트레킹과 등산은 또 다르다. 한가지의 생각을 잡고 유유자적 걸을 수 있어야 하고 가족이 함께 걸을 수 있어야 한다. 산맥에서 바다로 나아가는 길이어도, 또 백두대간의 등줄기를 밟는 길이어도 경사가 너무 심하면 안 된다. 더러 경사길이 있다 하더라도 그 경사는 가능한 짧아야 하고 그 경사를 다 올라갔을 때 바다가 확 트인다든지 고원이 확 트여 있다든지 어떤 보상의 성취감을 주어야 한다.

바우길에 또 하나 신경을 쓴 것은 가능하면 숲길로, 또 그늘길로 만들자는

것이었다. 실제 바우길은 어느 길도 주말이면 어린 아이들을 앞세우고 가족이 함께 걸을 수 있는 소나무 향기 가득한 길이다. 바다로 나가는 둑방길 말고는 강원도의 자랑과도 같은 금강소나무의 숲이 70% 이상 펼쳐져 있다.

파도가 밀려드는 해변조차도 소나무 숲길 사이로 길이 나 있다. 소나무 숲길은 그곳에서 휴식하며 숨을 쉬는 것만으로도 우리의 지친 심신을 치유하는 기능을 가지고 있다. 실제로 바우길이 있는 대관령에 우리나라 최고의 삼림욕장이 있고, 바우길을 걷는 것은 트레킹과 삼림욕을 동시에 하는 일이다.

길에는 우리가 살아온 오랜 역사가 함께해야 한다. 바우길의 제2구간 '대

'관령 옛길'은 일찍이 신사임당이 어린 율곡을 앞세우고 오죽헌에 두고 온 어머니를 그리며 걸은 길이다. 김시습이 등 뒤에 괴나리봇짐을 지고 이 길을 걸었고, 송강 정철이 이 길을 넘어 〈관동별곡〉을 남겼으며 단원 김홍도가 대관령의 절경에 반해서 길을 걷던 중 〈대관령도〉를 화폭에 담았다. 이 외에도 참으로 많은 시인묵객이 이 길을 걸으며 그림과 시를 남겼다. 신라 향가 〈헌화가〉의 무대인 정동진의 붉은 해안단구길 등 10개의 구간구간마다 옛선인들의 전설 같은 이야기가 함께한다.

제6구간 '굴산사 가는 길' 같은 경우는 강릉 중앙시장을 통과해 길꾼들이 그곳에서 점심을 먹고 또 시장을 둘러보며 지역의 특산물을 구매할 수 있

게 하고, 또 단오문화관에서 재집합해 단오의 민속과 문화를 직접 체험할
수 있게 했다.

특히 바우길은 이번 개척에서 새롭게 '심스테파노의 길'을 찾아냈다. 우
리나라 전국 어디를 가나 이 시기의 천주교 성지가 있다. 그러나 강원도 원
주와 횡성 동쪽엔 성지와 성지길이 없었던 것은 태백산맥 동쪽으로 천주교
의 전파가 그만큼 더뎠다는 뜻이다. 이번에 바우길 코스를 개발하며 심스
테파노라는 성직자가 신앙생활을 하다가 잡혀간 마을을 찾아냈다.

조선 말 병인교난(1866년) 때 심스테파노라는 성직자가 강릉 굴아위에서
신앙생활을 하다가 지방관아의 포졸들이 아니라 당시로서는 아주 드물게
서울에서 직접 내려온 포도청 포졸들에게 잡혀가 목숨을 잃은 기록과 그
마을을 찾아내 강릉 경포대에서 그곳까지 이르는 길을 '심스테파노의 길'로
이름지었다. 벌써부터 다가올 여름방학 동안 여러 성당의 주일학교에서 이
마을에서 학생수련회를 할 수 있는지 문의가 들어오고 있다.

오늘날 걷기 열풍 속에 각 지역마다 새로 개척하고 있는 '걷는 길'들은 이
렇게 각 지역의 특색에 맞게 선인이 걷던 옛길을 잘 연결해 인간친화적이
고 자연친화적으로, 그리고 그 지역의 삶과 문화와 역사가 함께해야 한다.

길은 마음에 있다

김동식

2010년 들어 무던히도 횡성을 돌아다니고 있다.

몇 달 동안은 매일같이 횡성을 찾아가기도 했었다. 내가 횡성을 이렇게 자주 찾는 이유는 사람들이 걸을 수 있는 길을 만들기 위해서이다.

도시의 콘크리트 장막과 인간이 만들어 놓은 인위적인 공간인 지하철과 빌딩 숲에서 벗어나 대자연이 살아 숨쉬는 인류의 고향 자연으로 돌아가서, 자연 속에서 땀 흘리며 때로는 쉬면서, 자신의 인생에 대해 관조할 수 있는 길을 만들기 위해 이렇게 동분서주하고 있는 것이다. 그러나 2012년 초 횡성에 길을 만들겠다고 했을 때만 해도 주위의 많은 사람들이 걱정과 염려를 하면서 나를 말리는 통에 약간의 고민에 빠져 있었다.

그 고민이라는 것은 이런 것이었다.

"내가 평생을 횡성에서 살았지만, 우리 지역에는 제주 올레와 같은 아름다운 길은 단연코 없습니다. 괜히 고생만 잔뜩 하게 되실 겁니다."

이런 주위 사람들 덕에 나는 '과연 횡성에 제대로 된 길이 있기는 있을까?' 하는 걱정이 앞섰던 것이 사실이다.

주위 사람들의 많은 우려와 눈총을 받으며 나는 횡성에서 길을 찾기 시작했다. 때로는 강을 따라 걷다가 강을 건널 수 있는 방법이 없어 엉뚱한 마을에서 길을 찾아 헤메었고, 사람들이 걷기 좋은 길을 고집해 아스팔트를 피해 산꼭대기까지 올라갔다가 길이 끊겨 산속을 헤매고 다녔던 때도 있었다. 그러나 많은 시간을 현장에서 보내면 보낼수록 나의 걱정은 어느새 눈 녹듯 사라지기 시작했다.

이미 횡성에는 아름다운 길들이 많이 있었던 것이다. 티끌 하나 없이 맑고 깨끗한 계곡을 따라 걷는 길, 삼국시대의 전설이 깃든 어답산과 태기산의 자락길, 자연 속에 잠들어 있는 조용한 마을과 마을을 연결하는 마을 안길, 새벽이면 세상을 깨우면서 논과 밭으로 소를 몰고 일하러 가던 농부의 논두렁길.

나 혼자만 보고 즐기기에는 너무도 아름다운 길들이 횡성 곳곳에 버려져 있었고 숨겨져 있었던 것이다.

나는 단지 횡성 구석구석에 나뒹굴고 있는 진흙탕 속의 진주들을 모아 깨끗이 씻어내고 하나로 엮어내는 작업만 하면 되는 것이었다. 이렇게 해서 하나하나 연결해 나아간 길들을 모두 연결하니, 170킬로미터에 이르는 장거리 도보길인 횡성 뚜레길이라는 아름다운 보석을 탄생시킬 수 있었다.

뚜레길이라는 이름은 장거리 도보길의 형태가 마치 소뚜레처럼 생긴 데서 붙여진 이름이다. 또한 횡성은 뭐니뭐니 해도 횡성한우의 고장이다. 한우의 고장에서는 길도 당연히 소를 닮기 마련이다. 여기에 뚜레길을 걸으면서 소처럼 건강해지라는 의미도 담았다.

　불교에서는 뚜레의 의미가 질병에서 해탈한다는 뜻도 가지고 있다. 지금 만들고 있는 뚜레길은 아직 제대로 된 보석처럼 영롱하지는 않다. 이제 길을 하나하나 실처럼 꿰어서 지역의 주민들과 함께 보석같이 만들어 나가야 하는 과제가 남아 있다. 그러나 이미 횡성 곳곳을 연결하며 끊기지 않는 도보길이 170킬로미터나 되는 것이다.

　이번 횡성에서 길을 만든 경험을 통해 나는 깨달을 수 있었다. 길은 밖에 있는 것이 아니라 우리 안에 있다고.

　세상에 많은 길은 이미 존재하고 있고, 다만 우리는 그 길을 제대로 볼 수

있는 눈을 가지고 있지 못하고 있다고. 세상에 널린 아름다운 길들을 볼 수 있는 마음의 눈을 뜨자. 마음의 눈을 뜨고 활짝 열린 세상과 이 세상에 존재하는 수많은 길들을 발견하자. 그리고 그 길을 걸으면서 대자연의 숨소리와 인간이 함께 조화를 이루며 살아가는 이야기에 귀를 기울이자. 자연 속에 펼쳐진 도보길을 걷다가 지쳐 마주하게 된 잊어버린 진정한 자신과 대화하면서 화해하자. 자신을 잊고 이 땅을 살아가기에는 하늘이 우리에게 허락한 시간이 충분치 않다.

　마음의 눈을 뜨자. 길은 마음에 있다.

동해 해파랑길에서

이성근

    비가 내린다. 후쿠시마 핵발전소가 폭발하면서 토해낸 방사능찌꺼기가 대기에 퍼졌다. 편서풍을 노래하던 기상청과 정부가 이제는 극미량이라고 인체에 문제없다며 지나친 우려를 불식시키려 한다. 과연 그러한가. 무책임의 극치를 동해 곳곳에 새겨진 역사는 질타한다. 동해 곳곳에서 만날 수 있는 과거로의 여행은 동해가 지진과 해일의 안전지대가 아님을 웅변한다. 동해시 묵호의 유래 속에는 바다로부터 몰아닥친 거대한 해일의 피해를 구제하기 위한 목민관의 활동이 남아 있고, 삼척시 육향산에 미수 허목이 세웠다는 척주동해비陟州東海碑는 오래 전부터 동해에 해일이 들이닥쳤다는 기록을 전하고 있다. 지난 1983년에도 진도 7, 높이 5미터의 해일이 동해를 덮쳤다. 동해에는 울진을 비롯하여 경주 월성과 경남 고리에 핵발전소가 무더기로 들어 서 있다. 하물며 추가로 핵발전소를 증설하겠다고 하니 실로 두려운 일이다.

　실제로 동해 해파랑길 구간에서 핵발전소가 들어선 지역은 멀리 우회해서 걷는다. 이 달갑지 않는 존재를 혹자는 필요악이라 한다. 허나 어떤 부분에서 필요이고 어떤 지점에서 악인지 우리 사회는 제대로 평가하지도 공유하지도 못했다. 일방적 선이었고, 무조건적 발전의 개념으로 주입되었다. 마치 핵발전소가 아니면 지역은 망하기라도 할듯 몰아붙였다. 급기야 찬반의 논쟁에서 지역공동체가 갈등과 반목을 되풀이하며 골이 깊어지기도 했다.

　길은 이런 것과 무관한 것인가. 걷는 사람은 걷기만 하면 되고, 길을 여는 사람은 열기만 하면 되는 것인가. 후쿠시마와 체르노빌이 보여주듯 단 한 번의 사고로 모든 발전은 동결된다. 온갖 미사여구로 치장한 발전은 순식간에 사라짐을 이들 지역은 적나라하게 보여주었다. 최소 반경 30킬로미터

가 출입금지 구역이 되는 것이다. 방사능 피폭으로부터 필사적으로 도망을 가던 일본의 피난 행렬이 만일의 상황에서 우리라고 예외일 수 없다. 불안을 조장한다고? 그럼 '그 땅이 그대의 마을과 고향이었다면' 하고 바꾸어 생각해 보라. 그렇다. 국토와 에너지의 이용이 왜곡될수록 길 또한 제 길을 가지 못한다.

아픈 길이다. 그 길에 한 가닥 희망의 상징이 영덕 블루로드에서 빛난다. 해맞이 언덕 뒤편 바람의 언덕에 입지한 풍력단지에서 돌아가는 28기의 풍력발전기는 연간 9만 6680킬로와트의 전력을 생산하여 영덕 군민 전체가 사용하고 있다. 입지의 문제만 면밀하게 검토한다면 권장할 일이 아니던가. 신재생에너지는 태양광과 바람 말고도 무수히 많다. 따라서 대도시의 에너지

소비를 위해 지역이 볼모가 되는 정책은 재고되어야 한다. 무엇보다 핵발전소의 폐기물 문제는 세계 어느 국가도 답을 얻은 곳이 없다. 임시저장을 하면서 계속 방법을 강구할 뿐이다. 우리 세대의 편리를 위해 미래 세대에게 치유키 힘든 짐을 전가한다는 것은 세대 간의 형평성에도 어긋난다.

조상으로부터 물려받은 이 땅은 참으로 수려한 강산이었다. 그 아름다운 국토를 시나브로 토목과 건축이 절단을 내고 덧내고 있다. 그들은 잠시도 쉴 틈이 없다. 그 꼴을 보지 않기 위해 산으로 들로, 강으로 해안으로 도망가듯 우리는 길을 찾아 나선다. 어찌 그 길이 생명을 살리는 길이라 할 수 있는가. 도피요 회피다. 길에서 당당해져야 한다. 자동차로 빼앗긴 사람의 길, 중앙의 논리에 희생당한 지역의 길들을 재생하고 복원하여 조상에게 받은 금수강산을 다시 후손에게 전하고 사회적 정의 실현과 상생을 위한 소통이 전제된 지역공동체를 형성해 나갈 때 우리 세대의 정의가 다음 세대에게 전해질 것이다. 길은 소통과 순환의 통로가 될 때 가장 빛나는 것이다.

길의 3박자

신용자

　최근 미국 억만장자들의 통 큰 기부가 눈길을 끌고 있다. 양극화의 문제점을 안고 있는 자본주의가 지탱할 수 있는 건 가진 자들의 자발적인 나눔이 있기 때문일 것이다. 물론 복지정책이란 제도적 장치를 갖추고 있지만 허술할 수밖에 없다. 선진국의 개발과 번영은 지구의 환경을 담보로 위험한 곡예를 하고 있다. 그러나 넘쳐나는 물질적 풍요와 인위적 쾌적성에도 불구하고 사람들은 행복을 누리지 못한다. 그나마 세계화의 소통 속에 지구의 안위와 인류의 미래를 걱정하는 공감대가 형성된 것은 다행이다.

　우리네 삶은 '지구별 여행자'라는 나그네 길. 잠시 머물다 가는 지상의 삶이 아름다운 건 공존의 삶을 살 때 가능할 것이다. 모든 생명체는 하나의 원이며, 뿌리며, 울이라는 인식이 기본 바탕이다. 인간 중심의 삶을 선택하면서 우리는 행복해지는 게 아니라 불행의 늪으로 추락하고 있다.

　인류의 바람직한 미래를 보여주는 삶은 결국 '북미 인디언의 생활이 아닐까?라는 생각을 떨칠 수 없다. 미국이라는 거대한 공룡이 깔아뭉갠 그 땅이 바로 인류의 미래를 약속한 낙원이었을 것이다. 어머니 대지를, 이 땅의 모든 생명을 기르는 신성한 대지를 한 핏줄로 여기며 살던 사람들, 도시를 만들지 않던 사람들, 그들에겐 '소유'란 개념 자체가 불필요했다. 그 땅에서 이백여 년 불굴의 도전과 현대과학으로 개가를 올린 미국의 부자들이 인류를 위해 통 큰 기부를 한다는 것은 새로운 가능성을 보여주는 듯해 구덥다.

아무튼 정보화시대 이전의 세계 역사는 토지(땅)와의 싸움이었다. 그러나 일찍부터 소유의 무의미함을 깨달은 원주민들이나 선각자들은 땅에 금 긋지 않았다. 그런데 가끔 길을 걷다 보면 사유지라는 간판을 걸고 길을 막는 쩨쩨한 짓거리를 목격할 때가 있다. 그것도 예부터 사람들이 오가던 옛길을 막고 철 대문이나 쇠 울타리를 치고 통행을 막는 것을 보면 울화가 치민다. 당연히 길이 먼저였던 곳에 최근 농원을 만들고 울타리를 치는 심사를 이해하기 어렵다. 울타리 밑 도랑의 개구멍 길을 보면서 길은 결코 막을 수 없음을 확인한다.

근래 우리나라 걷기 여행의 선두가 된 신정일 선생은 길의 삼박자, 즉 '쓰리고'를 얘기한다. '찾고, 잇고, 걷고'가 이어져야 한단다. 길을 내려면 우선 좋은 길, 역사성과 문화가 담긴 지역의 옛길을 찾아 불러내야 한다는 것. 막상 임도로 뚫어진 옛길이나 고개에서 푸서리길을 찾는다는 것은 쉽지 않다. 그러나 30~40여 년 인적이 끊겼던 길을 지금 찾아내지 못하면 영원히 사라져버린다는 위기감에 사명감을 갖고 옛길을 찾는 이들을 만나면 사뭇 감동적이다.

뜻 깊은, 아름다운 옛길을 찾아냈다면 그 길을 어떻게 이어줄 것인가? 여

우리네 삶은 '지구별 여행자'라는 나그네 길. 잠시 머물다 가는 지상의 삶이 아름다운 건 공존의 삶을 살 때 가능할 것이다. 모든 생명체는 하나의 원이며, 뿌리며, 움이라는 인식이 기본 바탕이다. 인간 중심의 삶을 선택하면서 우리는 행복해지는 게 아니라 불행의 늪으로 추락하고 있다.

기서부터 전문가의 개입이 필요할 것이다. 길은 어디로든 연결되기 마련이다. 지도상으로든, 현장에서든 깊이 살펴보면 가장 어울리는 흐름이 있을 것이다. 그때 필요한 것이 스토리텔링이나 풍광 같은 길의 콘셉트가 될 것이다. 보통 하루 20킬로미터 이내의 거리로 5시간 전후의 걷기 코스를 많이 선보인다. 그리고 길게 이어지는 길이 대세다. 한 번에 다 걷는 게 아니라 두고두고 걸어볼 수 있는, 에돌아가는 숨은 길을 원한다. 직선으로 쭉 뻗은 고속도로나 그늘이 없는 임도와 달리 구불구불 이어지는 자연스런 옛길을.

찾고, 잇고 그 다음이 걷기다. 사람들에게 이런 길이, 오랫동안 당신을 기다려온 길이 있다는 것을 알릴 때 길로서의 생명력을 갖게 될 것이다. 마무리 단계에서 길 안내표시나 시설 보수 등이 요구되는 것이다.

그런데 요즘 전국적으로 시도되는 지역의 길 찾기와 걷기는 찾고 잇고를 무시한 채 오직 아무 길이나 빨리 개방하여 사람들을 부르려고 한다. 준비과정이 생략된 급조된 길이 과연 얼마나 버틸 것인가? 그래서 사람들은 정부의 정책을 불신하고 있는지 모른다. 마치 설계도면이 없이 건축물이 지어지는 것 같은 빨리 빨리의 조급함이, 성과주의가 관과 민의 거리감이다. 공무원들을 탓할 것도 없다. 실무자들이 하루아침에 걷기 좋은 길이 만들어지지 않음을 알고 있어도 예산 배정은 연내 사용의 도로공사비만으로 할당되기 때문이다. 근본적인 방향 전환이 필요한 시점이다. 아무튼 '찾고, 잇고, 걷고'의 삼박자가 제대로 맞아들어간 아름다운 길들이 많아지길 기대한다.

올해도 가장 무더운 여름을 보내면서 마음으로 길을 연다. 한여름에도 신나게 걸을 수 있는 숲속으로 난 좁고 시원한 옛길. 그 길을 걸으며 한줄기 신선한 바람으로 닿는 메시지를 듣게 되리라. 호주의 참사람, 원주민들이 돌연변이 문명인들에게 보내는 《무탄트 메시지》, 아프리카 사하라 사막에서 온 투아레그 유목민 청년의 《사막별 여행자》, 인디언 방식으로 사는 삶 《나는 왜 너가 아니고 나인가》를 읽고 걷는다면.

보이는 길에서 보이지 않는 길까지 걷는 게, 존재의 행복을 공감하는 게 진정한 걷기의 매력일 것이다. 그런 길을 느리게, 오래도록 걷고 싶다.

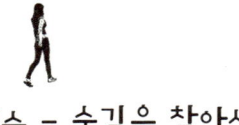

방랑에의 향수 – 숲길을 찾아서

구길본

현대인들은 왜 여가시간만 나면 도시에서 자연으로 쏟아져 들어가는 것일까. 오랜 인류 역사에서 몸에 밴 방랑에 대한 향수鄕愁, Nostalgia, 아련한 고향에 대한 그리움 때문인지 모르겠다. 사실 인류가 도시에서 본격적인 삶을 살았던 기간은 불과 이백 년에 불과하지만, 지구상에 나타난 인류가 자연과 숲과 더불어 방랑해온 삶은 오백만 년이라는 까마득한 세월이었다. 인류의 역사가 나이테로 기록되었다면, 그 나이테의 99.99% 이상은 자연과 숲속에서의 방랑의 역사라 해도 과언이 아니다. 그래서 현대인들은 방랑 세월 동안 무의식에 깊이 뿌리 내린 자연과의 공생관계 회복을 위해 자연과 합일하려는 것이 아닐까. 그동안 잊고 살던 자연과 숲의 빈자리를 채우기 위한 현상으로 보면 잘못된 생각일까?

방랑에의 향수는 다른 표현으로 자유에 대한 그리움으로도 볼 수 있을 것이다. 20세기 영혼의 방랑자인 헤르만 헤세의 시 〈아프리카를 바라보며〉에

자연과 숲길에서의 방랑은 도시를 벗어난 자유를 향한 몸부림,
자연에의 향수 내지는 그리움,
잡힐 듯 아른거리는 본래의 자기를 찾아가는 영적 자유를 향한
여행쯤으로 볼 수 있을 것이다.

서도 그 증좌가 엿보인다. "지난 방랑길에서 돌아와 겨우 휴식을 취했을까. 또 다시 먼 타향이 그대를 유혹한다. … 방랑의 온갖 고통스러움이 고향의 계곡에서 평화를 찾는 것보다 더 편안할지니. … 나를 따스한 고향 가까운 곳에 옥죄어두기보다는, 혹 발견하지 못한다 해도 찾아다니는 것이 더 좋다. 행복한 순간일지라도 이 세상에서 나는 그저 손님일 뿐, 결코 주인은 될 수 없기에." 그렇다. 자연과 숲길에서의 방랑은 도시라는 인위적 속박으로부터 벗어나 자유를 향한 몸부림, 자연에의 향수 내지는 그리움, 잡힐 듯 아른거리는 본래의 자기를 찾아가는 영적 자유를 향한 여행쯤으로 볼 수 있을 것이다.

돌아보면 나의 '길'도 방랑의 연속이었다. 초등 6년은 십 리 거리의 들길, 산길을 걸어야 했다. 중·고등 5년은 삼십 리를 자전거로 발품을 팔아야 했다. 대학에서 임학을 선택하여, 81년 산림공직자로 입문하고서는 숲과 나무, 숲길을 평생의 동반자로 삼아 백두대간의 향로봉에서 지리산을 거쳐 한라산 백록담에 이르기까지 거미줄 같은 숲길들을 지금도 방랑하고 있다. 그래서인지 '길 가는 것은 다 길하다.'라는 관념이 오히려 몸에 배어 선진국의 숲길을 배우는 일에도 자연히 흥미를 가졌다. 그리고 2006년에는 산림정책 속에 등산지원정책의 원년을 열고, 등산지원정책의 토대를 마련하는 행정 책임자로서 뜻을 같이하는 동지들과 동분서주하기도 했다. 그 사업의 하나로 시작했던 '지리산 숲길'을 이곳 강원도에서 숲길을 만드는 팀원들과 다시 찾아 나섰다.

강원도는 장거리 숲길의 2대 기본 요소인 수려한 자연풍광과 문화자원이 풍부한 고장이다. 지난 2년 동안 북부지방산림청에서 국가 장거리 트레일로 구상한 숲길은 백두대간 등산로 외에 세 개의 노선이 더 있다. 첫 길은 오대산 두로봉에서 시작하여 양수리까지 오백 리 길의 '한강기맥 등산로'로 현재 정비가 한창이다. 두 번째 길은 강원 동북 지역의 삼둔 사가리를 거점으로 8개소의 약수를 순환하는 육백 리 길의 가칭 '둔·가리 숲길'로 현재 조사를 마치고 기본 틀을 짜고 있다. 세 번째는 양구의 펀치볼과 고산 늪지를 연결하는 백오십 리 길의 'DMZ 펀치볼 생태숲길'로 역시 올해 기초 조사와 기본 틀을 짤 예정이다.

걷는 숲길의 성공 여부는 옛길, 산길, 들길, 농로, 마을도로 등의 선적 자원과 주변의 생태, 경관, 문화, 전통마을, 먹고 쉴 거리 등의 공간적 자원을 어떻게 잘 이어서 엮어주느냐에 달려 있다. 이 자원을 이어주는 노선 선정은 원칙적으로 접근성, 생태·경관성, 휴양성, 편의성 및 난이도 등의 특징들을 꼼꼼히 따져서 선정될 예정이지만, 수많은 갈림길에서 어떤 길을 선택하느냐에 따라 그 길을 걷는 사람들에게 완전히 다른 영감을 주게 될 것이다. 이럴 때 생각나는 시가 로버트 프로스트의 〈가지 않은 길〉이다. 어느 한 길을 선택함으로써 인생의 결과도 달라지고, 선택하지 않은 길에 미련을 두게 된다.

그러나 우리가 걸어온 길을 되돌아보면 의미 없는 길은 없다. 인생길은 정답도 오답도 없다는 속담이 있듯 우리가 방랑해온 길, 선택한 길 그 자체가 각자에게는 지고지선의 길일 것이다. 강원지역에 새롭게 엮어가는 세 숲길이 향수병에 힘들어하는 현대의 방랑자들에게 각각 매력 만점의 명품 숲길로 탄생하길 기대해본다. 인생의 방랑자들이 동경하는 새로운 풍경과 문화가 만나 소통하는 길, 아련한 자연의 경이로움에 젖어 향수를 달래주는 길, 바쁘고 복잡한 일상에서 벗어나 느리고 단순한 여유를 회복해주는 길, 나아가 영적 자유와 자아의 완성으로 인도하는 숲길들이 전국 방방곡곡으로 이어졌으면 좋겠다.

유람의 풍류정신

김태준

    지금은 잊힌 중국의 옛 풍습으로 '행行'이란 이름의 '길'의 신神이 제사를 받았다는 데서 이야기를 시작하고자 한다. 《예기禮記》에는 천자天子를 비롯한 대부와 선비가 각각 천지와 산천과 오사五祀에 제사를 지내는 예법을 규정하고, '오사'라는 다섯 가지 제사 가운데 겨울에는 '길의 신[行]'에 제사를 지냈다고 한다. 어찌 겨울 뿐이겠는가? 옛 사람들에게 '길'은 삶을 이루어가는 현장이자, 인생 항로 그 자체였던 뜻을 짐작케 하는 대목이다. 꼭 '길의 신'이 아니라도, 우리 문화에도 마을 뒷산에는 산제당山祭堂이나 서낭당을 모셔 산신[洞神]에게 제사를 지내고, 마을 어귀에는 법수나 장승을 세워 오가며 절을 하기도 하고 제사를 지내기도 했다. 내가 사는 축령산 길에는 곳곳에 목장승을 세워놓아, 자주 이 길을 걷노라면 약간의 눈인사라도 표해서 길을 걷는 고마움을 전하고 싶어진다.

    《제왕운기帝王韻紀》의 〈신라기〉에서 이승휴李承休는 신라 사람들이 "남녀가 평화스런 모습으로 길을 나눠 다니고 / 양식을 싸지 않고 여행하고 문도 닫지 않았다土女熙熙分路行 / 行不齎糧門不閉."(황순구 역주,《해동운기》)고 했다. 이것이 모두 길의 문화를 말해주는 것일 터이다. 일찍이 신채호申采浩 선생도 신라의 화랑花郎이 상고시대에 있었던 소도蘇塗 제단의 무사武士이며, 고구려의 조의선인皂衣仙人과 같은 것이라고 한 바 있는데(《단재 신채호 전집》중권), 이 화랑의 유산遊山 풍속도 제의적 성격이 강했다. 임금의 순유巡遊에서도 정치적 성격뿐 아니라 제의적 성격 또한 적지 않아서, 여기서도 민족 고유의 풍류風流 정신을 찾을 수 있다.

화랑도의 경우는 한국의 옛 문헌 가운데 특히 '노님[遊]'의 개념과 사례가 가장 많이 보여. 우리 놀이[遊] 문화의 제의적, 풍류적 성격을 이해하는 중요한 방식이 될 만하다. 이와 관련해서는《향가와 만엽집 작품의 비교연구》(2009년, 이연숙 저, 제이엔씨)에 나타난 우리의 향가鄕歌와 일본의 만엽집萬葉集의 '유遊'의 개념을 비교 고찰한 글도 있어 흥미를 더한다. 이 연구에 따르면 한국의 '노님[遊]'은 화랑과 왕들이 신에게 제사를 지내는 제의적 목적이 일차적이었음을 알 수 있다.

《삼국유사》에는 화랑제도에 앞서 원화源花를 받들었다고 했는데, 처음에 임금과 신하들이 인물을 알아볼 방법을 근심하여 무리들을 모아 떼 지어 놀게[群遊]하였다고 했다. 그리하여 그 노는 행실을 본 뒤에 뽑아 쓰고자 하여 아름다운 두 여자를 뽑았다고 했는데, 이렇게 모인 무리는 무려 삼백여 명에 이르렀다고 한다. 그러나 처음 뽑혀 온 아름다운 두 여자, 남모南毛와 준정俊貞은 아름다움을 다투다 서로 질투하게 된다. 준정이 남모를 제 집으로 유인하여 술을 권하고, 취하자 끌어다가 강물에 던져 죽여 버렸다고

길을 걷는 뜻이 무엇인가?
자연을 사랑하고 길이 주는 혜택에 감사하면서 자연과 하나가 되는 예의,
'노님'의 풍류를 키워가야 할 일이 아니겠는가?

272

한다. 그리하여 준정 또한 사형에 처해지고, 무리들은 화목을 잃고 흩어지고 말았다. 그 뒤에 다시 얼굴이 아름다운 사내들을 뽑아 화랑花郎으로 받들게 하였는데, 이들은 "도의로 서로 연마하고[相磨以道義], 노래와 춤으로 서로 즐기며[相悅以歌樂], 산천을 찾아 노닐었다[遊娛山水]."는 기록이 있다.

이 역사 기록 속에서 두 가지 '노님[遊]'과 만날 수 있다. 그 하나는 임금이 인물을 알아볼 방법으로 무리를 모아 떼 지어 놀게 했다는 '군유群遊'가 있고, 다른 하나는 화랑으로 하여금 산천을 찾아 노닐게 한 '유오산수遊娛山水'가 그것이다. 모두 그 '노님'이 예의와 서로 즐기는 제의에 가까웠다고 할 만하다.

신문에 따르면 우리 사회에 '올레 선풍'을 일으킨 제주의 경우, 지난해 25만 명이 다녀갔고, 올해는 40만 이상의 올레꾼들이 몰려들 것이라고 한다. 이런 걷기의 새 풍속과 함께, 한편으로 "제주 올레길 몸살" "송악산 말미 오름 곳곳이 만신창이"(《서울신문》 2010년 4월 24자)와 같은 기사가 눈에 띈다. 어찌 제주의 올레길 뿐이랴? 온 나라가 걷기 열풍이다. 이런 유람의 풍속은 환영할 일일 터이지만, 길을 걷는 뜻이 무엇인가? 자연을 사랑하고 길이 주는 혜택에 감사하면서 자연과 하나가 되는 예의, '노님'의 풍류를 키워가야 할 일이 아니겠는가?

길 찾기와 지키기

신용자

'걷는 길'은 만드는 게 아니라 내는 것이라고 한다. 새로운 길을 뚫고 만드는 게 아니라 사라지는 옛길을 찾아 이어주고, 보듬어주며 살아 있는 길로 지키는 것이다. 그동안 개발 논리에 익숙해진 탓에 길은 편리해야 되고, 포장돼야 하고, 넓어야 한다는 하드웨어적 인식이 하루아침에 바뀔 리는 없지만 최근 걷기 여행을 시작으로 변화의 바람이 불고 있다.

찻길이 열리면서 옛길은 용도 폐기되었다. 마을과 마을을 오가던 지름길, 사람의 발길로 다져진 소로들이 핏줄처럼 뻗어 있었는데, 이제는 찾는 이도, 기억하는 이도 없는 사라진 길이 되었다. 혹자는 걷는 데 무슨 이유가 있으며, 아무 길이면 어떠냐고, 발길 가는 대로 가면 된다고 한다. 하지만 속도의 질주에서 벗어나 걷는 길은 지역의 삶의 자취가 고스란히 담긴, 자연의 일부가 되어 살아가던 선인들의 숨결이 밴 바로 그 길일 때 의미가 있다.

어쩌다 시골에서 길을 물으면 으레 "거긴 길이 없어." "한참 가야 되는

데…."라며 30여 분, 혹은 한 시간 남짓 걸리는 고개 하나 넘는 것도 멀다고 손사래를 친다. 예전에는 길을 물으면 "저어기, 조금만 가면 돼."라던 것이 무조건 걷는 길은 '멀다'로 바뀌었다.

우리가 쉽게, 편리하게 갈 것이라면 굳이 걸어서 길을 떠날 필요는 없다. 물오른 가지 끝에 발룩해진 꽃망울을 만나며, 온 대지에서 뿜어져나오는 생명의 함성을 들으며, 우주의 기운을 느끼려면 당연히 푸서리 좁은 길을 두 발로 뚜벅뚜벅 느리게 걸어야 한다.

올해부터 제주 올레에서는 포장길 걷어내기 사업을 시작한다고 한다. 옛 길이 문화재로 지정되고, 포장길이 흙길로 바뀌면 우리네 삶에도, 사회에도 과거와의 소통이, 자연과의 소통이, 화해가 시작될 것이다.

스페인은 세계문화유산이 가장 많은 나라이다. 그 중에서도 이슬람 건축 물들이 가톨릭 건축물과 결합한 무데하르 양식이 주목을 받는다. 인간이 만든 걸작으로 꼽히는 알람브라 궁전은 1492년 스페인을 통일한 이사벨 여 왕이 항복 조인식을 받은 곳이고, 콜럼버스가 신대륙 탐험을 떠났던 곳이 다. 후일 이 아름다운 궁전에 자신을 과시하려 했던 카를로스 5세 왕은 로 마식 건축물을 덧대어 짓는다. 그리고 그는 "세상 어디에도 없는 것을 없애 고, 세상 어디에나 있는 것을 지었다."며 후회했단다.

그렇다. 세상 어디에나 있는 것과 세상 어디에도 없는 것. 그것을 간파할 때 우리는 정체성을 찾을 수 있고, 그 지역의 특색을 살릴 수 있는 것이다. 어느 지역에나 있는 자전거 도로, 아파트 산책로, 그런 것들은 껍데기에 불 과하다. 춘천에는 춘천의 속살을 볼 수 있는, 어제를 볼 수 있는 고갯길과 물길이 있고, 지역마다 그 지역의 속살을 볼 수 있는 옛길들이 있을 것이다.

옛길을 찾기란 쉬운 일이 아니다. 발자취가 사라진 길을 찾으러 다니며 수많은 난관을 경험한다. 길을 찾기는커녕 조난의 위험에 직면하고, 어느 날엔 안개 속에 방향조차 가늠할 수 없었고, 때론 목숨 걸고 이 일을 해야 하는가 자문하기도 한다.

그러나 길을 잃고 헤매며 비로소 산신령이 있을 것이라는 믿음을, 무서움이 아니라 평온함을 느낀다. 내 안의 야성을 일깨워주는 시간들이 마력처럼 우릴 부른다. 주말이면 길동무와 같이, 때론 혼자서 이 동네 저 동네 고갯길, 물깨길, 고샅길을 누비고 다닌다는 게, 그곳에 얽힌 새로운 이야기들을 발견하는 게 힘들지만 재미있다.

언젠가 "아, 이런 길이 있었네."라며 즐거워할 '숲속의 방랑자들'을 위해, 마음으로 찍는 봄내길의 행복을 알려주기 위해 누군가는 먼저 나서야 할 것이라 위안 삼는다.

그런데 옛길을 찾는 것도 중요하지만 지키는 일도 중요하다. 최근 4대 강 살리기(?) 사업으로 대부분의 강둑길은 자전거 도로로 포장되고 있다. 우리에겐 흙길을 걸을 권리가 있다. 산업화가 일찍 시작된 영국에서는 1824년 '옛날식 소로 보존회'가 생겼고, 1826년 '스코틀랜드 통행권 협회'가 생겼다. 길은 공유의 유산이며, 자산이다. 그리고 이 모든 것은 '미래로부터 빌려 쓰는 것'임을 기억해야 한다.

산길의 두 가지 모습

한명희

제가 살고 있는 아파트 앞으로 야트막한 산이 하나 있습니다. 높이가 100미터를 조금 넘는 산이어서 동네 사람들이나 오르지 멀리서 찾아올 만한 곳은 못 되는 그런 산입니다. 여기에 무슨 문화재나 보물이 있는 것도 아니고 해서 더 그렇습니다. 그래도 삭막한 아파트 숲 사이에 이런 산이 있다는 것은 축복받은 자연의 선물입니다. 계절마다 다른 풍경을 제공해 줄 뿐만 아니라 약수까지 공급을 해주니까요. 해서 이 산에는 일요일은 물론이고 평일 낮에도 산책하는 사람들의 발길이 끊이길 않습니다.

자주는 아니고 가끔씩 이 산에 오를 때마다 늘 감탄하는 것은, 이런 도심 한가운데서도 나무들이 봄이 오면 어김없이 새잎을 피운다는 것입니다. 제가 무슨 감상주의자이거나 자연 예찬론자여서 이런 감탄을 하는 것이 아닙니다. 산에 올라보면, 아니 이 산은 오른다고 하기보다는 걷는다고 하는 것이 옳겠습니다. 산을 걷다보면 이 얕은 산에 길이 얼마나 많은지 놀라게 됩니다. 등산로가 하도 많아서 사람이 걸을 수 있는 곳은 모두 등산로로 변해 버린 느낌입니다. 게다가 이 산에는 돗자리라도 펼만한 공간에는 모두 배드민턴장이 만들어져 있습니다. 그러니까 이 산에서는 앉아서 휴식을 할 수는 없고 걷거나 배드민턴을 쳐야만 합니다. 이 작은 산에 약수터도 몇 개 있는 데다가 근린공원까지 있으니 산의 인구밀도가 정말 높습니다. 산에서 있는 나무 수보다 사람의 수가 더 많겠구나 싶을 정도로 이 산은 사람몸살을 합니다.

그런데 어디 제가 살고 있는 아파트 앞산만 그럴까요? 서울 근교의 산들은 모두 사정이 비슷하지 싶습니다. 그런데 이러한 악조건 속에서도 나무들은 잘 자라납니다. 봄이면 잎이 나고 여름이면 꽃이 피고 가을이면 단풍이 들고 겨울이면 잎을 떨구는 것이지요. 이것이 어떻게 가능한지 모르겠습니다. 이렇게 사람에 시달리고 자동차 공해에 시달리면서도 나무들이 살아가는 것을 보고 저는 이런 믿음을 갖게까지 되었습니다. 나무와 풀의 생명력은 정말로 대단하다고 말입니다.

두어 달 전에는 오대산을 산책했습니다. 월정사, 강원도민일보, 한국분권아카데미가 주최하는 순례길 조성 워크숍이 끝나고였습니다. 오대산의 천년의 숲길은 이미 일반에 널리 알려져 있습니다. 이번에 걸은 길은 비공개된 길이었습니다. 월정사에서 상원사 가는 길을 따라 올라갔습니다. 길이 막히면 계곡을 건너기도 하면서 올라갔지요. 정념 주지 스님, 분권아카데미 원장님, 오대산 국립공원 소장님 등 여러분이 함께 이 길을 걸었습니다. 같이 간 분들도 좋았지만 처음 가본 숲길은 정말 숨이 막히도록 아름다웠습니다.

악조건 속에서도 나무들은 잘 자라납니다.
봄이면 잎이 나고 여름이면 꽃이 피고 가을이면 단
풍이 들고 겨울이면 잎을 떨구는 것이지요.
나무와 풀의 생명력은 정말로 대단합니다.

그런데 아직 일반에 공개되지 않은 이 길을 누가 벌써 이렇게 많이들 다녀간 것일까요? 혼자라도 길을 찾을 수 있을 만치 선명하게 길이 나 있었습니다. 길이 나 있다는 것은 밟힌 풀들이 죽어버렸다는 의미겠지요. 적어도 50센티 내지 1미터의 폭으로 길이 또렷이 나 있었습니다. 분명 오늘은 우리 말고는 걷는 사람도 없는데 이렇게 길이 넓다는 것은 무슨 뜻일까요? 누군가 언제부터 이 길을 사람이 다니고 있냐고 물었고 다른 누군가가 올해 봄부터 다닌다고 대답했습니다. 물론 관계자들만 다니고 있겠지요.

저는 너무나 놀랐습니다. 나무와 풀의 생명력은 이렇게도 약했던 것입니다. 사람들이 몇 달 지나다니자 생명을 유지할 수 없게 되어 버린 것입니다. 그렇게 몇 달 사이에 사라진 식물의 개체 수는 수천, 수만이 되지 않을까요? 더구나 그 자리에는 새로운 생명도 싹트기 어려울 것입니다. 저는 그때 사람의 발길이 이렇게 무섭구나 하는 생각, 나무의 생명력이 이렇게 약한 것이구나 하는 생각을 했습니다.

저는 아직 나무의 생명력이 강하다고 해야 할지 약하다고 해야 할지 모르겠습니다. 약한 것도 같고 강한 것도 같습니다. 그러나 한가지만은 분명한 것 같습니다. 아끼고 보호하지 않으면 산길은 사라지고 만다는 것이지요. 계절별로 우리를 새로운 경탄의 세계로 안내하는 산길을 영영 잃을 수도 있다는 것입니다.

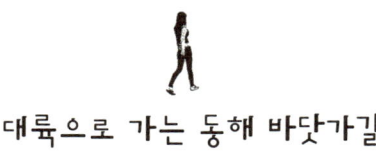

대륙으로 가는 동해 바닷가길

신정일

'대륙으로 가는 동해 트레일'이라는 이름은 2008년 2월에 선보인 대한민국의 새로운 관광프로젝트 이름이다. 부산 해운대 달맞이고개에서 두만강변에 있는 녹둔도까지 1400킬로미터의 기나긴 여정을 도보로 답사하기 위해 사단법인 '우리 땅 걷기'에서 시도한 것이다.

1차적으로 통일전망대까지의 18일간의 여정으로 실시한 동해 바닷가 도보 답사길은 스페인의 산티아고길이나 중국의 '차마고도' 와는 전혀 다른 길이다. 동해 푸른 바다와 수많은 포구, 그리고 해수욕장과 유형무형의 문화유산이 함께하는 길이라서 전 세계적으로 유행처럼 번지고 있는 도보 답사길 중 가장 풍광이 빼어난 길이라고 해도 전혀 손색이 없을 것이다.

또한 세계적으로 각광을 받고 있는 도보 답사처이자 순례자 길인 산티아고가 800킬로미터인 반면 부산에서 두만강까지의 동해 트레일은 1400킬로미터에 이르는 기나긴 여정이다.

푸르게 일렁이는 동해바다를 따라 한 발 한 발 걸어가며 우리 국토의 숨결을 느끼게 될 동해 트레일은 부산 해운대의 달맞이고개에서부터 시작된다. 대변항을 지나 기장을 거치면 울산이다. 울산을 지나 경상북도를 거쳐서 강원도의 원산과 함경도의 함흥을 지나 두만강까지 이어지는 길이 동해 트레일이다.

오천 년 숨결이 서리고 서린 역사의 현장이 도처에 산재해 있고, 자연 경관이 세계에 내놓아도 손색이 없는 이곳은 전설과 설화의 보고寶庫이다. 《삼국유사》에 실린 처용과 박제상의 이야기 그리고 문무왕 수중릉과 이건대가 있는 지역이 바로 경주일대 바닷가이다. 호미곶과 칠포의 바위그림, 그리고 포스코가 있는 포항을 지나면 영덕이다. 신돌석 의병장과 영해 민란의 무대인 영덕을 지나면 관동팔경 중 월송정과 망양정이 있는 울진이다.

삼척과 울진의 경계에 있는 고포를 지나면 강원도 땅이며, 죽서루, 경포대를 거치면 설악산이 지척이다. 청간정을 지나 고성에 이르면 김일성 별장과 이승만 별장이 있는 화진포가 멀지 않고, 금강산 자락에 있는 삼일포를 지나면 통천의 총석정이다. '명사십리 해당화'가 흐드러진 원산을 지나면 함흥에 이르고 "바람 찬 흥남부두 가봤으면 좋겠네."라는 노랫말 속에 나오는 흥남을 지나면, 칠보산이다. 그곳에서도 한참을 잊어버리고 가면 나라의 끝자락에 펼쳐진 강, 두만강에 이른다.

그 길에 펼쳐진 자연경관은 어떠한가, 모퉁이 돌아가면 포구와 항구, 맨발로 걸으면 더 좋은 곱디 고운 해수욕장이 끝없이 펼쳐져 있다. 해운대, 장사, 칠포, 대진 고래불, 용화, 망상, 경포대, 화진포, 원산의 명사십리 등 셀수도 없는 유수한 해수욕장에 산은 또 어떠한가. 낙동정맥과 백두대간에 펼쳐져 있는 크고 작은 산들 속에 내연, 두타 청옥, 설악, 금강, 칠보산 등은 한국의 바다와 산이 얼마나 절경인지를 유감없이 보여주고 있다.

포구에서 포구로 이어지는 동해 바닷길에서 나그네들의 미각을 사로잡는 맛은 얼마나 많은지…. 학꽁치, 멸치, 과매기(포항), 대게(영덕, 울진), 고포 미역, 오징어, 정어리, 청어. 명태식혜(거진) 등 셀 수도 없다.

수많은 등대들이 밤마다 깜빡거리고 깃발을 펄럭이는 배들이 바다로 나

갔다 돌아오는 동해안 곳곳에는 수많은 인물에 대한 이야기들이 숨어 있다.

고려 말의 이곡, 이색. 나옹화상 등의 흔적이 여러 곳에 남아 있다. 또한 조선시대에는 김시습, 이이, 양사언, 이언적, 이산해, 송강 정철, 박종, 겸재 정선, 단원 김홍도, 송시열 등과 허균, 허난설헌, 신사임당 등 수많은 시인 묵객들이 뒤를 이어 이곳 동해안에 흔적을 남겼다.

'동해 트레일'을 걷던 중에 미국인 관광객을 만났다. 어디를 가는 중이냐고

묻자 "한국의 바닷길이 너무 아름다워서 무작정 걷고 있다."는 대답이었다.

웰빙 건강법으로 회자되는 걷기 좋은 길을 만들어 푸른 바다와 함께하는 동해 트레일을 완성한다면 한반도뿐만이 아니라 세계적으로 이름난 관광 상품이 될 것이다.

동해 트레일을 완성하기 위해선 바다를 따라가는 길이 먼저 이어져야 할 것이다. 우선 끊어진 길은 잇고, 사라진 길은 불러내는 작업이 선행되어야 한다. 산이나 절벽 같은 장애물이 나타나서 걸을 수 없는 길은 등산로를 개설하고, 작은 지류는 다리를 만들어야 한다. 그리고 원자력 발전소(고리, 울진)나 포스코(포항), 현대중공업 같은 대규모 공업단지 같은 사업체들의 협조를 받아야 할 것이다.

또한 동해 트레일을 걷는 도보 답사자들을 위한 숙소를 마련해야 하고 동시에 구간 종주를 마친 사람들에게 인증서 발급을 위한 장치도 준비해야 할 것이다.

그리고 착공을 기다리고 있는 동해선 열차길을 활용하여 언제라도 기차를 타고 와서 며칠씩 걷고 다시 기차로 돌아갔다가 다시 걷는 코스를 개발해준다면 최상의 도보 답사처로 자리매김 될 것이다.

연인의 길을 디자인하다

김동식

연인이 된다는 것은 멀고도 험난한 길이다.

순정만화의 주인공처럼 아름다운 사람과 쉽게 만나고 이별했다가 다시 만나서 해피엔딩으로 끝나는 스토리는 현실 속에서는 좀처럼 찾아보기 힘들다. 그래서 나는 연인이 되는 과정을 길로 표현하고 디자인해보고 싶다.

가장 중요한 것은 이 길을 어디에 만드는가 하는 장소의 문제일 것이다. 젊은이들이 가장 많이 찾아가는 곳 중 한 곳인 강촌을 택했다. 강촌하면 떠올릴 수 있는 것이 낭만, 젊음, MT, 데이트 등과 같은 단어들이기 때문에. 연인의 길을 만들면서 디자인하고 싶었던 포인트는 네 가지였다.

1. 험난함 : 연인이 되는 과정에는 많은 난관이 생기게 된다. 마찬가지로 연인의 길 중에서 도입 부분은 험난한 길이다. 그러나 이러한 의도된 험난함에도 사실 길의 난이도는 다른 일반 등산로 수준에도 미치지 못한다. 우

리가 걷는 길을 디자인할 때는 정상으로 오르도록 만드는 것이 아니라 사람과 사람 사이로 길을 만들어야 된다고 믿는다. 나는 사람과 사람 사이 그 속에 길이 있고, 우리가 버려둔 많은 것들이 있다고 믿는다.

2. 지루함 : 초기 난관을 이기고 연인이 되었더라도 이어지는 지루함을 견뎌 이겨내야 한다. 아름다움은 오래 가지 않고, 곧 지루함으로 바뀐다. 연인의 길이 그렇다. 소양강변이라는 아름다움이 있으나 걷다 보면 어느새 처음의 아름다움은 사라지고 곧 길고 지루한 길이 이어진다.

3. 함께 가는 길 : 지루함 끝에서 연인들은 서로 지치게 된다. 이때부터 두 사람의 연인들은 서로 따뜻하게 안아주고, 상대방의 결점을 끌어안고 용서하고 포용하면서 배려하고 함께 걸어가야 한다. 그러나 현실 속에서 우리는 어떠한가? 맘에 들지 않으면 사정없이 상대방을 손가락질하고 다투고, 쉽게 뒤돌아서서 헤어지기도 한다. 연인의 길을 걷다 보면 지친 상대를 안아주고, 어깨동무한 채 지쳐 쓰러지고 싶어 하는 당신을 힘겹게 끌고 가야할 때도 있다. 누군가와 동행한다는 것은 말처럼 쉬운 일이 아니다. 그러나 진정한 연인이 되려면 인생의 모든 과정을 겪듯이 '연인의 길' 속에 숨겨진 이러한 과정들을 극복하면서 함께 길을 가야 하는 것이다.

4. 상대방과 나에 대한 테스트 : 연인의 길을 걷다 보면 평소에는 드러나지 않던 인간의 본성이 어쩔 수 없이 드러난다. 짧고 숨 가쁜 연애 과정에서야 일시적인 숨김이 가능하지만 연인이 되기 위해 오래 험난한 길을 걷다

오랫동안 길을 걷다 보면 어느새 길은 구부러져 내 자신 속으로 들어가 있다.
내 마음속으로 들어가 본연의 자아를 만날 수 있게 되는 것이다.

보면 그 사람의 본성이 때로는 숨김없이, 때로는 여과 없이 드러날 때도 있는 것이다. 그렇다고 상대방에게 실망해서는 안 된다. 상대방을 비난하기보다는 자신을 보라. 길을 걷는다는 것은 거울을 보는 것과 같다.

오랫동안 길을 걷다 보면 어느새 길은 구부러져 내 자신 속으로 들어가 있다. 내 마음속으로 들어가 본연의 자아를 만날 수 있게 되는 것이다. 상대방을 손가락질하지 말자. 그 손가락질을 한 손은 두 개의 손가락은 상대방을 향하지만 나머지 세 개는 냉엄하게 자신을 향하고 있다. 있는 그대로 받아들이는 것이 중요하다. 그것을 받아들일 것인가? 내칠 것인가? 하는 것은 상대방이 아닌 온전히 자신의 몫인 셈이다. 그래서 길은 구부러져 마음으로 들어오는 것이다.

연인의 길이 이렇게 내 손에서 디자인되었지만 이 길이 개통되기 전까지는 많은 어려움과 험난함이 기다리고 있다. 언젠가 연인의 길이 정식으로 개통되는 날 여러분들을 모시고 가슴 벅차게 걸을 수 있기를 고대해본다.

쪽빛 바다길

박수자

영덕 블루로더 B코스는 해맞이공원에서 축산항까지로 빼어난 경관을 자랑한다. 쉬엄쉬엄 소나무 숲길과 오른쪽 옆구리에 바다를 안고 걷는 길이다. 동해안을 경비하는 초병들의 순찰로를 연결한 길이다.

나무계단과 탄탄한 밧줄로 정비가 되어 있지만 유유자적 느슨한 길은 아니다. 둥글넓적한 돌밭도 지나고 밧줄을 부여잡고 오르막도 오른다. 낚시꾼들은 한가하게 시간을 낚고 너럭바위에서는 도시락을 나누는 사람들의 다정한 모습도 눈에 띈다.

바닷속이 훤히 보이는 청정한 길이다. 거침없이 달려와 바위를 때리고 흰 포말을 선물하는 파도에 사람들이 탄성을 지른다.

하얀 갯지치, 노란 나도냉이, 보라색 갯완두, 분홍색의 메꽃, 야생화들의 말간 얼굴이 지천으로 나타난다. 물살에 대낀 돌무더기에 언뜻언뜻 나타나는 바닷길 주변의 야생화는 숲속의 꽃들과는 색감이 다르다. 더 진하고 깊

은 원근법을 가진 색이라고 할까. 자주 눈길이 간다.

바닷속을 훤히 보며 가까이 걷는 길이라 바위를 때리는 파도를 선물받는다. 옷이 젖어도 웃는 사람들. 산산이 부서지는 파도에 왜 환호할까? 사람들은 자신의 삶이 평탄하기를 바라면서도 큰 바위를 향해 돌진한다. 우리도 꿈이 많았던 것이다. 한번쯤은 자신의 한계를 뛰어넘는 파도가 되고 싶었던 것이다. 아이처럼 튀어 오르는 물보라가 좋은 사람들.

영덕 블루로더, 노란 바탕에 푸른 파도가 그려진 팻말이 곳곳에 달려 있다.

부산 이기대를 출발하여 통일전망대까지 우리가 걷는 동해 해파랑길에는 또 많은 길들이 이름지어지고 만들어지고 있다. 오늘은 영덕 블루로더와 관동대로, 강릉 바우길도 만나게 될 것이다. 걷기 열풍 속에 지자체마다 길을 만들고, 길 속에 길이 있고, 중복되고 겹쳐진다. 이제 우리는 이 길들을 어떻게 모으고, 알리고, 발전시킬지 의견을 나누어야 한다.

이 길은 누가 만들고, 저 길은 어떤 단체가 만들고…. 자기 목소리만 내지 말아야 한다. 길은 누가 만들 수 있는 것이 아니다. 길은 나무꾼과 보부상 또 길을 나섰던 모든 사람들에 의해 만들어져 이미 존재해왔다. 그 길에 이름을 지어 의미를 부여하고 걷는 사람들에게 편의를 제공하고 안전을 보장해주고 있을 뿐이다.

모내기가 한창이었다. 논물에 산도 소나무도 들어와 있었다. 길이 '내 것이다'라는 마음을 얼비쳐 보라.

길 위에 행복한 사람들이 보이지 않는가?

길에도 이벤트가 필요하다

/

한명희

　정부 부처들마다 또 지자체마다 길 조성 사업이 한창이다. 이쯤에서 과연 어떤 길이 경쟁력 있는 길이 될 지 생각해보지 않을 수 없다. 행정안전부는 행정안전부대로, 문화체육관광부는 문화체육관광부대로, 또 국토해양부와 산림청은 각각 그 나름대로 갖가지 이름으로 전국에 길을 조성하고 있다. 이 모든 길이 주목받을 수 있을 것이라고 생각하는 사람은 아무도 없을 것이다. 어떤 길은 사람들의 관심 대상이 되는 반면, 어떤 길은 관심 밖으로 밀려날 것이다.

　교통수단이 없던 시절에는 사람들의 필요에 의해 자연스럽게 길이 생겼을 것이다. 과거시험을 보러 다니다 보니 산에도 길이 났을 것이고, 곡식을 실어 나르다 보니 소달구지가 다닐 수 있는 길이 났을 것이다. 소금을 실어 나르다 보니 자연 소금길이 생겼을 것이다. 땅뿐 아니라 물에도 이런 식으로 길이 났을 것이다. 떼꾼들이 궁궐 목을 나르다 보니 물길이 생기게 되었을 것이다.

그러나 요즘의 길이 만들어지는 요인 중에는 '관광객 유치'가 큰 부분을 차지하지 싶다. 제주 올레의 성공은 길의 관광 상품으로서의 가능성을 확인시키고도 남는다. 체험형 관광을 선호하는 요즘 추세에 비추어보면 자신의 두 발로 걸으면서 자연을 느낄 수 있다는 점에서 길은 중요한 관광자원이 아닐 수 없다. 그러나 길이 이렇게 전국에 동시다발적으로 만들어진다면 분명 들어간 사업비에 비해 관광객 유입 효과는 미미한, 그런 길들이 속출할 가능성이 있다. '승자독식'이란 말이 길에도 적용될 것이 분명하기 때문이다. 사람들은 유명한 곳, 소문난 곳으로 몰려가게 될 것이다.

길 조성은 자연자원을 활용하게 된다. 자연자원 자체가 다른 지역에 비해 비교우위를 차지하는 곳, 그러니까 자연경관이 아름다워 그것만으로도 사람들을 불러 모을 수 있는 곳은 다행이지만 그렇지 못한 곳은 어떻게 해야 할까? 자연경관은 하루아침에 바꾸어놓을 수 있는 것도 아니니 말이다. 다행히 이 시대의 트렌드는 점점 자연경관에서 이야기로 바뀌고 있는 듯하다. 사람들은 길 자체의 아름다움에 매료되기보다 길에 얽힌 이야기에 빠져든다. 이때 이야기라는 말은 감성이나 이미지 등으로 바꾸어도 좋다. 각 지자체마다 길을 조성하면서 스토리텔링을 도입하려고 애쓰는 것도 길에 대한 이야기의 중요성을 간파한 때문일 것이다.

춘천 증리 뒷산의 금병산은 길마다 김유정 소설 속 이야기가 굽이굽이 녹아 있다. 이름 하여 '실레 이야기길'이다. 화천의 '산소길'은 그 이름부터가 사람들의 주목을 끈다. 걷기만 해도 온몸에 산소가 스며들 것만 같다. '관동팔경 800리 길'은 그 길을 따라 걸으면서 정철이 누렸을 풍류에 동참하고 싶어지게 한다. 이들 모두 스토리텔링에 성공한 경우라고 볼 수 있다.

이러한 길들이 계속 주목받게 하려면 길에도 이벤트를 만들 필요가 있다. 길에서 어떤 이벤트가 가능한가에 따라 길 자체의 스토리텔링이 약한 곳도 얼마든지 화제를 불러일으킬 수 있기 때문이다. 남의 나라 얘기지만 일본의 '시코쿠 오헨로'는 길의 아름다움보다 섬 내의 88개의 절을 순례하고 차례대로 도장을 받는 것이 더 호기심을 자극한다. 사찰을 방문하는 것이 종교인들에게야 순례의 과정이지만 관광객에게는 하나의 이벤트인 것이다.

이미 많은 지자체가 길에서 이벤트를 열고 있다. 영월의 김삿갓 축제에서는 축제 기간 중에 삿갓에 지팡이 차림으로 김삿갓길을 걷는다. '시코쿠 오헨로'의 차림을 살짝 패러디한 느낌이지만 재미있는 이벤트다. 맨발로 걷는 행사를 하거나 길 관련 축제를 여는 것도 길을 위한 이벤트라고 해야 할 것이다.

길에서 열릴 수 있는 이벤트는 길 조성 기획 단계에서부터 반영되는 것이 좋을 것 같다. 길은 길대로 이벤트는 이벤트대로 따로 기획된다면 효율적이지 못한 이벤트가 될 가능성이 높다. 길 조성 단계에서부터 이 길에서는 어떤 이벤트가 가능할지 생각해보아야 한다. 단, 한 가지 단서가 있다. 자연 그대로의 길을 파괴하지 않는 선에서의 이벤트다.

길 만들기에 성과주의 배제해야

/

원종문

1960년대 이후 우리 사회는 국가가 주도하는 경제 중심의 성장 정책을 최우선으로 삼아 세계에서 유래를 찾을 수 없는 급속한 경제성장을 이루어냈다. 이제는 세계에서 순위를 매길 정도의 경제대국이 되었다. 경제성장은 국민들의 삶을 윤택하고 편리하게 해주었지만, 국민들의 정서적 측면을 빈곤하게 만들었다. 어느 순간부터 우리 사회에서 '성공'이란 단어는 '부의 창출'이라는 도식이 형성되었다. 이 도식에 따라 국민들은 경제적 논리에 포섭되었고, 이는 성과에 대한 집착과 압박, 지나친 빠름의 추구, 이기주의, 무임승차 등의 문제들이 순환되는 부작용으로 나타나고 있다.

그러나 2000년대 이후 우리 사회에서는 이러한 부작용의 순환을 끊어낼수 있는 다양한 창조적 시도들이 전개되고 있다. 국가 중심의 논리에서 지역 논리로, 빠름보다는 장기적 안목과 계획을 안배한 느림으로, 이기주의보다는 상생을 위한 네트워크 사회로, 무임승차보다는 참여를 통한 소통으로의 시도가 그것이다. 이런 시도들이 우리 사회에 좋은 변화를 이끌어내고 있는 것은 사실이지만 한계 또한 내포하고 있다.

특히 '성과에 대한 압박과 집착의 순환' 부분의 문제는 여전히 풀기 힘든 숙제이다. 아이러니하게도 우리 사회에서 이런 변화를 주도하는 주체 대부분은 관 또는 관의 재정적 지원을 받아 운영되는 단체들이다. 사업과 성과를 기반으로 국가예산이 배정되기 때문에 예산을 받아 사업을 진행하는 기관은 사업을 속도감 있게 진행해 조금이라도 빨리 성과를 내려 한다.

지난해 모 부처에서 주최한 '걷는 길' 조성과 관련된 토론회에 참석한 적이 있었다. 토론회는 크게 각 부처들의 사업계획 발표, 민간 전문가들의 '걷는 길' 조성 문제와 대안에 대한 발표와 토론이 주가 되었다. 민간 부분의 발표는 걷는 길의 나아갈 방향과 문제점 개선을 위한 실질적인 고민을 담아냈고, 서로 좋은 의견들이 개진되어 일정 부분 공감대가 형성됐다고 생각한다. 중앙부처 각각의 발표에서 일정 부분 서로의 역할과 관점에 대해 인지하고 있다는 것을 느낄 수 있었지만 인상적인 부분은 '걷는 길' 조성의 주체가 누가 되어야 할지에 대해 서로 공방전을 펼치는 장면이었다.

최근 걷는 사람들이 많이 생겨나고, 미디어를 통해 '걷는 길'이 소개되면서 '걷기'와 '걷는 길'에 대한 국민적 관심이 증대되고 있다. 이렇다 보니 길 만들기 사업은 대중의 요구에 부합하는 '성과 내기 좋은 사업'이라는 인식이 생겨났고, 포퓰리즘에 입각한 정부부처들은 서로 사업을 자신들의 것이라고 주장한다. 또한 지방행정기관들은 각각 중앙부처에서 시행하는 '걷는 길' 조성 관련 공모사업에 너나 할 것 없이 진입하고 있다. 가장 큰 문제는 특정 주체 없이 사업이 진행되고 있다는 것이다. 그렇기 때문에 중앙에서는 상호 협의와 협력 없이 중구난방 식으로 사업을 계획하고, 이런 계획에 따라 각 지역은 지역 자원과 특성에 대한 충분한 고민 없이 좋은 자연환경과 경관에만 의존해 경쟁력 없는 통일된 길들을 양산하고 있는 것이다.

좋은 길을 만들기 위해서는 성과주의를 지양하고, 각 행정기관 간 양보와 타협을 통해 길 만들기 사업의 주체를 확정해야 한다. 또 장기적 종합 계획과 소프트웨어가 중심이 되는 인프라 구축을 통해 '걷는 길'에 생명력과 경쟁력을 부여해야 한다.

찾고 싶고, 걷고 싶은 길은 마음과 마음이 맞닿는 길이어야 한다.

길 조성의 두 마리 토끼, 환경보존과 지역경제 활성화

/

한명희

    중앙부처의 길 관련 사업이 본격적인 궤도에 오른 듯하다. 환경부의 생태문화탐방로 조성사업, 문화체육관광부의 문화생태탐방로 조성사업, 산림청의 산림문화체험숲길 조성사업, 국토해양부의 아름다운 해안순례길 조성사업, 행정안전부의 평화누리길 조성사업, 명품 녹색길 조성사업으로 국토 곳곳에 길이 만들어지고 있다. 일부 길은 이미 성공적으로 조성되어 많은 사람들을 불러 모으는 것으로 알려져 있다.

    길 관련 사업들의 평가지표에 빠지지 않고 들어가는 것이 '친환경'이다. 사업에 따라 '환경 훼손 및 생태계 교란 방지 등 환경보존 계획의 적정성'을 평가하거나, '자연자원에 위해성이 없는 위치, 규모, 색상, 재료 등'을 사용하여 탐방시설을 만드는지 본다. 어떤 사업은 '전체 노선 중 흙길과 자연노면 길이의 비율'을 따지기도 한다. 이 모두가 자연친화적인 길을 만들겠다는 의지의 표명으로 느껴진다.

그러나 대부분의 길 조성사업은 그 자체가 환경보존과는 반대되는 지점에 놓여 있는 듯하다. 길을 조성하면서 만들고 있는 많은 시설물들 때문이다. 현재의 길 조성사업은 대부분 관광과 연계되어 이루어진다. 길이 지역경제의 활성화에도 기여하도록 하려다 보니 자연스럽게 그렇게 되는 것이다. 그런데 문제는 시설물이 자꾸 늘어난다는 것이다.

다른 지역의 관광객을 불러들이려니 주차장을 만들지 않을 수 없다. 주차장을 만들고 나면 화장실도 만들어야 한다. 걷기 코스가 대부분 네다섯 시간 정도로 이루어져 있고, 긴 곳은 열 시간이 넘는 곳도 있으니 화장실이 필요해지는 것이다. 어디 그뿐인가. 낯선 곳에서 온 손님들을 위해 관광안내판도 만들어야 한다. 걷기가 힘든 사람들은 쉬어갈 수 있게 쉼터도 조성해야 하고, 혹 음료수를 찾는 사람을 위해 휴게소도 만들어야 한다. 전망이 좋은 곳에 전망대를 설치해야 하고, 안내판도 설치해야 한다. 코스 안내는 기본이고 지명 유래부터 코스 관련 설화까지 설명해야만 한다. 지역주민을 위해서는 지역특산물센터도 만들어야 한다. 이러니 시설물이 자꾸만 늘어나게 된다.

길에 대한 안전계획도 때로는 환경을 파괴하게 되는 요소로 작용한다. 편리한 도보를 위해 길의 폭을 확장해야 하고 바닥도 포장해야 한다. 길이 끊어진 곳은 복원해야 한다. 미끄러짐 방지를 위해 계단도 만들어야 하고, 로프도 설치해야 한다. 때로는 배수로를 정비하고 데크를 설치해야 한다. 오래 걸을 사람들의 무릎 보호를 위해 바닥에 우레탄을 깔기까지 하는 것이다.

이러한 모든 시설물들이 자연환경을 파괴하게 될 것이라는 사실은 자명하다. 환경파괴의 우려에 대한 지자체의 대응책은 신규개발을 최소화하고 친환경 자재를 사용하겠다는 것뿐이다. 친환경 자재를 사용해서 시공을 하면 과연 친환경이 되는 것일까?

길을 조성하면서 환경도 보존하고 지역경제의 활성화에도 기여하는 두 마리 토끼를 잡을 묘안이 필자에게는 없다. 그러나 사람들에게 "우리 조금 불편해지자."고는 말할 수 있다. 문명화된 현대인에게 길을 자연 그대로 즐기라는 것은 너무나 어려운 주문인지도 모른다. 인간의 본성은 편리함을 추구하기 때문이다. '걷기'의 참맛이 불편함을 감수하는 것이라고 아무리 말해보았자 편리함에 길들여진 몸은 받아들일 틈이 없을 것이다. 그러나 다시 한 번 생각해보자. 왜 많은 시간과 비용을 들여 걸으러 가는 것인가? 요즘의 우리는 동네를 걷는 것에는 만족하지 못하고 시간을 쪼개고 돈을 들여 일부러 걸으러 멀리 가지 않는가 말이다. 이제는 이동 수단으로서의 걷기가 아니라 여가 행위로 걷기가 대세다.

우리가 애써 걷는 것은 몸의 불편함을 통해 정신의 만족을 얻고자 하는 것이 아닐까 싶다. 따라서 진정 걷기를 즐기는 사람에게 불편함은 당연히 감수해야 하는 어떤 것이 되어야 한다. 더구나 그 불편함은 자연이 우리에게 주는 '혜택' 같은 것이다. 예견하건대, 불편할수록 더 많은 사람들이 몰리는, 그래서 결국은 그 지역의 주민들에게 더 많은 이익을 돌아가게 되는 그런 날이 올 것이다. 적어도 걷는 길이라면 말이다.

● 안동규

도보 여행가이자 교육자, 현재 한국분권아카데미 원장 및 한림대학교 재무금융학과 교수로 재직 중이다.
서울대학교를 졸업하고 미국 듀크대학교와 오하이오주립대학교에서 경영학 석·박사 과정을 마쳤다. 뉴질랜드에서 교수생활을 하며 자연을 탐닉했었고 2003년 '지역이 살아야 나라가 산다'라는 믿음으로 지역의 지식인들과 한국분권아카데미를 설립하고 운영해 오고 있다. 그의 자유분방한 생각과 다양한 재능은 학교차원의 활동, 시민사회 운동, 2018 평창 동계올림픽 유치를 위해 발현되었고 언제나 소외된 지역을 위해 고민하고 연구하며 기도한다.

● 구길본

숲 에세이스트이자 산림전문가. 현재 국립산림과학원장으로 재직중이다.
경남 진주에서 태어나 경상대 임학과를 졸업한 뒤 기술고시(제16회)를 통해 산림청에 들어와 국제협력과장, 산림보호과장, 산림자원국장, 산림이용본부장 등을 거쳤다. 2008년 1월부터 북부지방산림청장으로 있으면서 강원도 내 영서지역과 수도권지역 국유림 경영을 선도하며 녹색복지국가 구현에 힘써 왔다.

● 한명희

교육자이자 시인. 현재 강원대학교 스토리텔링학과 교수로 재직 중이다. 1966년 대구 출생으로 1992년 시와 시학사 신인상을 수상했다. 서울시립대학교 국어국문학과를 졸업하고 서울시립대학교 대학원 석·박사를 취득했다.

● 원종문

길 조성 기획자이자 칼럼리스트. 현재 한국분권아카데미 지역연구 팀장으로 활동중이다.

충북 제천에서 태어나 아버지의 고향인 영월과 어머니의 고향인 청풍에서 멋진 산과 강을 눈에 담고 동경하며 자랐다. 고향 인물인 산악인 허영호 대장의 중학교 후배이기도 하고 한때 같은 동네에 살았던 적도 있어 자연스럽게 그를 동경했었다.

대학에서 사회학을 전공한 후 소외된 지역의 권리를 찾기 위해 노력하는 한국분권아카데미에 몸담으며 공무원, 마을주민 등을 대상으로 한 교육과 각 지역의 특색을 살리는 발전 전략 구상 등에 매진하였다. '걷는 길'의 가치는 개인과 지역을 유기적으로 연결하는 것이라 생각하며 강원도 명품길 자문위원으로서 '걷는 길' 조성에 대한 평가와 조언, 걷는 길 연구(노선 발굴 및 조성 기획 등), 조성단체와 교류, 길 칼럼 등을 진행해 오고 있다. 길 위에서 더 많은 사람들이 사랑하고 행복해질 수 있도록 최근에는 「강원도 '걷는 길' 조성 및 관리 · 운영 지원에 관한 조례」 제정에 힘쓰고 있다.

● 안은주

길 컬럼리스트이자 도보 여행가. 현재 제주올레 사무국에 재직중이다.

충남 천안 출생으로 이화여대 국어국문학과 졸업 후 웅진출판 잡지본부 기자(1994년~1999년), 〈시사저널〉 경제과학 기자(1999년~2007년), 〈시사IN〉 경제 기자(2007년~2008년)로 활동했다. 2008년부터 제주올레 사무국 직원으로 활동하고 있다.

● 김동식

(사)지역디자인센터 대표이사로 재직중이며 카카오페이지에서 작가로 활동중이다.

1971년 강원도 정선에서 태어나고 자랐다. 고등학교 때부터 유학의 길을 떠나 강릉고등학교, 강원대학교를 졸업하였다.

저서로 《떠나자 세계로》, 《얼굴 없는 살인자》 등이 있다.

걷는 길 조성사업에 대한
문제와 대안 정책
-한국분권아카데미

최근 우리 사회에 나타나고 있는 주 5일 근무의 확산, 삶의 질에 대한 관심의 증가, 소득 향상, 핵가족화, 자가용 보급의 증가 등의 변화들은 자연, 자유, 개성, 건강 등의 키워드를 중심으로 하는 새로운 관광의 패러다임을 만들어내고 있고 이 키워드 모두를 포함하는 관광형태가 걷기를 통해 지역과 자연을 만나고 체험하는 도보 여행이다. 특히 2008년 이후 제주 올레길과 지리산 둘레길의 성공은 도보 여행이 지역에는 관광수익을, 국민들에게는 여가선용과 건강증진이라는 두 마리 토끼를 잡을 수 있는 생산적인 활동이라는 이미지를 심어주었다.

　　걷는 것은 늘 무엇인가와 만나고 접하는 활동이며 걷는 사람과 걷는 지역의 모든 사물이 밀착되도록 연결하는 태생적 에너지를 기자고 있고 '걷는 길'은 걷기의 무대가 된다. 그렇기 때문에 걷는 길과 걷기는 서로 떨어져 독립적으로 펼쳐져 있는 지역의 역사, 문화, 환경, 지역정서, 특성, 사람 등을 하나로 묶어내는 역할을 하는 동시에 다양한 발전적 관계와 수요를 파생시켜 지역사회의 활력과 경제 활성화를 동시에 확보할 수 있는 새로운 성장 모델로 주목받고 있다.

"길은 육체와 정신을 치유한다"
"길에서 만나고 배운다"

" 길은 지역자원과 연결되어 지역의 활력을 증진시킨다 "

" 길은 만물을 연결하는 소통의 공간이다 "

    우리나라는 설화, 역사, 문화, 음식, 청정자연 등의 다양하고 품격 높은 자원과 선조들의 삶의 모습들이 투영되는 옛길, 유구한 역사를 간직한 많은 길들이 존재하지만 이러한 자원과 길들이 산재되어 있어 활용을 하기 위한 응집력은 떨어진다. 이에 전 국토에 펼쳐진 가치 있는 자원들을 '걷는 길'을 통해 연결하고 문화, 자연, 사람, 경제가 순환되는 도보 여행 중심의 선순환체계를 구축하여 길과 길, 길과 사람, 길과 자원의 연결을 통한 지속 가능한 내재적 발전을 이끌어내야 한다.

    그러나 '걷는 길'이 주목받고 난 후 시행된 정부정책과 이에 따른 '걷는 길' 조성은 많은 문제들에 직면하고 있다. 이에 이 장에서는 '걷는 길' 조성 사업에 대한 문제와 대안 정책을 간략히 제시해보고자 한다.

1. 국내 길 조성사업 현황

* 6개 중앙부처에서 사업 추진 중

부처	길 이름	개 념	사업규모 및 특징	관리
환경부	국가생태 문화 탐방로	생태적 자원과 생태적 배경을 가진 역사·문화자원을 보다 쉽게 찾고 즐기고 배울 수 있도록 국가와 지자체가 의도적이고 체계적으로 선정, 조성, 관리하는 도보위주의 길	−3대 탐방권역 구분(강, 해안, 숲 생태) −국가급 탐방로 1,000km 지정 및 조성(2012년 까지) −전국단위 연결 탐방로 1,500km 조성(2017년) 예정	환경부, 지자체, 국립공원 관리공단
	국립공원 둘레길	국립공원의 정상정복 위주의 등산문화 개선과 정상부 훼손 저감을 위해 국립공원 저지대에 둘레길 조성	−북한산국립공원 둘레길과 태안해 안국립공원의 해 안길 일부 조성된 상태	
문화체육 관광부	문화생태 탐방로	지역의 아름다운 자연과 문화·역사자원을 특성 있는 스토리로 엮어 국내·외 탐방객들이 느끼고 배우고 체험할 수 있는 도보 중심의 길	문화·생태·복 합형으로 구분 −2009년 7개소 2010년 10개소 2011년 11개소 2012년 10개소 총 38개소 선정 (강원도 6곳) −2017년까지 1,200km 조성 중	문체부, 지자체
	해파랑길	부산을 시작으로 동해안의 절경을 따라 고성에 이르는 국내 최대 장거리 트레일	−2010년부터 830km 조성 중	
산림청	산림문화체 험 숲길	남녀노소 누구나 쉽게 이용할 수 있는 지역 고유의 산림생태, 문화, 역사자원을 감상하고 체험할 수 있도록 수평적으로 조성하는 장거리 걷는 길	−2016년까지 7개 권역(12개소) 1,500km 조성예정	산림청, 지자체
국토 해양부	산림청, 지자체	자연적으로 형성되어 있거나 이미 개발된 바닷가 숲길, 산책로, 마을길 중 걷기 편하고 주변경관이 우수하여 해양문화·역사를 체험 할 수 있는 길	−52개 노선 505,1km 선정	국토부, 지자체

부처	길 이름	개 념	사업규모 및 특징	관리
국토 해양부	누리길	지역주민들을 위해 개발제한구역 내 조성되는 친환경 산책탐방로	–10개 노선 155km 선정	
	동해안권 녹색경관길	강원·경북도의 7개시·군과 협력해 추진 중인 해안권발전 시범사업으로 강원 고성 대진등대 일원부터 해안을 따라 경북 울진의 월송정까지 남한지역에 위치하는 경포대·청간정 등 6개의 관동팔경을 연결하는 330여km의 도보길	–2014년까지 280억 투입(국고보조 140억) – 279km 조성 중	국토부, 지자체
	섬진강 100리 테마로드		– 42km	
행정 안전부	녹색길	지자체가 조성한 탐방로 중에서 사람 사는 냄새가 나고 문화가 살아 있으며 삶의 희노애락이 고스란히 배어 있는 길	–125곳 선정 5개 테마로 구성 (문학·예술, 삶, 생태·평화, 명상, 바다·강) – 1,541km 조성 예정	지자체
농촌 진흥청	그린로드	다양한 농촌어메니티를 가진 마을과 마을을 이야기와 자연을 통해 연결한 길로 출발지와 도착지로 이용되는 마을의 개념을 확장하고 동선을 테마화해서 하나의 복합 문화 공간으로 재탄생하고 있는 농촌의 길	–11개 노선 선정	지자체

2. 국내 '걷는 길' 조성사업의 문제와 한계

2-1. 행정 주도의 걷는 길 조성 추진상의 한계
· 걷는 길 조성 및 관리·운영의 지속성 확보를 위한 제도적 장치 부재.
· 길 조성을 위한 행정의 통일성 및 전문성 부재.
· 기관 내에 길을 조성하는 부서의 중복 편성으로 인한 혼선.
· 조성되거나 되어 있는 길들에 대한 종합 현황 파악 미흡.
· 순환근무제 및 인사행정의 반작용으로 인한 업무에 대한 전달과 이해
  에 문제가 발생하기 때문에 각 자치단체별 길 조성 업무 담당자는 전
  문성이 없는 상태에서 업무를 수행.
· 행정이 수행할 수 없는 민간부분의 자유로운 활동을 기대하기 어려움.

2-2. 안내시스템의 부재 (안내체계 및 브랜드 이미지 등)

2-3. 민간주체 및 민관 협력시스템의 부재
· 대부분의 길에는 민간운영 주체가 없음.
· 걷기 행사와 같은 이벤트성 행사 일부만 민간과 관이 협력하여 추진.

2-4. 길과 연계된 상품과 프로그램 부재
· 길과 연계된 상품으로 먹을거리가 대부분을 차지.
· 프로그램은 대부분 단체여행객을 안내하는 형태로 진행.

2-5. 길과 길, 길과 지역, 길과 지역주민 상호 간 연계성 미흡
· 기초자치단체별로 상이한 이해관계(지역 이미지 고양, 정치적 배경,
  성과 등)로 인하여 광역단위의 길을 조성하는 것은 매우 어려운 상황.

- 광역 차원에서 검토되고 있는 사항도 없는 실정이기 때문에 각 지역과 지역을 연결하는 광역 단위의 길이 없는 상태.
- 기초 자치단체별로 사업이 추진되도록 예산이 배정되어 광역단위의 길이 조성되기 어려운 구조를 가지고 있음.
- 대부분 '걷는 길'들은 10킬로미터 미만으로 조성되어 체류형 관광을 위한 필수 요소를 갖추지 못하고 있으며 이로 인해 길이 지역민의 소득창출 및 지역의 다양한 자원들과 연계되어 지역에 기여하는 부분이 낮음. 관광객의 체류 및 소비를 유도하기 위해서는 각 구간별 연장이 10~20킬로미터 이상 조성이 되어야 함.

2-6. 홍보 · 마케팅의 전문성 부족
- 대부분 구전 또는 활동가(관리 · 운영단체)들을 통해 마케팅이 이루어짐.

2-7. 길 연구 활동 및 길 조성을 위한 기본계획의 부재
- 길 조성과 관련하여 길에 대한 학습, 자료수집, 검토 등과 같은 사전 활동이 길 조성 전에 이루어지지 못하고 있기 때문에 지역의 정체성을 살린 길들이 조성되지 못함.
- 전문적 연구와 조사를 통한 조성의 타당성 분석, 조성계획, 길 조성 방법 등의 질적 부분이 간과되고 있기 때문에 현재 도내 길 조성사업은 혼란이 가중되고 있음.

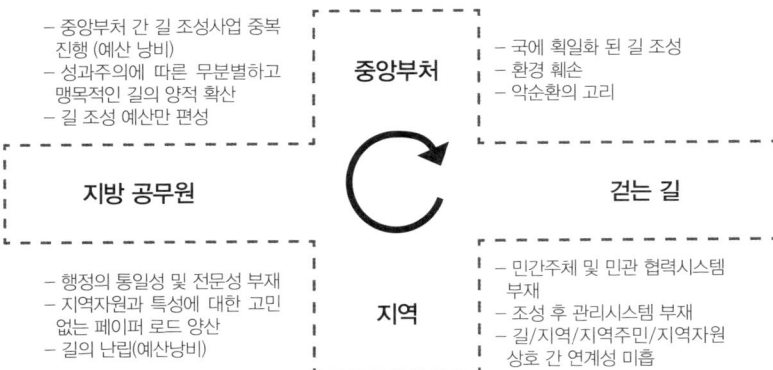

- 중앙부처 간 길 조성사업 중복
  진행 (예산 낭비)
- 성과주의에 따른 무분별하고
  맹목적인 길의 양적 확산
- 길 조성 예산만 편성

중앙부처

- 국에 획일화 된 길 조성
- 환경 훼손
- 악순환의 고리

지방 공무원

걷는 길

- 행정의 통일성 및 전문성 부재
- 지역자원과 특성에 대한 고민
  없는 페이퍼 로드 양산
- 길의 난립(예산낭비)

지역

- 민간주체 및 민관 협력시스템
  부재
- 조성 후 관리시스템 부재
- 길/지역/지역주민/지역자원
  상호 간 연계성 미흡

3. 좋은 길을 잇는 방법

3-1. 잇고 조성하기

길 조성 기본계획 수립

광역 또는 기초자치단체별로 각 지역의 역사·문화·경관 등의 자원들이 걷는 길을 통해 연계되며 자연보전·복원을 최우선으로 하는 기본계획을 수립하여 이를 바탕으로 한 체계적 길 조성 필요(조성 방법 및 기준안, 안내방법 등).

길자원 발굴 및 길 브랜드 구축

지역 내 혼재되어 있는 길 자원과 연계자원 등을 발굴하고 데이터화하여 이에 대한 정리·분석을 통해 각각의 길에 맞는 테마와 콘텐츠 개발을 통한 길 브랜드 구축 필요.

통일성 있는 길 안내시스템 구축

— 현 상황에서 안내체계는 중앙부처 간, 중앙부처 지자체 간, 중앙부처 민간단체 간 상호 협력을 통해 함께 표시하는 것이 바람직함.

— 향후 도를 대표하는 길 브랜드 및 안내시스템에 현재 조성 중인 사업의 안내 BI 등을 포함하여 재구성하는 것이 바람직함(2014년 길 조성 사업 이후).

조성 방향 정립

· 지역의 예술, 역사, 문화가 살아 있는 길 만들기.

· 있는 그대로의 길 잇기.

· 사라진 옛길 복원하기.

· 아스팔트길 피하기.

· 이정표와 인위적 시설은 최소화하기.

· 마을과 마을, 자원과 자원, 사람과 사람을 연결하는 길 만들기.

· 지역에 활력을 불어 넣는 길 되기.

안내체계 구축 방향 정립

· 인위적 신규 안내시설 설치 최소화.

· 길 위에 존재하는 지형지물 적극 활용.

· 부득이 한 경우 최대한 자연친화적으로 안내시설 설치.

지역밀착형 노선 발굴 및 민간참여 활성화

조성 중인 길들은 단조롭게 해안을 따르는 노선으로 구성되어 지역과 연계성이 떨어짐. 이에 지역의 소득 창출과 이어지기 위한 다양한 지역밀착형 노선 발굴 필요(지역주민, 전문가, 행정 등의 공동참여를 통한 노선 발굴 및 노선기획 필요).

3-2. 관리 · 운영하기

· 길의 유지 및 관리는 지속적인 길 탐방을 통해 미비점을 발굴하고 보
수함으로써 길의 안전성을 확보하는 것에 있음.

· 길의 운영은 도보활동에 대한 직접적인 지원인 안내와 안내자료 배포
등이 주가 되며 나아가 길과 연계할 수 있는 다양한 이야기 발굴 및 길
과 연계된 다양한 프로그램을 구현해내어 길에 접목하는 것임.

· 이에 길 관련 인재 육성 및 발굴을 통한 관리운영 단체조직 및 지원이
필요함(향후 조례, 법과 같은 제도적 장치 마련 필요).

· 홍보는 구간별 개장 행사, 걷기 이벤트, 인터넷 카페 활용(걷기 마니
아), 어플리케이션, QR코드, 홈페이지 등을 통해 홍보할 수 있도록 향
후 지원 필요.

· 운영 및 관리(민간단체 및 지역주민), 유지 및 보수(광역+기초+민간단체)

· 길 보수 및 시설설치 비용: 정부(군/도/중앙부처·시설 설치 시 운영주
체와 협의).

· 민간단체 지원 및 운영자금 확보 필요.

— 사무국 운영을 위한 회원모집(회비).

— 안내지도, 패스포트, 기념품 등 판매.

— 기업/지역주민(숙박시설/상인/마을)과 연계 및 기부금 (재능기부) 확보.

— 정부보조금 확보.

· 민 · 관 길 조성관리 운영시스템 구축 필요.

```
              ┌───────────────────────┐
              │ 협력 및 갈등 조정      │
              │ – 민/관/기업 연계      │
              │ – 토지 갈등 조정       │
              │ – 서비스 강화          │
              └───────────────────────┘
┌──────────────────────┐  ┌──────────┐  ┌──────────────────────────┐
│ 길 조성 / 관리 / 홍보 │  │ '걷는 길'│  │ 지역 활성화 모색          │
│ – 행사 및 이벤트 개최 │  │ 사무국   │  │ – 연계 사업 구상          │
│ – 도보 여행 안내      │  └──────────┘  │ – 마을체험 상품과 연계    │
│ – 걷는 길 관리/운영   │               │ – 지역자원과 연계성 강화  │
│ – 조성 협력           │               │ – 지역 상품 연계          │
│ – 걷기 프로그램 운영  │               └──────────────────────────┘
└──────────────────────┘
              ┌───────────────────────┐
              │ 인적자원 발굴 / 육성   │
              │ – 길 안내 인력 육성    │
              │ – 회원 및 후원자 발굴  │
              │ – 주민 의식 향상       │
              └───────────────────────┘
```

3-3. 지원하기

광역단위의 걷는 길 지원센터 설립

길과 관련된 다양한 분야(지형, 문학, 생물, 예술, 탐사, 연구)의 전문가들
이 참여하여 지역의 길자원 발굴, 스토리텔링, 인재 육성, 운영 프로그램
개발지원, 인적 네트워크 구축 및 지원, 자문활동 등을 할 수 있는 길 전
담 지원조직 필요.

길 관련 상품 인큐베이팅 시스템 도입

― 각 길의 테마를 살린 기념상품 개발을 위해 행정, 전문가, 지역민, 마
  을기업 등이 참여하는 지속적인 협력 시스템 구축 필요.
― 행정은 상품개발 예산지원, 전문가는 아이디어 제공 및 개발방법 구

상, 지역민은 생산 방안 구상 등 상호 간 역할을 구분하고 협력해야 함.
향후 시행되고 있는 마을기업 지원 및 사회적기업 육성정책과 연계하
여 추진해야 함.

광역차원의 길 콘텐츠/이벤트 개발

— 패스포트, 로드스쿨, 길 걷기 대장정, 자원봉사자 활용 시스템 등.

— 길 마인드 정립을 위한 교육시스템 구축.

민간단체 육성을 위한 전문인력 양성, 시민을 위한 걷는 길 강연회, 공
무원의 길 전문성 확립을 위한 교육, 초·중·고 학생들을 위한 길 걷
기 교육 등.

홍보 지원 시스템

민간 및 각 지자체 단위를 넘어선 광역 차원의 홍보 필요(걷기 행사 및 이
벤트 지원, 도보 여행 활성화를 위한 캠페인, 홈페이지 통합 운영 및 활성
화 방안 수립, 안내 리플릿 및 상세지도 제작, 길 관련 책자 발간, 알림문
발송, 스마트폰 앱 개발 및 QR코드 제작 등).

도보 여행 지원 시스템 구축

— 걷는 길과 연계 가능한 교통시스템 도입.

— 도보 여행 설계 프로그램 도입.

— 할인제도 및 안내 시스템 구축.

— 숙박시설 구축.

— 이동경로 추적 시스템 도입.

— 정기 도보 여행 시스템 구축.

— 패스포트 시스템 구축: 스템프 및 뱃지 활용(장터,숙박시설,마을,체험, 특산품과 연계).

— 도보 여행 가이드 육성: 길 위에 존재하는 지역의 역사/문화/관광자원 과 도보 여행객을 연결하는 고리.

— 마을기업 육성전략과 연계: 마을기업의 길과 연계된 상품개발(기념 품) 및 홍보/판매 시스템 구축.

— 로드스쿨 개설·운영 : 도보 여행을 통해 자아를 찾는 심리치유 학교 (가족 간 소통).

— 지역주민에 대한 길 교육: 주민참여와 길 관련 주인의식 함양 (서비스 마인드 함양).

— 자원봉사 시스템 구축: 길의 이상상태 신고 및 쓰레기 수거 등.

* 한국 길모임(전국 트레일 단체, 중앙부처, 연구기관 등 총 24개 단체 모임)

· 종합지도 제작 / 길 · 문화 아카데미 기획.

· 길 조성 · 관리 · 운영 가이드라인 공유.

· 소식지 / 스마트폰 앱 / 길 홍보 공동 영상물 등 제작.

· 올바른 길 문화 정착을 위한 캠페인 및 학술대회 진행.

· 각 단체의 길 홍보와 행사에 공동 참여.

* 걷는 길과 함께하는 사람들

(사)강릉 바우길	http:www.baugil.org
(사)강진다산수련원 – 정약용 남도 유배길	http:www.ydasan.com
(사)걷고싶은 부산 – 갈맷길	http:www.greenwalking.co.kr
(사)구불길	http:www.gubulgil.com
국립공원관리공단 – 국립공원탐방로	http:www.knps.or.kr
남해바래길	http:www.baraeroad.or.kr
(사)내포문화숲길	http://cafe.daum.net/naepotrail
대구녹색소비자연대 – 대구올레	http:www.dgcn.org
(사)숲길 – 지리산 둘레길	http:www.trail.or.kr
여강길	http:www.rivertrail.net
완도청산도슬로시티위원회 – 청산도 슬로길	http:www.chungsando.co.kr
(사)우리땅걷기 – 전주 천년고도옛길	http:www.cafe.daum.net/sankang
인천의제21실천협의회 – 인천 둘레길	http:www.iagenda21.or.kr/dulle
(사)제주올레 – 제주 올레	http:www.jejuolle.org
통영길문화연대 – 토영 이야길	http://cafe.daum.net/tytrekking
한국길모임	http://cafe.duam.net/koreantrails
한국등산트레킹지원센터	http:www.kmsc.kr
(사)한국분권아카데미	http:www.kba.re.kr
(사)한국의 길과 문화 – 해파랑길	http:www.tnc.or.kr

한국분권아카데미

2003년 설립된 비영리사단법인으로 지방분권 및 균형발전을 위한 종합적인 연구와 교육·정책토론·세미나 등의 사업을 지속적으로 추진하여 지역주권 회복과 지역의 창조적 변화를 이끌어내기 위해 노력하는 기관

〈비전〉
변화하는 지역, 함께하는 희망

〈미션〉
차별화된 교육으로 깨어 있는 인재를 양성한다.
진심이 담긴 연구로 특색 있는 지역을 만든다.
함께 고민하고 실천하며 지역의 변화를 주도한다.

〈전략〉
Local 5P (Five Power)

〈하는 일〉

"분권과 자치에 대한 교육·연구·홍보 활동"

"변화를 주도할 깨어 있는 공직자 양성"

" 희망찬 지역을 위한 창조적 리더 양성 "

"선진화된 지역정치 모델 제시"

"지역 국제화를 위한 소통과 연대 강화 활동"

"지역 및 경제 활성화를 위한 대안 제시"

〈한국분권아카데미와 '걷는 길'〉

(사)한국분권아카데미는 우리가 잊고 지내왔던 지역의 자연, 역사, 문화, 사람에 대한 가치를 재조명함과 동시에 '걷는 길'을 통하여 각 요소들을 연계시킴으로써 '걷는 길'을 지역주민들이 직접 만들어나가는 대표적인 지역밀착형 녹색관광 상품으로 만들고자 한다.

또한 지역과 지역, 사람과 자연, 사람과 사람 상호 간의 소통을 느림의 문화인 걷기 문화를 통하여 원활케 하고, 지역기초경제의 활성화를 도모함으로써 지역주민의 삶의 질을 향상시켜 진정한 분권에 이바지하고자 한다.

이에 (사)한국분권아카데미에서는 '걷는 길'을 조성하는데 있어서의 올바른 가치관 및 개념 정립을 위한 교육 프로그램 운영과 '걷는 길'에 대한 각종 연구사업, 학술행사 등을 진행하고 있으며 관계기관 및 자치단체, 민간과의 협력을 통하여 '걷는 길'에 대한 문화 확산에 기여하고 있다.

· 강원의 길 포럼 Pre-Workshop, 2009
· (사)제주올레 협약, 2009
· 강원도민일보 길칼럼 공동 연재, 2010 ~ 2011
· 길포럼 발족, 2010
· 횡성한우축제 성공기원 걷기대회, 2010
· 횡성 뚜레길 종합발전 계획 연구, 2010
· 국제 트레일 컨퍼런스 국내 · 외 트레일 현황조사 연구, 2010
· 국내 트레일 관계자 네트워크 회원단체, 2010
· 한국길모임 회원단체, 2011
· 강원도 산소(O2)길 명품화 방안 개발 연구, 2011
· 평창 효석문학 100리 길 노선 및 콘텐츠 개발 연구, 2011
· 영월 동강길 조성사업 컨설팅, 2011
· 강원 걷는 길 민간협의회 회원단체, 2012
· 강원도 걷는 길 조성 및 지원 조례 추진, 2012
· 길 문화 아카데미 기획 · 운영, 2009 ~ 2013

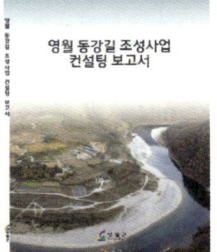

길을 사랑하는 것은 길을 걷는 것이다

주마간산走馬看山이라는 옛말이 있었다. '달리는 말 위에서 산천을 구경한다' 는 말로 바쁘고 어수선하여 천천히 살펴볼 여지가 없이 휙휙 지나쳐 봄을 이르는 말이다.

그 뒤를 이어서 생긴 말이 '주차간산走車看山이다. '달리는 차 위에서 산천을 구경한다.'는 말이다. 말 그대로 그 빠른 자동차의 속도 때문에 스치고 지나가는 산천을 바라보는 것조차 힘들다는 말이다.

그런 속도 중심의 시대에 우리나라의 강과 옛길을 느리게 걷고 있다니, 이 얼마나 황당한 일인가? 그 먼 길을 걸을 때 사람들로부터 가장 많이 들었던 말이 있다."어디를 가느냐?" "한강을 따라 태백에서 경기도 김포까지 갑니다." 하고 말하면 "누가 돈 주요?" 라는 말이었다. "누가 돈을 주겠습니까?"라고 말하면 "돈 주지 않으면 걷지 마소"였다.

그런데 신기한 일이 벌어졌다. 너도 나도 누가 돈을 주지 않는데도, 제 돈

들어서 힘들게 걷겠다고 나선 것이다.

　건강을 위하여, 또는 잃어버렸던 자신을 만나기 위하여 사람들이 걷기 시작하자, 여기저기 길이 만들어졌다.

　민간단체인 제주 올레길과 지리산 둘레길에서 만든 길이 언론을 통해 알려지자, 중앙정부부처와 자치단체들이 길을 만들기 시작했고, 나라 곳곳에 수없는 길이 만들어지면서 부작용들이 속출하기 시작했다.

　우리 민족의 역사와 함께 원래부터 존재했던 자연스러운 길을 찾지 않고 새롭게 길을 조성하면서 재원의 낭비와 자연이 파괴되기 시작한 것이다.

　이웃 마을로 마실 가던 길, 나물을 캐거나 나무를 하러 가던 길, 과거길, 유배길, 그런 길들이 세월 속에 사라져 버린 것을 '찾고', '잇고', '걷고', 그래서 '쓰리고'만 하면 되는데, 그것을 사람들이 체득하지 못하고 길을 만들었기 때문이다.

　어느 날 운명처럼 길이 내게로 다가왔다. 나는 그 길 위에서 수많은 고통과 절망을 체험하기도 했으며 수많은 사람을 만나기도 했다. 무거운 짐을 내려놓고 누울 때면 다시는 더 못 걸을 것 같다고 여기며 잠들었다. 그런데 아침이면 다시 길 위에 나서곤 했다. 그렇게 나를 걷게 했던 것은 내 앞에 펼쳐진 길, 어디로 이어지는지 조차 모르는 그 길 때문이었다.

　〈낙동강 천삼백 리 길〉을 열엿새에 걸쳐 걷고 난 마지막 시간에 나는 다음과 같은 글을 썼었다.

"솔직히 '이제 걸을 만하다' 싶은데 낙동강 천삼백 리 여정이 마무리가 되고 있다. 며칠씩 어깨를 짓누르던 배낭의 무게와 가슴을 압박하는 두 개의 카메라, 뒷굽이 거의 다 닳아 버린 신발에 웬 모래들은 그렇게 자주 많이 들어왔던가.

나는 양쪽 끈이 다 닳아져 떨어지도록 내 몸과 함께 부딪쳤던 카메라에게, 몇 년 동안 땀에 젖은 내 등에서 떨어질 줄 모르고 동행했던 내 배낭에게, 이제 더 이상 신을 수 없게 다 닳아버린 신발에게, 아파도 참을 수밖에 다른 선택의 여지가 없었던 내 발에 들어왔던 그 무수한 모래알들에게, 그리고 수없이 내 온몸을 스치고 지나갔던 나무며, 풀이며, 풀씨와, 이슬들에게, 그리고 내 발목을 적시고 흐르고 흘러간 낙동강 물에, 내 남은 사랑을 다 나누어주고 싶다.

나눌수록 커지는 내 사랑은 내가 준만큼 다시 커질 것이고 나는 못다 나눈 그 사랑을 자연과 하나가 되는 사람들의 진정한 삶을 위하여 다시 새로운 여정을 준비할 것이다."

그렇다. '다시 걷는다면 더 잘 걸을 수 있을 것이다.' 이것이 길을 걷는 사람이 스스로 설정한 길을 다 걷고 나서 느끼는 더할 것도 뺄 것도 없는 진솔

한 마음일 것이다.

　길을 내거나 찾는 사람의 마음도 마찬가지일 것이다. "온전히 아름다운 땅이란 없다."는 풍수지리의 명제命題처럼 그 어느 길도 온전히 아름다운 길은 아니기 때문이다.

　"가장 중요한 것은 길 위에 있다."고 니체가 갈파한 것처럼 길 위에 역사가 있고, 사람이 있다.

　이 책 속에는 여러 필자들이 길을 걸으며 느낀 사유思惟, 길 위에서 만나는 사람과 사람의 인연, 온갖 사물들과의 만남, 그리고 길에 대해서 생각한 온갖 고민들이 녹아 있다.

　이 책을 읽고 나서 '길이란 도대체 무엇인가?' '어떤 길을 사람들이 걷고자 하는가.' 하는 물음에 대한 해답들이 조금이나마 풀리고 길을 사랑하는 일에 동참했으면 한다.

2013년 5월 초, 온전한 땅 전주에서

신정일